눈 ××××××

맞추는
소설

눈 ××××××
맞추는
소설

개와
고양이와
새와 그리고

××××××
김금희 장은진 김종광
서이제 임선우 황정은 천선란

창비

머리말
우리에게 동물은 어떤 존재일까요?

공원을 거닐다 보면 반려견과 함께 시간을 보내는 이들을 쉽게 볼 수 있습니다. 반려견을 품에 안고 다정하게 속삭이는 노인들, 반려견과 함께 뛰어다니며 즐겁게 노는 아이들, 퇴근 후 지친 일상을 반려견과의 산책으로 달래는 직장인들까지. SNS를 열면 또 어떤가요? 반려동물의 사진과 영상이 끊임없이 올라오고, 그 아래에는 "너무 귀여워요.", "힐링이 되네요." 같은 따뜻한 댓글이 이어집니다. 반려동물을 위한 산업도 꾸준히 커지고 있습니다. 어느새 반려동물을 위한 전용 음식과 의료 서비스, 호텔은 물론이고 장례 문화나 펫 테크 용품까지 생겨났습니다. 반려동물에 대한 사회적 의식도 꾸준히 높아져서 '동물 복지'와 '동물권'이라는 말도 이제는 낯설지 않게 들립니다.

하지만 그 따뜻한 눈길이 모든 동물에게 닿는 것은 아닙니다.

인간 곁에서 '가족'으로 지내는 동물도 있지만, 보이지 않는 곳에서 고통받는 동물들도 있습니다. 얼마 전 학생들과 함께 여러 사회 문제를 다룬 책을 읽었습니다. 그중에서 공장식 축산을 다룬 책을 읽던 한 학생이 조심스럽게 물었습니다. "선생님, 이 책 너무 힘들어요. 다른 책으로 바꾸면 안 될까요?" 평소 인식하지 못하고 지나쳐 왔던 동물의 현실을 마주하는 순간, 그 학생은 책장을 넘기는 일조차 버거워했던 것입니다.

그 학생이 마주한 현실처럼, 어떤 동물은 먹거리로 사육되거나 오락의 대상이 되기도 합니다. 누군가에게는 생계의 수단이거나 산업의 부속품이며, 또 누군가에겐 그저 불편하거나 불쾌한 존재일 뿐입니다. 심지어 어떤 동물은 거리에서 혐오와 두려움의 대상으로 여겨지기도 합니다. 동물과 인간의 관계는 그만큼 복잡하고 때로는 모순적입니다.

이처럼 동물은 인간에게 서로 다른 얼굴로 인식됩니다. 하지만 그 뒤에는 공통적으로 '살아 숨 쉬는 생명'이 자리하고 있습니다. 이제 우리는 그 얼굴을 구분 짓는 대신 인간과 동물이 같은 생명체라는 사실에 주목해야 합니다. 우리의 시각을 넓혀 함께 살아가는 존재로서 동물의 삶을 들여다보고, 그들이 처한 현실과 인간과 동물이 맺고 있는 관계에 대해 다시 생각해 보아야 합니다.

엮은이들은 사회적 약자를 다룬 전작 『공존하는 소설』에 동물을 포함해야 하는 것이 아닌가 하는 논의를 진지하게 나눈 적이 있습니다. 이번 소설집은 그렇게 하지 못했던 아쉬움에서 출발하였습니다. 다양한 동물들의 삶을 따라가며 그들이 처한 현실을 들여다보고, 인간과 동물이 서로에게 어떤 존재가 되어야 하는지를 고민하면서 일곱 편의 이야기를 골랐습니다. 비록 인간의 언어로는 그들의 고통과 침묵을 온전히 담아낼 수 없겠지만, 이 책이 다리가 되어 말하지 못하는 존재들에게 우리가 조금 더 가까이 다가갈 수 있기를 바랍니다. 눈을 맞추고 그들이 품고 있는 침묵을 상상한다면, 결국에는 그 안에 담긴 고요한 목소리가 전해지리라 믿습니다.

차례

머리말 • 우리에게 동물은 어떤 존재일까요?   5

김금희 • 당신 개 좀 안아 봐도 될까요   10
장은진 • 파수꾼   44
김종광 • 산후조리   78
서이제 • 두개골의 안과 밖   108
임선우 • 초록 고래가 있는 방   158
황정은 • 묘씨생   192
천선란 • 바키타   222

해설 • 눈을 맞추면 달라질 수 있는 세상을 위하여
  ─ 목소리를 갖지 못한 존재들의 이야기 듣기   247

김금희

2009년 『한국일보』 신춘문예로 작품 활동을 시작했다. 소설집 『센티멘털도 하루 이틀』, 『오직 한 사람의 차지』, 연작 소설 『크리스마스 타일』, 장편 소설 『경애의 마음』, 『첫 여름, 완주』 등을 썼다. 신동엽문학상, 젊은작가상, 현대문학상, 우현예술상, 김승옥문학상, 오늘의 젊은 예술가상 등을 받았다.

당신 개 좀 안아 봐도
될까요

없는 존재

설기를 잃고 세미는 한동안 경의선숲길에 앉아 있곤 했다. 그 길은 연트럴파크라는, 아무리 생각해도 지나치게 아름다운 이름을 가진 연남동 공원에서 시작해 홍대와 신촌을 거쳐 용산까지 이어져 있었다. 백여 년 전 서울에서 북한의 신의주까지 연결되던 철로는 흔적만 남고, 밤이면 헤어밴드를 하고 땀에 젖어 뛰는 러너들과 부모에게 이끌려 하는 수 없이 운동을 나온 사춘기 아이들 그리고 개를 데리고 온 반려인들로 가득 찼다.

벤치에 앉아 있으면 그들이 세미의 곁을 스치며 지나갔고 세미는 그렇게 바라만 봐도 설기 그리고 설기와 같은 종인 그들, 개들의 모든 것을 느낄 수 있었다. 휴대 전화 사진이나 영상을 볼 때보다 그 순간 설기에 대한 실감은 뚜렷해졌다. 세미는 처음으로 '종족'이라는 것에 대해 생각했다. 정작 본인은 날마다 인류애를 잃어 이제 어떤 기적이 일어나도 되살릴 수 없을 듯한 소속감이라는 감정의 실체를. 둥근 머리와 복슬복슬한 털과 납작한 코를 가진 그 부류들 속에 때로 설기는 아직 살아 있는 듯 느껴졌다.

하지만 여름이 다가오면서 세미에게는 파라솔 아래 그늘처럼 서늘한 비관이 펼쳐졌다. 산책길에서 개들을 보는 것으로 설기를 잃은 슬픔이 옅어지리라고 믿다니. 그런 순진함은 아둔함에 가깝지 않은가, 스스로 생각했다. 세미는 햇볕 아래 푸성귀처럼 완전히 기력을 잃었다. 먹고살기 위해 회사에는 나갔지만 누구와도 설기의 일을 두고 대화하지 않았다.

"너무 심각해. 이러다 큰일 나, 정말."

일요일 오후, 세미의 동네 친구 양요가 집으로 찾아왔다. 휴대전화를 꺼 두고 있었지만 주차된 세미 차를 보고 다짜고짜 들이닥친 것이었다.

"기동아, 세미랑 외출 좀 해. 저러다 우울증 걸리겠어."

아이돌 연습생 시절부터 양요라는 이름을 써 왔지만 세미의 엄마는 언제나 기동이라는 본명을 불렀다.

"어머니, 어머니는 괜찮으세요? 저 중학생 때부터 있었던 설기 아니에요. 내가 얘기하니까 아직 살아 있었냐고 묻는 애도 있어, 웬일이야. 장수 견."

그렇게 누가 마음을 짚어 주자 세미 엄마는 목이 메는지 잠깐 말을 물었다가 사과를 마저 씻으며 담담하게 대답했다.

"슬프지, 눈물 나지. 오래 살았다고 안 슬픈 건 아니니까. 호상好
喪이라는 게 어디 있나, 내가 그런 생각까지 했다니까."

"어마, 개가 한 마리 더 있었어요? 이름이 호상이라는 개요?"

지금은 음주 사고를 쳐서 아예 방송에 나가지도 못하지만 그나마 TV에 얼굴이 자주 나올 때 양요는 대체로 이런 식의 말실수로 사람들을 웃겼다. 무식하니 어쩌니 말이 많았지만 동네 친구들은 다 알고 있었다. 공부할 기회가 없어서 양요의 언어 구사 능력이 떨어졌을지는 몰라도 꽤 명석한 아이라는 걸.

"이건 일종의 산재 아니냐?"

친구 중 한 명은 자꾸 놀림받는 양요를 안쓰러워하며 말하곤 했다. 엔터테인먼트 대기업이 자기 노동자를 학교도 안 보내고 출퇴근도 없는 연장 근무 시키다가 저렇게 된 거 아니냐고. 수업을 못 들어와 아는 것도 없이 중간, 기말시험 보고 성적표 받을 때 이번엔 내 뒤에 한 명 있네, 이러며 까불었지만 양요가 아무렇지 않았던 게 아니라고. 자기 이러다 이도 저도 안 되면 어쩌느냐고 불안해했다고. 세미도 비슷한 얘기를 양요에게 들은 기억이 있었다. 아이돌도 사람도 못 되면 어쩌나 같이 걱정하다가 그러면 짐승돌이 되면 되지 않을까, 하는 시답지 않은 농담을 양요와 했던 것도.

세미는 양요 손에 끌려 나가 공원 길 맥주 가게에 가 앉았다. 여름에는 맥주를 팔지만 봄에는 화분을 팔고 가을에는 과일을 파는 이상한 곳이었는데 겨울에는 대체 뭘 팔았는지 기억이 나지 않았다. 설기가 밖에서 배변을 해서 겨울에도 빠짐없이 지나갔을 텐데도. 설기와 함께했던 겨울 산책길로 생각이 옮겨 가자 몸을 가누지 못하게 된 뒤로도 설기가 일어서서 배변을 하기 위해 애썼던 모습이 떠올랐다. 자기를 일으켜 세우라고 설기가 낑낑대고 짖어 댈 때 지친 나머지 그냥 누워서 패드에 싸라고 혼내기도 했던 일이. 세미는 자신이 슬퍼할 자격도 없다고 생각했다. 용서받을 수 없는 죄를 지은 것이다. 그렇게 사랑한다면서 지키지 못한 죄, 밤잠을 못 자 출근하기 힘들 때면 차라리 얼른 이 고통이 끝났으면 했던 죄. 세미는 모든 상황이 참을 수 없어져 얼굴을 떨어뜨렸다.

"누난 정말 아무래도 정신 개발 좀 해야겠어."

양요가 테이블에 놓인 냅킨을 곽곽 뽑아서 세미 손에 쥐여 주었다. 세미는 두 손바닥이 다 젖도록 눈물을 흘리고 있다가 "정신 개조겠지"라고 겨우 대답했다.

"와중에 꼬투리 잡니? 응? 아주 여유가 있네. 이거 우는 것도 페이크 아냐?"

"내가 니 앞에서 울어서 얻을 게 뭐 있는데?"

"몰라, 내 맘 약하게 해서 나랑 어떻게 해 보려는 그런 거일 수도 있잖아."

세미는 코를 풀면서 고개를 들었다. 피곤하다는 생각이 들었다. 너무 오래 서로를 지켜봐서 같은 영화를 계속해서 돌려 보고 있는 듯한 기시감이 드는 이 관계는 언제 끝나나. 그러자면 우선 삼십 년 된 아파트가 재개발이 되어야 할 것이다. 양요의 엄마나 세미의 엄마나 그러기 전에는 절대 이 동네를 떠나지 않을 테니까.

"있잖아."

"응. 말해. 말을 해야 사람이지. 뭐가 어떻게 힘든지 호모 사피엔스끼리는 말해서 해결하자."

언어적 인간은 호모 사피엔스가 아니라 호모 로퀜스였지만 세미는 그냥 넘어갔다.

"작년에 병우가 자기 애인 데려왔을 때 네가 한 말 생각나? 그 말 때문에 싸해졌잖아."

이해할 수는 없지만 연애를 시작하면 얼마 지나지 않아 꼭 친구들에게 소개해야 하는 부류들이 있다. 그날은 병우가 열 살 차이 나는, 아직 대학생인 새로운 여자 친구를 또다시 데려왔는데 그 앞에서 양요가 "아직 이목구비도 안 여문 여성분이랑 뭘 어쩌겠다는 거야?" 하는 바람에 분위기가 엉망이 되었다. 양요는 자기가 틀린 말 했냐며 저렇게 어린 애인 찾는 인간들 정신 감정 해 봐야 한다고 난리 쳤지만 결국은 병우와 그 여자 친구에게 사과했다. 아무리 존재감 없는 연예인이라도 연예인은 연예인이었고 더구나 병우 애인은 바이럴 광고도 제안받는 파워 트위터리안이었으니까.

"내가 이런 말은 안 하려고 했는데, 어렸을 때 우리 집이랑 너희 집이랑 조인해서 청평호에 간 적이 있대. 내가 애기라고 널 귀여워해서 안고 있는데 내 무릎에 오줌을 쌌다더라. 솔직히 어렴풋이 기억까지 나. 뜨끈했거든. 아무튼 나한테 너는 그래. 눈, 코, 입도 제대로 안 여문 어린애 딱 그 정도라고."

"이 사람, 상처 주네."

양요가 맥주를 한 모금 마시며 시무룩한 투로 말했다. 며칠째 자주 내리던 비는 장마로 넘어갈 모양이었다. 후텁지근해서 가만히 앉아 있어도 팔과 다리에 습기가 눅진하게 남았다. 세미의 고민은 더 이상 설기가 곁에 없다는 것에도 있었지만 자신이 지금 이 상실 안에 안주하고 싶다는 것에도 있었다. 화가 났다가 고통스러웠다가 그리움이 들었다가 나중에는 그 마음을 놓아 버리면서 불행감 자체에 기쁘게 투항하는 듯한 느낌. 그렇게 상처에 갇힌 사람으로는 살고 싶지 않았다.

낮은 먹구름들이 천천히 흐르고 맥주의 김도 다 빠질 무렵 세미는 "느낄 수가 없어. 느낌이 안 와"라고 마음을 표현했다. 그렇듯 절절히 소중한 존재가 있었던 느낌은 사라지고 그냥 자기는 이 도시 어디에서 구겨져 버려도 상관없는 인간이 된 듯하다고. 세미의 얘기를 들은 양요는 무릎 위에 양팔을 괴고 뭔가를 생각했다. 정말 생각을 하는지 아니면 그런 척을 열심히 하는지는 헷갈렸다. 이윽고 양요는 공원에 멀뚱히 앉아서 남의 개들을 훔쳐만 보지 말고 직접 만져 보고 안아 볼 수 있는 기회를 만들어 보라고 제안했다.

"그런다고 뭐가 달라져?"

"달라져. 원래 실연했을 때 가장 좋은 게 로맨스 몰아 보기라잖아. 긍정 경험 되살리기. 내가 아는 피디도 세게 실연당하고 그런 거 몰아 보다가 정신 차리고 예능 피디 됐다더라고."

"로맨스 장르를 몰아 봤으면 드라마 피디가 되든지 하지 왜 예능 피디가 됐어? 자꾸 보다 보니 세상이 다 우스워졌나 보지?"

그렇게 비꼬자 양요가 "아, 진짜 좀" 하고 넌더리를 냈다. 세미도 어쩌자고 알지도 못하는 사람에게까지 독설을 하나 싶어 "아니면 비로소 웃을 수 있게 되었거나" 하고 말을 바꿨다. 그리고 애견 카페 같은 데 가서 개를 만져 보라는 거면 절대 할 수 없다고 잘랐다.

"설기와 누나처럼 같이 사는 사이를 봐야지. 그래야 사랑이 환생하지."

그날 헤어져 집으로 돌아간 세미는 양요가 내뱉은 사랑의 환생이라는 말에 대해 생각했다. 양요네 그룹이 마지막으로 발표한 「죽어도 사랑」이라는 곡 제목만큼이나 고색창연했지만 그래서 귓가에 뚜렷이 남았다.

밤이 되자 세미는 옷방 한편에 놓아둔 둥근 도자기 유골함 앞에 섰다. 잠이 오지 않을 때면 종종 그렇게 조용히 웅크리고 있는 설기에게 말을 걸고는 했다. 주로 "설기야, 이제 안 아파?" 하는 질문이었다. 가까운 사람이 하늘에 간 경우는 외할머니가 유일해서 "할머니 만났어? 잘해 줘?" 하고 묻기도 했다. 물론 잘해 줄 것 같지는 않았다. 외삼촌과 함께 살던 할머니는 식구들이 반려견만 예뻐한다며 집 앞에 온 개장수에게 개를 팔아 버리려 한 적이 있었기 때문이다. 하지만 죽음을 통과한다는 건 전혀 다른 존재가 되는 것이니까 할머니도 달라졌을지 모른다. 그래도 할머니를 너무 믿지는 말라고 세미는 설기에게 진지하게 경고했다. 그냥 인간 같은 건 다 피해 다녀, 내가 하늘로 갈 때까지.

당신 개 좀 안아 봐도 될까요

미치광이

그 뒤 며칠 동안 세미는 카카오톡 친구 목록을 살펴보았다. 차곡차곡 쌓인 인맥들 중에 개나 고양이 사진을 프로필로 쓰는 이들은 의외로 많았다. 그러다 세미가 마침내 말을 건 사람은 첫 직장에서 같이 일했던 시애 씨였다. 세미는 개발 팀에서 일했고 시애 씨는 디자이너였다. 세미가 그간 만난 이들 중 개성이 가장 강한 사람이니까 갑자기 연락해 당신 개를 만나 보고 싶다고 말해도 그다지 이상하게 생각할 것 같지 않았다. 개성이 어느 정도만 있으면 타인에게 인정받으려는 '관종'이 되기 쉬운데 시애 씨는 정말 개성이 강했기 때문에 오히려 다른 사람들에게 관심 자체가 없었다. 전체 회식 때면 술자리에 앉아 있는 시간보다 밖으로 나가 담배를 피우면서 자기 생각에 잠겨 있을 때가 많았고 부당하다 싶으면 참지 않아 별명이 '여의도 산미치광이'였다. 하지만 세미는 그런 시애 씨가 가장 편했다. 다른 사람들과의 관계에는 늘 어떤 시험과 평가가 있는 듯했지만 시애 씨에게는 그런 게 느껴지지 않았으니까.

메시지를 보내고 꼬박 하루가 지나서야 답은 도착했다. 첫마디가 "우리 개가 성질이 나쁜데?"였다. 거절을 완곡하게 표현하는 건가 싶어 세미가 "제가 말이 안 되는 부탁을 드렸죠" 하며 수습하려는데 "어디서 봐요?"라는 메시지가 날아들었다.

그렇게 해서 둘은 옛 직장이 있는 여의도에서 만났다. 5호선에서 내려 샛강 공원으로 걸으면서 세미는 하루에도 수십 통의 자기소개서를 썼던 취업 준비생 시절을 떠올렸다. 그런 세미의 발치를 설기가 늘 웅크린 채로 지키고 있었던 것을. 세미가 자기 인생을 밀고 나가기 위해 발버둥 치는 매 순간 배경처럼 설기가 있었다. 부모도 다른 가족도 아닌 인간사에 대해 자기가 아는 만큼만 알았을 그 네발의 포유류가. 세미는 잠시 서서 빌딩 유리창에 모습을 비추고 헝클어진 머리칼과 옷매무새를 정돈했다.

공원으로 내려가자마자 작은 폭포 앞에 서 있는 시애 씨가 보였다. 청 반바지를 입고 긴팔의 흰색 바람막이 점퍼를 입고 있었다. 세미가 "과장님" 하고 부르자 뒤돌았는데 어디를 봐도 개는 없었다. 세미가 의아한 표정을 짓자 "이 년 전에" 하고 간단히 설명했다. 야생의 습지 환경을 그대로 보존한 공원은 펜스들마저 모두 목재로 되어 있었다. 벌써 시푸른 열매를 맺은 나무들 사이로는 박새가 짖었고 키 높이 자란 노란 여름 꽃 위로 실잠자리가 날았다. 둘은 근황 얘기를 하며 덱 위를 걸었다. 세미가 신문사 아카이빙 팀에 파견되어 일하고 있다고 하자 시애 씨가 "일은 편해?" 하고 물었다.

"편해요. 그냥 저 혼자 하면 되는 일이라 그게 제일 편해요."

"알고 보면 이 업계 사람들 다 프리랜서야. 오래 있다 보면 자연히 그렇게 돼. 그때 황 과장, 세미 씨 나가고 얼마 안 가 다들 우르르 그만둔 얘기 들었어?"

"네."

"나도 반년인가 더 하다 나갔어. 거기가 그냥 그런 회사였던 거지. 허들처럼 다들 통과해 버리는 회사. 그렇다고 그 시간이 아무것도 아니라는 것은 아니지만."
"과장님, 호두는 어떤 개였어요?"
"그냥 산미치광이 같은 개."
그 말에 세미가 웃을 수도 울 수도 없어 애매한 표정을 짓자 시애 씨가 "웃어도 돼" 하고 말했다. 둘은 함께 낮은 구름다리 하나를 건넜다. 수로에서는 오리가 부리를 담그며 자맥질 중이었다.
"내가 개도 없으면서 괜히 나온 거 아니지?"
"아니에요, 과장님."
시애 씨는 봄이면 이 공원에 자원봉사자들이 몰려와서 버드나무를 감은 가시박 줄기를 제거한다고 했다. 그냥 두면 성성하게 자라 버드나무를 뒤덮고 결국에는 말라 죽게 하니까.
"나는 수술이 잘못돼 갑자기 호두를 잃었어. 간단한 수술이라고 해서 정말 그런 줄 알았지. 얼마나 자책을 많이 했는지 그냥 나라는 인간 자체가 싫은 느낌 있잖아. 배가 고프거나 똥이 싸고 싶거나 하면 어느 순간보다도 나라는 인간이 생생하게 느껴지는데, 나에게 그런 것조차 해 주고 싶지 않은 느낌. 내가 나로 살 수 있는 기회를 다 빼앗아 버리고 싶은 생각에 시달렸어. 직장도 두 번이나 옮겼지. 근데, 세미 씨는 너무 오래 자기 자신을 벌주지는 마. 애들이 알면 슬퍼해."
시애 씨는 어떻게 살아야 할지 모르겠으면 그냥 개들이 어떻게 살았는지를 떠올리고 따라 하면 된다고 했다. "설기도 먹는 거 좋아했지?" 하고 말을 꺼내서 둘은 한동안 그들의 식욕에 대해 이야기했다. 시애 씨는 호두에게 족발 뼈를 줬다가 응급실에 갔었다고 했다. 처음 맛보는 그 기름지고 육즙 가득한 뼈다귀 맛에 흥분해 한 시간 넘게 빨고 핥고 하다가 혀에 경직이 왔었다고. 얘기를 하면서 둘은 한참을 웃었다. 세미는 설기가 과자를 너무 좋아해서 자기가 먹고 있으면 줄 때까지 식탁을 기어오르던 이야기를 했다. 마치 등반하듯이 식탁보에 발톱을 박아 넣으며 매달려 있었다고.

"저보다 더 투지 있는 개였어요."

"개들은 좋은 건 좋고 싫은 건 싫지. 호두도 싫은 사람이 오면 표현하고 좋은 사람이 와도 표현했어. 자기 마음을 숨기지 않았어. 나는 언젠가부터 그냥 호두처럼 살기로 했던 것 같아. 그래도 살다 보면 가시박 줄기들이 엉겨서 큰맘 먹고 매번 잘라 내야 해. 그래야 산다."

시애 씨와 헤어져서 지하철역으로 가는데 어쩌면 시애 씨를 떠올린 게 우연이 아닐지도 모른다는 생각이 들었다. 이 년을 겨우 채우고 나온 그 회사는 세미에게 꼭 어딘가에 버려둔 다이어리 같은 느낌이었으니까. 상세히 기록된 하루하루의 영욕이 부담되어 버렸지만 정작 그 버렸다는 사실만은 절대 잊히지가 않는. 한동안 갈 일이 있어도 여의도는 피할 정도로 상처가 깊었지만 어쨌든 그곳은 세미에게는 중요한 시작점이었다. "아무것도 아니지 않다." 교통 카드를 찍고 개찰구를 나서면서 세미는 그렇게 중얼거렸다.

집에 가 보니 오빠와 언니네가 와 있었다. 들어오는 세미를 보고는 오빠가 "토요일에도 출근을 했니?" 하며 혀를 끌끌 찼다.

"파견직 뭐가 경력이 된다고 견디고 있어? 우리 부동산 와서 일이나 배우지."

"오빠, 놔둬. 열심히 사는 애한테 왜 그래? 잘 알지도 못하면서."

언니가 오빠를 말리면서 세미에게 얼른 씻고 오라고 했다. 자기가 강남의 유명한 맛집에서 소불고기를 포장해 왔다면서. 세미는 말없이 옷방에 가서 설기에게 인사한 다음 침대로 와서 누웠다. 아직 낮의 열기가 빠져나가지 않은 방은 후텁지근하게 더웠다. 오랜만에 걸었더니 발바닥이 욱신거리며 몸 전체에 피가 돌았다. 이대로 자고 싶었지만 엄마가 "배 안 고파?" 하고 애타게 불러서 세미는 하는 수 없이 거실로 나갔다.

"시터 면접 보다가 우울증 걸릴 것 같아. 누구 하나 깔끔하게 마음에 드는 사람이 없어. 지금이 여덟 명짼데 생선 가시처럼 단점들이 목에 딱 걸린다. 시급이 괜찮으면 국적이 걸리고, 이번에는 인상은 좋았는데 뭐랄까 좀 어수선한 분이셔."

언니네가 온 건 이제 설기도 없으니 아예 자기네 집에 와서 조카를 봐 달라는 얘기를 하기 위해서였다. 그동안은 아픈 설기 때문에 집을 비울 수가 없었지만 다행히 이제 그렇지 않으니까. 세미는 형부가 무심코 뱉은 그 다행이라는 말에 숟가락을 꼭 쥐었다.

"이거 한우야?"

세미가 사각 팬을 흘깃 보며 물었다.

"뭐?"

"소고기, 한우냐고?"

"처제, 요즘은 미국산이 한우보다 더 맛있어. 육질도 좋고."

세미는 그런 말도 안 되는 얘기는 처음 들어 본다고 생각했다. 세미 엄마는 자꾸 부엌에 가서 뭔가를 가져오며 자리를 피하려는 모습이었다. 설기가 가고 나서 세미 엄마는 이런저런 계획들을 세워 놓았다. 아침 수영 배우기, 남해 섬들 돌아보기, 독서 모임 나가기. 그렇게 달라진 일상을 계획하다가도 내가 이래도 되나 싶어 슬픔에 잠긴다는 걸 세미는 알고 있었다.

"엄마는 모셔 갈 생각 하지 마. 이번에 서준이 엄마 공인 중개사 시험 붙으면 우리도 애들 볼 사람 필요해."

볼이 미어지도록 고기쌈을 밀어 넣으면서 오빠가 말했다.

"무슨 소리야? 집에 있던 새언니가 갑자기 왜 거길 나가?"

"야, 우리는 맞벌이 안 하냐? 너네만 하냐? 요즘 맞벌이 안 해서 생존이 가능하냐? 엄마를 위해서도 젖먹이보다는 초등생이 낫지. 너 이기적으로 굴지 마라, 어? 엄마 생각해."

"새언니랑 엄마랑 아무래도 불편하지. 엄마 위해선 딸이 낫지."

그 순간 세미는 참지 못하고 실소를 터뜨렸다. 무엇보다 엄마를 위한다는 말, 누가 누구를 배려한다는 그런 투가 말이 안 됐다.

"두 번 위하다간 아파트 팔아 보태들 달라고 하겠네."

세미가 밥그릇을 박박 긁어 먹으며 한마디 하자 거실이 일순간에 조용해졌다. 형부 품에 안겨 있던 조카만이 뭐라고 뭐라고 옹

알이를 하더니 자기 앞에 놓인 숟가락을 홱 하고 집어 던졌다.

그 밤 세미가 거실에 에어컨을 켜 놓고 누워 있는데 세미 엄마가 옆에 누우며 많이 힘드냐고 물었다.

"뭐가?"

세미는 아직 거실 한편에 남아 있는 설기의 방석을 보며 되물었다. 세미 엄마는 사실 처음 설기를 데려온 건 이혼으로 세미가 받았을 상처가 무서워서였다고 했다. 오빠는 군대에 있고 언니는 대학에 다니고 있었으니까 그래도 걔들은 어른이었으니까 괜찮지만 사춘기인 세미가 어떻게 될까 봐 자기는 너무 두려웠다고.

"엄마 걱정이나 하지. 나는 괜찮았어."

"그래, 우리 괜찮았지. 근데 세상에는 가만히 있는 건 없어. 하다못해 구름들도 모양이 얼마나 달라. 설기, 너, 엄마 이렇게 있던 생활도 이제 변할 수 있는 거야. 언니나 오빠나 그만하면 많이들 기다린 거지."

세미는 그 이기적인 인간들에 대해서는 조금도 이해하고 싶지 않았지만 엄마가 하고픈 말에 대해서는 알 수 있었다. 그건 가만히 등을 떠미는 듯한 말이었다. 다음 단계로 넘어가라고.

"세상에 안 변하고 가만 있는 것도 있어."

"그런 게 있어?"

세미 쪽으로 돌아누웠는지 엄마 목소리가 더 가까워졌다.

"있어. 뭔지는 말 안 해."

구미베어

자기 개를 보여 주는 일에는 모두들 거리낌이 없었다. 세미가 연락하면 혹시 결혼식에 오라는 건가, 뭔가 영업을 하려는 건가 거리를 두다가도 강아지 얘기를 꺼내면 금세 대화창이 명랑해졌다. 그렇게 해서 세미는 정작 평소에는 연락도 잘 안 했던 친척의 건장한 불도그를 만나고 한때 PT를 받았던 트레이너의 바스러질 듯 가벼운 몰티즈 강아지 '런지'도 만났다. 트레이너는 운동을 안 하니 또 어깨가 굽었다며 다시 운동을 시작하라고 세미에게 권했다. 그러고는 대뜸 "그때 그 직장 사수하고는 이별한 거죠? 이제 다른 회사 다니는 거죠?" 하고 확인했다. 누구를 말하나 싶어 물었더니 "왜 그 별명이 뭐였더라? 구미베어. 그래, 구미베어"라고 기억해 냈다. 첫 직장에서 세미의 사수였던 황 과장을 말하는 거였다.

"구미베어를 어떻게 알아요? 제가 그렇게 자주 얘기했어요?"

"말도 마요. 회원님 컨디션은 구미베어가 좌지우지했다니까요. 나 여자라고 안 했으면 썸 타는 줄 알았을 거야."

세미의 손가락을 가볍게 물며 장난치던 런지가 다른 개를 보며 살짝 꼬리를 흔들었다. 돌아오면서 세미는 착잡함을 느꼈다. 환하고 밝은 빛을 따라 걷다가 돌부리를 걸어찬 듯한 느낌, 돌솥비빔밥을 비벼 한입 넣는데 갑자기 어금니 보철이 떨어져 버린 듯한 느낌, 기억도 나지 않는 채무 서류를 내밀며 누군가가 빚을 받으러 온 듯한 느낌. 세미는 버스에서 내려 메신저 친구 목록에서 구미베어를 찾아보았다. 번호가 바뀌지 않았는지 아직 목록에 남아 있었고 야영장을 배경으로 찍은 프로필 사진을 사용하고 있었다. 사진을 누르자 곰처럼 큰 체격이 확대되면서 흰색과 갈색이 반반 섞인 강아지 한 마리가 발 옆에 서 있는 것이 보였다.

구미베어는 곰처럼 우직하게 하드웨어 쪽에만 있다가 뒤늦게 코딩을 배워 이직한 나이 든 개발자였다. IT 업계에서는 그런 경우가 흔했다. 시류에 따라 일자리 수요가 제멋대로 줄었다 늘었다 하니까. 영원히 빛나는 커리어도 시종 안전한 철 밥그릇도 없었다.

회사는 홈페이지와 모바일 앱 개발을 대행하는 웹 에이전시였다. 작은 회사였지만 누구나 대기업에서 꽃마차 타고 출발할 수는 없으니까 괜찮다고 생각했다. 경력이야 쌓으면 되니까. 하지만 의욕 있게 출근한 지 한 달도 지나지 않아 세미는 자기가 운이 좋지 않은 편이라는 것을 깨달았다. 회사에서 자리 잡기 위해서는 사수의 능력이 무엇보다 중요했는데 구미베어는 그런 점에서 세미에게 낙관적인 미래를 열어 줄 것 같지 않았다. 일단 팀 규모에서부터 차이가 났다. 다른 팀들은 못해도 네 명은 됐지만 구미베어는 세미만 팀원으로 두고 있었다.

개발 과정에서 가장 어려운 건 수시로 등장하는 오류와 멈춤 사고들이었는데, 구미베어는 늘 말끔하게 해결하지 못해 전전긍긍하다가 옆 팀 리더의 도움으로 겨우 진창에서 탈출하곤 했다. 노력하지 않는 건 아니었다. 누구보다 야근도 오래 했고 회사 사람들과도 잘 지내기 위해 애썼다. 회사 사람 누군가 상을 당하면 그게 고모할머니라도 찾아간다는 말이 있을 정도였다.

"세미 씨, 결혼식은 안 가도 상갓집에는 꼭 가. 가야 돼, 그런 자리는."

하지만 조직 속 인간들에게는 그렇게 부족한 능력을 노력으로 상쇄하려는 사람들에게 더 매정하고 냉정해지는 특질이 있었다. 타인의 역량 부족은 결국 자기들 무게가 될 텐데 대놓고 미워도 못 하게 감정적 부담까지 지우는 셈이니까. 세미는 구미베어가 이래저래 환영받지 못하는 존재라는 걸 금세 눈치챘다.

많은 일을 겪은 첫 회사에서 구미베어는 세미를 가장 무력하게 만드는 지점이었다. 무능한 상사를 조소하고 싶은 마음과 경력 관리를 제대로 못해 이런 형편없는 연봉을 감수하며 버티는 '고인물'과 엮이기 싫다는 반감, 그런가 하면 어떻든 같은 팀이니까 잘해서 성과를 내고 싶은 오기와 주요 프로젝트는 자기들끼리 분배하고 아무리 공들여 해 봤자 포트폴리오에도 적지 못할 '물경력'이 될 게 빤한 일들만 세미네 팀으로 넘기는 인간들에 대한 환멸.

구미베어는 반드시 버리고 가야 하는 패잔병처럼, 때로는 부축해서라도 어쨌든 같이 걸음을 옮겨야 하는 전우처럼 느껴졌다. 그렇게 적대와 연대를 오가며 세미는 하얗게 지쳐 갔고 그 시절에 대해 복기하는 여름도 무겁게 흘러갔다.

아카이빙 가오픈 기간이라 한동안 세미는 연이어 야근을 했다. 연도별, 사건별, 분야별, 키워드별로 사용자가 검색하면 무려 백

년 동안의 자료가 동시에 움직여 원하는 결과를 도출해 내야 했다. 버퍼링이 발생하기는 했지만 다행히 발주처 만족도는 높은 편이었다. 데이터에는 사람들이 가장 높은 빈도로 입력한 단어들이 남아 있었는데, 대부분은 죽음과 관련된 것들이었다.

야근 내내 세미는 주로 지하 매점으로 내려가 식사를 해결했다. 입맛도 없고 더위 때문에 어디로 먹으러 나갈 의지도 생겨나지 않았다. 간단한 사무, 생활용품 들과 함께 매점에서는 라면과 우동 같은 간단한 요깃거리를 직접 끓여 팔았다. 처음 빌딩이 생긴 시절부터 거의 삼십 년 동안 해 오던 방식이라고 했다. 몇 걸음만 나와 걸어도 분식점이 수두룩한 시내에서 팔릴까 싶었지만 어느덧 세미도 거기를 애용하고 있었다. 어느 날인가 다 늦게 가 보니 사장이 강아지 한 마리를 데려와 들여다보고 있었다.

"이름이 뭐예요?"

세미가 테이블에 앉아 라면을 주문하면서 물었다.

"아직 내가 이름을 못 지었어. 길러도 될까 싶기도 해서."

"왜요? 완전 귀여운데."

털이 복슬복슬한 강아지는 입 주위만 까맸다.

"너무 어린 강아지라서 나 죽을 때까지 얘가 안 죽으면 어떡해요. 내가 내 나이 계산도 않고 일을 벌였지 뭐야."

사장은 공장을 하는 친구를 만나러 갔다가 주차장에 사는 개가 낳은 새끼를 한 마리 얻어 왔다고 했다. 외로워지니 안 하던 짓을 다 한다고, 버너에 불을 켜며 사장이 혀를 찼다.

"사장님, 그런 걱정은 하지 마세요. 얘들이 우리보다 빨리 나이 들어요. 인간한테 한 살이 얘들한테는 거의 칠 년이래요. 무섭게 빨리 크고 빨리 늙고 아프다가 떠나니까 걱정 마세요."

세미는 자기도 모르게 푸념하듯 말했다가 지난봄인가 매장에 '상중喪中'이라는 알림이 붙었던 걸 기억해 내고는 입을 다물었다.

정말 집을 내놓을 생각인지 엄마는 고장 난 레인지 후드를 고치는 대신 그냥 창문을 열어 환기하며 지냈다. 오빠는 불쑥불쑥 전화를 걸어 세미에게 청약 통장이 있는지 몇 년이나 부었는지, 지금 직장은 계약 기간이 언제까지인지를 물어 댔다. "이제 니 나이면 혼자 살 때도 됐지" 하고 언니가 삼십 대 여성의 독립에 대해 갑자기 강조하는 것도 달갑지 않은 변화였다.

"요즘 일인 가구가 얼마나 많니. 마트 가면 고등어구이 같은 거 반의반 토막까지 포장해 판다니까. 트렌드야. 되돌릴 수 없는 물결."

그런데 정작 그들이 간과하는 점이 있었다. 자기들은 한 번도 일인 '가구'였던 적이 없다는 사실. 결혼으로 원가정을 떠난 그들은 한 번도 혼자서 '가구'로 살아 본 적은 없고 한 가정에서 다른 가정으로 안전하게 옮겨 간 것뿐이었다.

세미에게 일종의 미션을 주고는 연락도 없던 양요는 여름이 다 갈 무렵에야 아파트 체력 단련장으로 세미를 불러냈다. 어떻게 되어 가냐는 확인에 세미는 며칠 전 중학교 때 공부방 선생님을 만난 이야기를 해 주었다.

"아, 나도 기억난다. 우리 라인 일 층에서 했었지? 우리 형도 다 녔잖아. 개를 기르고 있어?"

"응, 다섯 마리."

"다섯 마리나? 쩐다."

선생이 그 개들을 다 데리고 세미의 모교이기도 한 학교 운동장에 나타났을 때는 마치 먼지 폭풍을 몰고 등장하는 토르처럼 보였다. 제멋대로 땅을 구르고 뛰는 개들을 통제하느라 선생은 거의 혼이 나가 있었다.

"너무 예쁜 아가씨가 됐네."

그 와중에도 선생은 눈물을 글썽이며 세미를 반가워했다. "한 마리만 데려오셔도 되는데." 세미는 자기도 모르게 그렇게 중얼거렸지만 그 정도로 환대받을 줄은 몰랐기 때문에 같이 코끝이 찡해졌다. 선생은 자기가 직접 착즙한 과채 주스를 내밀었다. 공부방에 가면 항상 한잔 마시고 시작하던 거였다. 요즘처럼 조용히 즙을 짜내는 것이 아니라 윙, 하는 모터가 시끄럽게 돌아가고 과채 조각을 하나씩 밀어 넣을 때마다 톱날에 갈리는 소리가 서늘하게 들리던 기계였다. 세미는 선생이 모든 스트레스를 거기다 풀고 있는 게 아닐까 의심하면서 주스를 받아 마시곤 했다.

"여전히 건강한 맛이네요, 선생님."

"애들 거 갈면서 같이 갈았어."

지금 말하는 애들은 학생들이 아니라 다섯 마리의 개들을 가리

키는 거라고 했다. 이제 공부방은 운영하지 않으니까. 개들의 이름은 백두, 한라, 지리, 설악, 태백이었고 그중 백두가 이름답게 대장이었다. 세미는 일단 백두부터 쓰다듬어 준 다음 다른 개들에게 인사했는데, 그 잠깐 동안에도 어딘가로 뛰고 싶어서 서로 목줄을 엮었다.

"내가 알기로 세미네 강아지는 흰 개였고 이름은 설기였지?"

선생이 손수건으로 목덜미 땀을 열심히 닦아 내며 물었다. 물방울무늬의 날염 블라우스가 땀으로 젖을 정도로 더운 오후였다.

"네, 맞아요. 아시네요."

세미는 그렇게 기억해 주는 게 고맙기도 하고 신기하기도 해서 자기도 모르게 와락 손을 붙들듯이 목소리를 키웠다. 그러면서 선생이 설기를 본 적이 있나 궁금해했다.

"한 번 봤지. 공부방 이제 안 다니겠다고 세미가 말하러 왔을 때 강아지를 꼭 안고 왔잖아. 강아지 꼭 끌어안고 떨면서 말하고 가더라고. 선생님 저 이제 공부 안 해요, 대학 안 가요, 돈 벌 거예요."

한때 테니스장으로 쓰였던 체력 단련장은 지금은 완전히 버려진 공간이 되어 있었다. 코트는 갈라져 강아지풀들이 자라고 있었고 누가 갖다 놨는지 모를 이동식 농구 골대는 그물망이 다 찢어져 있었다.

"이상하지. 당신 개 좀 보자고 해서 사람들을 만나면 자꾸 내 얘기를 듣게 돼. 나라는 인간이 분명해져."

"그 말 너무 좋고 다행으로 들리네."

양요가 기지개를 켜며 밤하늘을 올려다보았다. 주차장 어딘가에서 사람들이 실랑이하는 소리가 들렸다. 내가 새벽에 일을 나간다고요. 해도 안 떠서 나간다고. 원래 이중 주차 금지예요. 당신 여기 혼자 살아? 공동 주택에는 공동의 규칙이라는 게 있어. 지하 주차장이 없어서 아파트 사람들은 늘 주차 자리를 두고 싸웠다. 너무 좁아서, 너무 많아서 화가 나는 거였다. 서울이 너무 좁아서 여기에 너무 많은 것이 있어서.

"모두들 여길 좀 지겨워하는 것 같아."

"우리 엄마도 그래. 어느 날은 싹 팔고 뜨자고 했다가 다 비싸졌는데 이제 어디를 가겠니 하기도 하고 정신없어."

"근데 이 밤에 여기 나오면서 모자는 왜 쓴 거야?"

"나, 연예인이야."

"누가 연예인인 거 몰라? 평소에도 맨얼굴로 나 봐라 하면서 다니다가 오늘은 왜 쓴 거냐고?"

세미가 이상해서 모자를 빼앗아 보니 양요의 얼굴이 푸르스름하게 부어 있었다. 피부과에서 시술을 받은 모양이었다. 어쩐지 하면서도 세미는 양요 머리에 모자를 도로 씌워 주었다. 양요는 이게 연예인 생활의 끝이라고 생각하지 않았고 세미도 그러기를 바랐다. 너무 많은 것들을 포기하고 올라간 자리이니까 최대한 버티다 내려왔으면 싶었다. 누가 등 떠밀 듯 말고 스카이다이빙을 하듯이 우아한 활강으로 천천히.

"너 기억나? 데뷔하고 동네 친구들 여기로 불러낸 적 있었잖아.

선물 준다고."

"내가 그랬나?"

"기억 안 나는구나. 갔더니 네가 박스를 열었고 거기에 옷이 엄청 들어 있었다? 와 하면서 애들이 몰려들어서 그걸 받아 갔는데, 야, 옷이 너무 야하고 붙어서 거의 입을 수가 없었어. 쫄티에 시스루였어."

"그땐 그게 유행이었잖아."

"그랬지. 근데 그때야 나는 네가 우리랑 다른 인생으로 가고 있다는 걸 느낀 것 같아. 그렇게 네 옷을 입어 봤을 때."

"그럼 내가 누나랑 같은 인생인 줄 알았니?"

"오, 그런 분이 이 시각에 여기는 왜 앉아 있어?"

"누나가 아프니까 그렇지. 일본에서 활동하자는 사람이 있어도 내가 가도 되나 싶을 정도로 윤세미 누나가 너무 걱정을 시키니까."

세미는 이제 자기 걱정은 해 주지 않아도 된다고 했다. 잘 견디고 있으니까.

"이 사람, 또 상처 주네."

양요가 그렇게 말하더니 자리에서 일어나 있지도 않은 농구공으로 골대에 슛을 던졌다. 그리고 자기는 정말 일본으로 갈지도 모른다고 했다. 괜찮다고 세미가 말했으니 그러면 진짜 괜찮게 지내다 만나자고.

당신 개 좀 안아 봐도 될까요

그해 회사에서 구미베어가 해고되었을 때 세미는 무언가가 자신에게 돌진해 부딪힌 것 같았다. 주요 거래처의 업무를 제대로 처리하지 못한 구미베어의 명백한 잘못이었는데도 마치 자신이 그런 결말을 간절히 원해 온 듯한 자책감을 느꼈다. 그 무렵 구미베어의 어머니가 회사 근처 병원에 입원 중이었는데, 어머니 병실에서 아들이 일하는 빌딩이 보여 든든해한다고 한 말을 들은 터라 더 괴로웠다. 그런데도 이후 직장 OB들 단체 채팅방에서 구미베어의 모친상 소식을 듣고도 문상을 가지도, 조의금을 보내지도 않았다. 다시 두 번째 직장을 구하기 위해 일 년 넘게 대기하고 있던 시절이었다. 의지적으로 연락을 하지 않은 것이 아니라 그걸 할 수 있는 힘이 없었던 것에 가까웠다. 자기 전 세미는 설기에게 가서 "나 왜 그랬을까?" 하고 물었다. 당연히 설기는 답이 없었고 세미는 다음 날 구미베어에게 연락해 "과장님 개 좀 만나 볼 수 있어요?" 하고 물었다.

눈길

"여의도 오랜만이네. 내가 그렇게 잘리고 여기로는 고개도 안 돌렸거든."

예전 그 성격답게 구미베어는 둘 사이의 껄끄러운 일을 그렇게 풀고 지나갔다. 지금에 와서 그게 중요한가 싶었지만 세미는 자기도 이 년을 채우고 그 회사를 바로 나왔다고 설명했다.

"잘했어."

"우리 나가고 다들 우르르 나갔대요. 그 회사 정말 문제 많았어요."

"아니, 이 년을 채운 게 잘했다고. 아무리 평생직장 없다지만 이 년 이하 경력은 곤란하지. 잘했어."

구미베어가 그렇게 말하자 세미는 마치 그런 승인을 오랫동안 기다려 온 것처럼 마음 어느 부분의 불편이 사라지는 것을 느꼈다. 그래서 준비해 간 조의금을 조심스레 내밀었다. 구미베어는 어머니 가신 지 육 년 가까이 되었다며 위로받을 때는 지났다고 사양했다.

"받으세요, 과장님. 시간이 아무리 지나도 있던 누군가가 없다는 사실은 안 변하잖아요. 그런 건 영원히 그대로잖아요."

세미가 울컥해하며 말하자 구미베어는 황망하게 손을 내밀어 조의금 봉투를 받았다. 둘은 서로 묵례를 하며 고맙다는 말을 주고받았고 함께 어색하게 공원을 돌았다.

"와, 이거 은행이네, 은행 맞죠?"

작대기를 들고 나뭇가지를 툭툭 치고 있는 사람들에게 구미베어가 물었다. 그렇다는 답이 경상도 억양으로 돌아왔다.

"고향이 경상도 어딥니꺼? 저도 거기라서."

"안동이요. 그짝은 어딩교?"

"구미입니더."

여름의 숲이 어딘가 비현실적으로 느껴질 정도의 활기에 차 있다면 가을의 숲은 평온을 향해 조용히 열리는 공기를 가지고 있었다. 햇살이 순해지고 바람이 선선해지면서 자연스레 차분해지는 사람들 마음과 닮아 있었다. 구미베어가 공주라는 이름을 지어 준 개는 주변 기척에 매우 예민한 성격인 듯했다. 발걸음을 옮길 때마다 주변 냄새를 열심히 맡았고 연못 위로 떨어져 내리는 나뭇잎들을 보면서도 짖었다. 설기도 공주처럼 예민한 개였다. 지금은 이사 가고 없지만 세미네 옆집에 남동생 부부에게 얹혀사는 남자가 한 명 있었는데, 그가 아파트 복도 쪽으로 나 있는 창을 통해 세미 방을 훔쳐본다는 사실을 가장 먼저 알아챈 것도 설기였다.

"나도 세미 씨 개 기억해. 그 개 이름이 백설기에서 왔다는 것도."

"제가 그런 얘기까지 했어요?"

"생각보다 우리 친했어. 상황이 각박해서 그 시절 좋은 기억이 다 사라지고 말았겠지만. 왜 겨울 되면 봄에 뭐 했나 싶고 여름에는 뭐 했나 싶듯이."

세미는 그냥 있는 사실 그대로 고백했다. 자기가 왜 개를 보여 달라고 사람들에게 연락하게 되었고 트레이너에게 어떤 말을 들었는지, 그런 일의 연쇄가 어떻게 재회로까지 이어졌는지.

"저 왜 과장님 여자라고 거짓말 쳤을까요?"

구미베어는 "그런 걸 뭘 어렵게 고민해? 자기 같아서 그렇게 말했겠지"라고 했다. 언젠가 잔뜩 취해서 "과장님은요, 너무 저처럼 등신이에요"라고 한 적이 있다고. 이윽고 세미는 시애 씨와 가시박 얘기를 했던 구름다리까지 왔지만 그 얘기는 하지 못했다. 이상하게 눈물이 났기 때문이다. 세미가 그렇게 감정이 북받치자 공주는 꼬리를 흔들며 달래고 싶어 했고 지나가는 멧비둘기를 경계하며 컹, 하고 짖었다.

설기는 겨울에 온 개였다. 눈이 너무 많이 내려 아파트 복도까지 생크림 더미 같은 눈이 쌓였을 때였다. 세미는 개를 반기지 않았다. 크게 낙담하고 있었기 때문이다. 웃고 싶지도 않고 아무런 힘도 나지 않는데 그걸 하라고 엄마가 저 부담스럽게 귀여운 걸 들고 온 듯했다. 행복하고 싶지 않았다. 잘 지내고 싶지도 않았다. 미성년자인 자식은 세미뿐이어서 세미는 부모 중 누구와 살 것인지를 선택해야 했다. 변호사는 세미가 아빠와 살게 되면 엄마가 아파트에서 나가게 될 것이고 엄마와 산다면 아빠가 집을 나가게 될 거라고 했다.
"왜 그래야 하는데요?"
"법이 그래."
부모가 불화하면 아이들은 해결하기 위해 노력한다. 내가 착하게 굴고 예쁘게 굴고 부모 마음에 들게 구는 것이 이 감당할 수 없는 불행을 막으리라고 믿기 때문이다. 그렇게 오랫동안 해 온 자신의 노력이 모두 수포로 돌아갔음을 인정해야 하는 순간 세미는 몸의 힘을 다 잃어버린 것 같았다. 변호사 방은 어떻게 걸어서 나가지, 계단은 어떻게 내려가지, 무엇보다 누구랑 살 건지에 대한 대답은 어떻게 하지. 얼굴을 드는 일마저 힘겹게 느껴졌다. 막상 데려오기는 했지만 엄마도 반려견에 대해 아는 건 없었다. 신문지를 깔아 주고 그냥 거실에서 혼자 자게 내버려 두었다.

  개는 오들오들 떨면서 며칠 밤을 낑낑거렸고 그러던 어느 밤 다이어리에 "나는 아무도 사랑하지 않을 것이다. 아무도 기다리지 않을 것이다. 누가 날 사랑하면 그 사람을 나쁘고 나쁘게 해칠 것이다" 같은 말을 적고 있던 세미의 방 문간에 나타났다. 그리고 개는 멀거니 세미를 바라보았다. 더 이상 상처받지 않기 위해 그렇게 마음의 슬픔에 저항해 가던 세미는 울어서 퉁퉁 부은 눈으로 설기를 쳐다보았다. 그렇게 눈이 마주친 둘은 한동안 서로를 살폈다. 괜찮을까, 마음을 주어도 사랑해도 가족이 되어도 괜찮을까, 날 아프게 하지 않을까. 이윽고 먼저 다가와 안긴 것은 세미가 아니라 설기였다.

  겨울이 가까워지자 세미는 설기의 물건들을 정리하기 시작했다. 발작을 멈추는 데 도움이 될까 싶어 마지막까지 먹였던 영양제, 우유와 습식 사료 캔, 이동 가방, 안전문, 아직 포장을 뜯지 않은 배변 시트, 콧물을 빨아들이기 위해 샀던 흡입기, 도자기 식기. 출근을 해서는 온라인 직거래 플랫폼에 가격을 붙여 올리고 연락이 오면 회사 근처로 나가 공짜로 나누어 주었다. 그래야 무턱대고 달라는 사람들을 거를 수 있었다.

  "그걸 왜 공짜로 줘? 인플레이션이다, 경기 침체다 난리인데 어디서 여유를 부려, 여유를. 누나가 산타니? 산타야?"

전화를 건 양요는 자기 것도 아니면서 아까워했다. 세미는 양요가 웬일로 하나도 안 틀리고 말을 하나 싶어서 웃음이 났다.

"산타 하지 뭐. 곧 있으면 크리스마스인데."

어떤 사람들은 세미 앞에 자기 개를 데리고 오기도 했다. 나이든 개들은 느리고 의젓했고 작은 개들은 늠름하고 상냥한 활기를 띠었다. 사람들이 "강아지가 떠났나 봐요?" 하고 조심스레 물으면 거의 스무 살까지 살다가 갔다고, 끝까지 견뎌 줬다고 힘을 주어 말했지만 그래서 지금은 괜찮아졌냐는 질문에는 하나도 괜찮지 않다고 솔직하게 답했다. 하지만 그렇다고 아무것도 나아지지 않은 건 아니라고.

매점으로 내려가 사장에게 건넨 견모차가 설기의 마지막 물건이었다. 넘겨주기 전에 세미는 빈 견모차를 펴서 설기가 앉았던 자리를 손으로 쓸어 보았다. 그리고 매미 소리가 쨍하게 들렸던 그들의 마지막 여름날, 일어나 앉지도 못하는 설기를 데리고 공원으로 나갔던 일을 떠올렸다. 세미가 설기와 하던 것을 여전히 고집하며 하려 할 때 설기만 뺀 모든 풍경이 여느 때와 다르지 않은 여름을 견지하고 있었던 것을.

매점 사장은 그러지 않아도 사람들이 공원에서 밀고 다니더라며 고마워했고 개 이름은 오래오래 살라는 뜻에서 백살이라 지었다고 알려 주었다.

막상 크리스마스가 되자 세미가 다른 사람들과 나눌 수 있는 것은 더는 없었다. '이날에 필요한 모든 것들을 일 년 내내 해 버렸네' 하고 세미는 생각했다. 보고 싶었던 영화들을 빨리 보기로 몰아 보고 괜히 방도 치워 보면서 세미는 크리스마스를 보냈다. 아파트에서 내려다보이는 교회에는 낮인데도 첨탑에 불이 들어와 있었다. 언니네 집에 간 엄마는 조카가 크리스마스 케이크를 양손으로 움켜쥔 채 맛있게 먹는 사진을 보내 왔다. 세미는 엄지손가락으로 사진에 대한 반응을 표시하고는 맥주를 사러 나갔다.

설기가 가고 나서 세미에게는 지나가는 개들의 발소리를 듣는 버릇이 생겼다. 발톱으로 보도를 살짝살짝 긁으며 걷는 가볍고 빠른 템포의 스텝들. 그 발소리는 아무리 바쁜 와중에도 세미 귀에 들려왔고 그래서 돌아보면 어김없이 개들이 있었다. 한번 준 마음을 포기하지 않는 개들이, 그렇게 해서 인간을 믿을 줄 아는 개들이 설기처럼 기품 있게 걷고 있었다. 처음에는 아파트 상가에 들를 생각이었지만 세미는 더 멀리 걸었다. 그러다 보니 여름에 양요와 함께 앉아 있었던 맥주 가게가 떠올랐고 겨울에는 뭘 파는지 확인해서 말해 줘야지 싶은 생각이 들었다. 누구에게 얘기할지는 모르겠지만 누가 그런 걸 궁금해할지도 모르겠지만. 세미는 다시 방향을 바꿔 걸었고 그런 세미 곁을 쌀가루 같은 흰 눈이 내려 뒤따랐다.

장은진

2002년 『전남 일보』 신춘문예와 2004년 『중앙 일보』 중앙신인문학상으로
작품 활동을 시작했다. 소설집 『키친 실험실』, 『가벼운 점심』, 장편 소설
『앨리스의 생활 방식』, 『날짜 없음』, 『날씨와 사랑』 등을 썼다. 문학동네작가상,
이효석문학상 등을 받았다.

파수꾼

귓속에 물이 찬 듯 잠잠한 게, 세상이 또 한 번 침묵한 것 같다고 강 씨는 눈을 감은 채 생각했다. 그런데 조금 이따 고개를 들었을 땐 물이 찬 게 귓속이 아니라 2평 남짓한 초소인 것만 같았다. 모든 게 끝난 듯 주변은 적막하기만 했다. 그렇다고 움직임이 없는 것도 아닌데 소리가 삭제되어 있었다. 밖으로 난 조그마한 유리창을 눈송이가 거칠게 두드리고, 전원이 켜진 라디오에서도 뭐든 흘러나오고 있을 텐데 아무 소리도 들리지 않았다. 강 씨는 팔을 들어 손바닥을 세게 마주쳐 보기까지 했다. 그래도 소리는 없었다. 소리가 지워진 유리창은 유리창이 아니었고, 라디오는 라디오가 아니었으며, 강 씨는 강 씨가 아니었다. 강 씨는 겁이 난다기보다 물속에 잠긴다는 것이 어쩌면 이런 느낌이겠구나 싶어서 고통스러웠다. 아무 소리도 들리지 않을뿐더러 자신이 외치는 목소리조차 누군가에게 전해지지 않았겠구나. 그러자 갑자기 막막하고 쓸쓸해졌다. 그때 유리창이 아닌 유리창을 통해 열차가 아닌 열차가 빠른 속도로 지나가는 모습이 보였다.

강 씨는 부랴부랴 책상에 놓인 경광봉을 집어 들고 초소를 나갔다. 깊은 바다에서 빠져나온 듯 귓속의 물이 사라지자 소리가 방울방울 피어오르기 시작했다. 소리가 돌아온 세상은 명징해져서 눈은 눈이 되었고, 바람은 바람이 되었으며, 강 씨는 강 씨가 되었다. 그러나 너무 늦게 도착한 탓에 할 일을 마친 빨간 경보등은 타종과 함께 점멸을 멈춘 상태였고 차단기마저 서서히 공중으로 올라가고 있었다.

강 씨는 엉거주춤 서서 오른쪽으로 고개를 돌렸다. 쏟아지는 하얀 눈송이와 바람 사이로 저 멀리 철길이 희미하게 보였다. 열차가 지나가고 난 텅 빈 자리. 열차가 건널목에 진입하기 400미터 전 궤도 회로를 통과하면 센서가 작동해 자동으로 경종이 울리게 되어 있었다. 그런데 경보음은커녕 열차가 내지르는 소리조차 듣지 못했다. 벌써 다섯 번째였다. 다행히 자정이 넘은 시간이라 건널목을 지나는 차량과 보행자는 없었다. 그렇다고 그 사실이 큰 위로가 되지는 않았다. 강 씨는 반대쪽으로 고개를 돌려 오늘의 마지막 열차가 떠난 구부러진 철길을 물끄러미 쳐다봤다. 무엇이 됐든 떠난 자리에는 고요와 고독만 남는 것 같다고 강 씨는 생각했다. 건널목을 지키면서 수없이 많은 열차를 떠나보냈지만 그 뒤에 찾아오는 허전함은 익숙해지지 않았다. 그것은 삶에 있어서도 마찬가지였다.

얼마나 오랫동안 서 있었는지 강 씨의 희끗한 머리 위로 그보다 더 희끗한 눈이 차분하게 쌓였다. 어디선가 들려 온, 무게를 이기지 못하고 쏟아진 눈덩이 소리에 강 씨는 정신을 차리고 철길에서 천천히 돌아섰다. 그러다 잠시 흠칫 놀라 자신도 모르게 걸음을 멈췄다. 건널목 상단에 설치된 LED 전광판과 강 씨가 들고 있는 경광봉에서 퍼져 나온 빨간 불빛 때문이었다. 불빛에 물든 눈송이가 바닥에 쌓이자 그 부근이 피가 번진 것처럼 보였다. 강 씨는 2주 전에 일어난 사고를 떠올렸다. 그날은 귓속에 물이 차지 않아서 소리를 분명히 들을 수 있었다. 열차가 곧 들어온다는 경보음이 울리고 강 씨는 관리원 수칙에 따라 초소를 나가 안전 임무를 차질 없이 수행했다. 하지만 호루라기까지 불어 가며 저지했음에도 죽기 위해 작정하고 철길로 뛰어든 사내를 막기란 역부족이었다. 환한 대낮이었고 보행자가 가장 많은 시간대라 그 끔찍한 사고를 무수한 시선이 목격하고 말았다. 새하얀 눈을 서서히 물들이던 빨간 피도. 강 씨는 그 뒤로 귓속에 물이 차는 시간과 깊이가 더 심해졌다고 느꼈다.

강 씨는 빨개진 눈밭을 딛지 않으려고 폴짝 뛰어서 초소로 향했다. 마지막 열차를 보냈으니 다음 첫차가 들어올 때까지 잠을 충분히 자 둬야 했다. 소리가 자꾸 사라지는 건 피곤해서일 것이다. 오래되어 삐걱대는 초소 문이 삐그덕, 하고 열렸다. 이어 그 낡은 소리를 닮은 소리가 가까운 데서 조그맣게 들려왔다. 강 씨가 소리 나는 쪽으로 고개를 돌렸을 때 그 소리는 한 번 더 들려왔다. 야

오옹. 아까처럼 귀가 들리지 않았다면 이토록 캄캄한 어둠 속에 녀석이 있다는 걸 모른 채 지나치고 말았을 것이다. 고양이는 눈을 피해 다섯 칸짜리 책장 안에 웅크리고 앉아 있었다. 책장은 아래쪽 선반이 부서져서 버리려고 2주 전에 내다 놓은 것이었다. 강 씨는 경광봉으로 선반 안을 비췄다. 노랑 줄무늬 고양이가 강 씨를 경계심 없는 눈초리로 쳐다보고 있었다.

"또 네놈이구나."

"야옹."

"넌 왜 항상 거기서 날 지켜보는 거지?"

"야옹."

"구슬 같은 눈으로 말이야."

사실 어제 오후에 처분하려던 책장을 강 씨는 고양이를 위해 일부러 미뤄 두었다. 녀석이 찾아오리라는 걸 알고 있어서였다. 어쩌면 오기를 기다렸을까. 강 씨는 경광봉을 초소 쪽으로 흔들며 들어오라는 신호를 보냈다. 고양이는 그 의미를 알아채고 선반에서 훌쩍 뛰어내려 초소 안으로 들어갔다.

온풍기가 돌아가고 있어서 초소 안은 따뜻했다. 고양이는 바닥을 쓸 듯 긴 꼬리를 이리저리 흔들며 작은 냉장고 앞에서 연신 야옹댔다. 그 안에 자신의 먹이를 보관해 두고 있다는 걸 알아서 빨리 꺼내 달라고 으름장을 놓는 것이었다. 강 씨는 고양이의 뻔뻔함을 좋아했다. 얼마나 많은 고양이가 저런 성격을 부여받았는지 알 수 없으나, 강 씨가 지금까지 거리에서 만난 고양이들은 대개 겁이 많아서 자기 몫을 챙기지 못했다. 물론 요구하는 법도 몰라서 짧게 살다 죽거나 어디론가 금방 사라져 버렸다. 영리하게도 녀석은 달아나지 않으면 지켜보는 사람이 생기고, 먹이를 얻을 수 있다는 걸 알았다. 그러니까 녀석을 살린 도구는 저 뻔뻔함이었다. 그것의 시작은 죽을 것 같은 허기였으리라 강 씨는 짐작했다.

강 씨는 냉장고에서 어제 먹고 남겨 둔 고양이용 통조림을 꺼내 사료를 한 줌 섞었다. 그리고 물과 함께 녀석에게 주었다. 녀석은 으름장을 멈추고 등을 우아하게 곡선으로 말고 앉아 느린 속도로 먹기 시작했다. 강 씨는 그 모습을 조금 지켜보다 초소에 딸린 골방으로 들어갔다. 그는 머리맡에 핸드폰을 놓고 자리에 누웠다. 건널목 관리인의 삶이란 첫 열차를 맞이하기 위해 잠에서 깨고, 마지막 열차를 떠나보내고 잠자리에 드는 것이었다.

그러나 눈을 감았지만 잠은 오지 않았다. 임무를 제때 수행하지 못했다는 자책도 그러하지만 열어 둔 문틈으로 소리가 계속 들려오고 있어서였다. 식사가 끝났는지 가벼워진 깡통을 녀석이 구석구석 핥을 때마다 바닥에서 밀리는 소리가 '끝, 끝, 끝' 하고 났다.

"그래, 네 말대로 모든 일에는 끝이 있지."

강 씨는 잠이 오지 않아서 나지막하게 그 소리에 대답해 주었다. 그러자 한참 후 '활짝활짝' 녀석이 물을 할짝거리는 소리가 신경에 거슬릴 정도로 선명하게 들려왔다.

"그것도 그렇지. 끝나는 곳에는 문이 활짝 열려 있고, 우리는 그 문으로 발 하나만 내밀면 돼. 쉽지, 쉬워. 끝내는 건 아주 쉽지. 그래서 다행이야. 생각을 오래 할 필요가 없거든. 그저 한 발짝뿐이지."

녀석도 강 씨의 말에 동의하는지 할짝거리는 소리가 더 크게 들려왔다. 어쩌면 소리에도 보존되는 질량이 있어서 아까 듣지 못했던 소리들이 한꺼번에 밀려오고 있는 건지도 모르겠다. 더는 들려오는 소리가 없자 강 씨는 다시 눈을 붙이려고 심호흡을 했다. 사실 잠이 오지 않는 건 핑계였고 강 씨는 잠을 자는 게 두려웠다. 또 그사이 귀에 물이 차서 알람을 못 듣게 될까 봐. 그래서 새벽 첫 열차를 놓쳐 버릴까 봐. 하는 수 없이 강 씨는 핸드폰 알람을 진동으로 바꾸고 뒷주머니에 찔러 넣었다. 강 씨는 엉덩이가 배겨 똑바로 누울 수 없어서 문 쪽으로 돌아누웠다.

잠이 드는구나 싶었지만, 누군가 초소 문을 열고 들어오는 소리에 강 씨는 눈을 떴다. 송 군이 몸을 흐느적거리며 골방으로 기어들어 와 강 씨 옆에 누웠다. 술 냄새가 좁은 방을 가득 채웠다. 아주 중요한 약속이 있다며 근무 시간을 바꿔 달라더니 술 약속인 모양이었다.

"취했으면 집으로 갈 것이지 여긴 왜 왔어?"

강 씨가 눈을 감은 채 벽 쪽으로 돌아누우며 물었다.

"아저씨 탓이 아니잖아요……. 죽으려고 뛰어든 사람을…… 무슨 수로 막겠어요."

그렇긴 하지만 더 잘 지켜봤다면 구할 수도 있지 않았을까. 강 씨는 속으로만 생각할 뿐이었다.

"여긴 왜 온 거냐고."

"택시비가…… 모자라서요……. 여기까지 오니까…… 딱 500원 남더라고요."

강 씨는 거짓말인 걸 알았다. 그러면서도 500원으로 갈 수 있는 거리란 어디까지일까 상상했다.

"안 마시던 술은 왜 마시고 그래?"

대답이 없어서 강 씨가 다시 물었다.

"응?"

"헤어지고…… 오는 길이에요."

"오는 길은 누구나 헤어지는 거지. 헤어지지 않으면 어떻게 와."

"농담할…… 기분 아니에요."

송 군은 자신이 헤어지자고 한 거라고 뒤이어 말했다.

"이유가 뭔데?"

송 군은 울고 있었다. 술 냄새처럼 흐느끼는 소리가 좁은 방을 가득 채웠다. 강 씨에게는 송 군의 울음소리가 아주 크게 들렸다. 강 씨는 귓속에 물이 차 있었다면 잠에서 깨지 않았을뿐더러 지금 이 대화와 송 군의 슬픔도 그냥 지나쳤을 텐데, 하고 생각했다. 그러나 낡고 초라한 골방 혼자 감당하기엔 울음소리가 너무 컸다. 때론 들리거나 들어 주는 것만으로도 슬픔은 약해질 수 있었다. 누군가의 슬픔은 타인의 귓속에서 부서질 수 있었으므로.

이유가 뭐냐고 물었지만, 강 씨는 무엇 때문에 송 군이 여자 친구한테 결별을 고했는지 짐작할 수 있었다. 서른두 살인 송 군은 언론 고시를 준비 중이었다. 몇 번의 낙방이 있었고, 통장 잔고가 바닥나자 송 군은 철도 건널목 관리자 채용에 응해야 하는 상황까지 몰렸다. 건널목 관리인은 열차가 들어올 때만 집중해서 안전 관리를 하면 되므로 틈틈이 자기 시간을 가질 수 있었다. 그런데 계약 만료를 두 달여 앞두고 송 군은 한 번 더 시험에 낙방하고 말았다.

어둠 속에서 강 씨는 수더분하게 생긴 송 군과의 첫 만남을 떠올렸다. 철도 건널목은 열차 통과 횟수와 도로 교통량에 따라 제반 설비 기준이 달라졌다. 강 씨가 근무하는 곳은 몇 년 사이 아파트 단지가 대규모로 들어서면서 자동 차단기와 24시간 주야로 간수를 배치해야 하는 1종 건널목이 되었다. 2종일 때는 교통량이 많은 시간대에 혼자서 건널목을 관리해도 충분했다. 교통량 상시 증가로 안전사고 비율이 높아지자 시에서는 건널목을 1종으로 전환시키고 간수 추가 배치를 결정했다. 생계형 취업일 경우 건널목 관리는 아파트 경비직과 마찬가지로 5급 이하 하위 퇴직자에게도 취업을 허가하는 직종이었다. 그렇다 보니 강 씨처럼 나이 든 퇴직자들이 주로 지원하는 편이었다. 그런데 새파랗게 젊은 송 군이 초소 문을 열고 들어오자 강 씨는 좀 놀랐다. 강 씨는 당연히 자신과 비슷한 연령대의 퇴직자일 거라 생각하고 있었다. 하지만 며칠 같이 지내며 이런저런 얘기를 나눠 보니 나이만 다를 뿐 처지는 여러모로 비슷하다는 걸 알았다. 일자리가 부족한 요즘 청년들은 늙은이가 다 된 것처럼 주름과 시름으로 살아가고 있었다. 그런 송 군에게, 게다가 애인과 헤어지고 한밤중 술 취해 돌아온 송 군에게 강 씨가 해 줄 수 있는 거라곤 이불을 끌어다 덮어 주는 것뿐이었다.

바닥을 울리며 열차가 지나가고 있었다. 강 씨는 깜짝 놀란 얼굴로 자리에서 벌떡 일어났다. 또 놓친 것인가. 뒷주머니에 찔러 두었던 핸드폰은 바닥을 나뒹굴고 있었고, 시간은 벌써 정오를 넘긴 상태였다. 열차를 몇 대나 보내 버린 걸까. 자는 동안 귓속에 또 물이 찼던 걸까. 강 씨는 헐레벌떡 골방을 나갔다. 마침 군청색 제복 차림의 송 군이 관리를 마치고 초소로 들어오고 있었다.
"왜 안 깨웠어?"
"좀 쉬시라고요. 어제 근무 시간도 바꿔 주셨잖아요."
송 군은 한숨도 못 잔 얼굴이었고, 누가 봐도 실연한 남자의 표정을 하고 있었다. 아마 새벽 첫 열차가 들어올 때까지 잠이 오지 않았을 것이다. 어제 강 씨가 들어 준 슬픔만으로는 부족했는지 송 군의 눈은 퉁퉁 부어 있었다. 강 씨의 귀가 닫힌 동안 송 군은 조금 더 운 모양이었다. 그 슬픔은 누가 들어 주었을까. 아무도 없어서 자신의 귓속에 담아 부수었겠지.
점심시간이기도 하고, 송 군이 해장도 못 했을 것 같아서 강 씨는 작은 냄비에 생수를 넣고 즉석 북엇국을 풀었다. 국이 끓을 동안 강 씨는 냉장고에서 밑반찬 몇 가지와 햇반을 꺼내 탁자에 놓았다. 송 군은 그사이에도 책상에 앉아 토플책을 들여다봤다.

식사 준비가 끝나자 그쳤던 눈이 다시 흩날리기 시작했다. 그때 누군가 초소 문을 소심하게 똑똑 두드렸다. 노란 우산을 쓴 여자애가 문을 열고 초소 안을 빼꼼히 들여다봤다. 인근 초등학교에 다니는 여자애는 건널목을 오갈 때마다 고양이를 보러 초소를 방문하곤 했다. 가끔은 먹을 걸 챙겨 들고 잠옷 차림으로 밤늦게 찾아오기도 했다. 친구가 없는지 여자애는 늘 혼자 다녔다. 감정 표현이 서툴고 말수가 없는 편이었다. 녀석을 만나도 가만히 지켜보다 이따금 털을 쓰다듬을 뿐 특별히 어떤 말을 건네지는 않았다. 강 씨가 숟가락을 입에 문 채 초소 안을 두리번거리자 송 군이 말했다.

"뻔순이요?"

송 군은 고양이를 그렇게 불렀다.

"추워서 안에 두려고 했는데 나가고 싶은지 문을 계속 긁더라고요. 뻔순이 개, 요즘 가만 보니까 바람난 것 같아요. 살찌워 놨더니 살 만해진 거죠."

여자애가 들고 온 희뿌연 봉지 속에는 어제저녁 엄마 몰래 챙겨둔 고등어가 두 토막이나 들어 있었다.

"녀석이 좋아하는 거구나. 이따 올래, 아니면 대신 전해 줄까?"

여자애는 봉지를 강 씨한테 맡기고 초소를 나갔다. 강 씨는 노란 우산이 동동 떠다니며 건널목을 안전하게 건너는 모습을 창문 너머로 지켜본 후 식사를 마저 했다. 소문에 의하면 녀석이 처음 발견된 곳은 열차 안이었다고 한다. 길바닥을 떠돌다 우연히 열차에 올라탄 것인지, 주인이 일부러 열차에 두고 내린 것인지 알 수 없으나 녀석은 그렇게 열차를 타고 인근 역에 도착했다. 역사를 여러 날 배회하다 이곳 초소까지 흘러들어 왔을 때 녀석은 당장 뭐라도 먹이지 않으면 죽겠구나 싶을 만큼 비쩍 말라 있었다. 숨을 쉰다는 게 신기할 정도로 뱃가죽도 들러붙은 상태였다. 얼마나 허기가 졌으면 녀석은 트럭 밑에 숨어서 강 씨를 지켜보다 밥 좀 달라는 듯 튀어나와 다리에 엉겨 붙었다. 그러고는 가는 데마다 쫓아다녔다. 사람을 졸졸 따라다니는 길고양이는 태어나 처음이었다.

"그냥 아저씨가 집에 데려다 기르는 건 어때요? 이제는 아저씨를 아예 주인으로 생각하는 것 같은데."

그런 생각을 안 해 본 건 아니지만 강 씨는 녀석을 맡는 게 두려웠다.

"그리고 아저씨도 근무 끝나면 집에 가서 편하게 주무시고요."

또 잔소리가 시작되는구나 싶었다. '담배도 끊으시고요'라는 말이 나올 게 뻔해서 강 씨는 남은 북엇국을 버리러 가겠다는 핑계를 대며 자리에서 일어났다. 마누라가 없어서 좋은 게 딱 한 가지 있다면 잔소리 들을 일이 없다는 것이었다. 강 씨는 화장실 변기에 국을 쏟으며 볕 좋은 날 가끔 초소로 도시락을 싸 오던 아내를 떠올렸다. 그런 날은 도시락을 들고 아내와 함께 인근 강가로 나가 점심을 나누어 먹었다. 도시락을 먹으며 바라보던 강은 날씨와 상관없이 항상 평화로웠다. 강물 흘러가는 소리는 세월이 흐르는 소리처럼 잔잔했고, 귀를 오래 기울이면 아내가 재잘대는 소리처럼도 들렸다. 그래서 강기슭에 한동안 앉아 있으면 아내의 못다 한 이야기를 듣는 것 같았다.

　강 씨는 화장실을 나와 눈에 잘 띄지 않는 구석에 서서 담배를 피웠다. 사람들과 차량이 건널목을 건너고 있었다. 열차는 철로를 지나쳐야 살았고, 사람들은 건널목을 지나가야 하루를 시작하고 맺을 수 있었다. 가끔은 살기 위한 열차가, 살아 내려고 건널목을 건너는 사람을 치는 경우가 있었다. 양쪽 다 무사히 살아가도록 지켜보는 게 강 씨의 일이었다. 강 씨는 지켜보는 게 지켜 주는 거라고 생각했다. 지켜 주려면 일단 지켜봐야 한다고. 강 씨 외에도 건널목을 지켜보는 건 또 있었다. 빨갛게 흘러나오는 LED 전광판의 안전 문구들, 지저분할 정도로 철도 주변에 덕지덕지 세워진 장치들. 건널목에는 일단정지, 접근 금지, STOP, 멈춤이란 빨간 문구와 사선, 엑스 선 표지판들이 지겨울 만큼 반복적으로 설치되어 있었다. 안전을 위해서는 같은 말을 하고 또 해도 모자라다는 듯. 반복은 강조하고 경고하기 위함이었다. 무질서하고 중구난방이라 미관상 결코 아름답다고 할 수 없지만, 어디를 가나 건널목은 어수선하고 지저분한 인상을 풍겼다. 목숨을 지켜 주려면 미관 따위는 고려할 여유가 없다는 듯. 그래서인지 건널목은 아름다운 사진을 남기는 장소로는 적절치 않았다. 실제 강 씨는 건널목을 배경으로 사진 찍는 사람을 본 적이 없었다.

　철로를 안전하게 건너야 살 수 있는 건 사람과 차량만이 아니었다. 외출했던 고양이가 건널목을 이쪽저쪽 살핀 뒤 가벼운 걸음걸이로 철길을 건너왔다. 건널목을 건널 줄 아는 고양이라니. 강 씨는 녀석을 아득히 지켜봤고, 그 모습을 본 고양이가 재빨리 뛰어와 강 씨 앞에 서서 마누라처럼 으름장을 놓았다. 이번에는 담배를 피우지 말라는 것 같아서 강 씨는 허리를 그려 눈밭에 담배를 비벼 껐다. 그리고 꽁초를 쓰레기통에 버리고 초소로 갔다. 그때 앞장서 걷던 녀석이 뒤돌아 강 씨를 오묘한 눈으로 쳐다봤다.

 송 군이 말한 '바람'이 멈춘 것일까. 어쩐 일인지 녀석은 날이 어두워졌는데도 밤 외출을 나가지 않았다. 여자애가 두고 간 고등어 두 토막을 잔뜩 먹고 회전의자로 올라가 몸을 동그랗게 만 채 오랫동안 잤다. 자고 일어나서는 강 씨와 좀 놀아 주더니 돌연 게으른 고양이가 돼서 무료한 표정과 가늘어진 눈동자로 창밖을 응시했다. 그러다 경보음이 울리고 열차 들어오는 소리가 들리자 눈을 커다랗게 만들고 귀를 바짝 세워서 그 사실을 강 씨에게 알렸다. 귓속에 물이 찼던 어느 날 강 씨는 녀석의 움직이는 귀와 눈동자를 통해 열차 진입을 알아채고 위기를 모면한 적이 있었다.
 그런데 오늘은 다른 문제가 발생하고 말았다. 그 열차는 정기 열차는 아니었고 화물을 실은 임시 열차라 관할 철도역으로부터 진입 시간을 미리 통보받은 상태였다. 관리 초소 고양이다운 녀석의 신호로 강 씨는 귓속에 물이 차 있었는데도 늦지 않게 건널목으로 나갈 수 있었다. 그러나 안도감도 잠시, 이번에는 예기치 않게 건널목 차단기가 말썽을 일으켰다. 고장이 났는지 차단기는 열차가 다 들어올 때까지도 내려오지 않고 공중에 머물렀다. 그때 아파트 단지 쪽으로 치킨 배달을 가던 청년이 갑자기 속력을 내며 무단 횡단을 강행했다. 청년은 철로를 무사히 건너는 듯했지만 간발의 차로 열차가 오토바이 뒷바퀴를 스치고 지나갔다. 오토바이는 균형을 잃고 비틀거리다 전봇대를 들이받았다. 다행히 청년은 크게 다치지 않았으나 강 씨가 신고한 119 차량에 실려 급히 병원으로 이송됐다. 오늘 일어난 안전사고는 신속 배달에 목숨을 건 치킨집도, 살기 위해 열심히 달렸던 열차 탓도 아니었다. 책임은 차단기를 재빨리 수동으로 작동하지 않은 강 씨에게 있었다. 강 씨는 그날 밤도 새벽 첫 열차가 들어올 때까지 뒤척이다 날을 새고 말았다.

　한숨도 못 잔 강 씨는 점심시간 즈음 무거운 표정으로 청년과 통화했다. 염려를 많이 했는데 청년의 목소리가 밝아서 강 씨는 일단 안심이었다. 청년은 가벼운 타박상이란 진단을 받고 집에서 쉬는 중이라고 했다. 그러면서 신호를 지키지 않은 자신의 잘못이 크다며 미안해하는 강 씨를 오히려 걱정해 주었다. 청년은 며칠만 쉬다 학자금 대출을 갚기 위해 배달 아르바이트를 계속해야 하는 형편이었다. 청년의 밝은 목소리에도 강 씨의 어둡고 복잡한 마음은 풀리지 않았다. 강 씨는 문득 그곳에 다녀오고 싶어졌다. 송 군에게 업무를 넘긴 강 씨는 편의점 도시락을 들고 그곳으로 향했다. 고양이 녀석이 따라오려고 해서 통조림도 한 개 챙겼다.

그곳에 가려면 우선 건널목을 건너야 했다. 강 씨는 열차가 들어올 기미가 없는데도 양쪽 길을 번갈아 살핀 뒤 철로를 건넜다. 건널목 건너는 법을 잘 아는 녀석도 똑같이 따라 했다. 건널목을 지난 강 씨는 전방으로 이어진 좁은 길을 쭉 타고 걸어 올라갔다. 약간 경사진 구간이라 숨이 금방 찼다. 녀석은 느리게 걷다가 움직이는 뭔가를 발견하면 경계하듯 걸음을 멈췄다. 그러다 또 갑자기 빨라진 걸음으로 강 씨보다 앞서 나갔다. 꼬리를 흔들며 높은 곳을 의미 없이 점프해 오르내리기도 했다. 그러나 대체로 녀석은 강 씨를 잘 따라왔고 자동차도 훌륭하게 피했다. 비탈길이 끝나는 곳에 도착하자 긴 철교가 나왔다. 그 철교 밑으로 강이 조용히 흐르고 있었다. 작은 둔덕을 미끄러지지 않게 잔걸음으로 조심히 내려간 강 씨는 마른 풀을 헤치고 강 가까이 다가갔다. 도시를 가로지르는 큰 강의 한 줄기였다. 강은 군데군데 얇게 얼어 있었다. 강 씨는 쪼그리고 앉아 얼음 두께를 발로 짓눌러 깨고 안으로 손을 집어넣었다. 비명이 나올 정도로 차가워서 깜짝 놀랐다. 아니 고통스러울 만큼 아파서 비명이 절로 나왔다. 녀석이 옆에 앉아 그런 강 씨를 찬찬히 지켜보고 있었다.

"난 지켜보는 사람인데, 그건 다치지 않게 해 줘야 한다는 건데 다치게 해 버렸단다. 내 마누라도 나 같은 사람들 때문에 그렇게 됐는데 말이야."

"야옹."

"근데 차가운 물속에서 아직도 못 나온 사람들이 있어. 강물도 이렇게 찬데 바다 깊은 그곳은 얼마나 더 차고 맹렬할까. 얼마나 춥고 무섭고 답답할까. 얼마나, 보고 싶을까."

"야옹."

"넌 대답이 늘 똑같아서 좋구나."

강 씨는 자리에서 일어나 아내와 함께 도시락을 먹던 곳으로 갔다. 작은 바위 두 개가 박혀 있는 곳이었다. 신기하게도 녀석이 먼저 아내가 앉던 바위로 올라갔다. 강을 바라봤을 때 오른쪽 바위였다. 강 씨는 왼쪽 바위에 앉아 강물을 만져서 곱은 손으로 도시락 뚜껑을 열고 나무젓가락을 쪼갰다. 통조림도 따서 녀석 앞에 놓아 주었다. 한 번씩 불어오는 강바람은 제법 매웠다. 하지만 도시락의 밥과 반찬이 줄어들수록 어둡고 복잡했던 강 씨의 마음은 조금씩 누그러졌다. 함께 점심을 먹어 주는 녀석이 없었다면 텅 비었을 자리, 그곳에 움직이는 존재가 있다는 사실이 강 씨가 마음을 가라앉히는 데 도움이 되었다. 아내가 재잘재잘 이야기하는 듯한 강물 흘러가는 소리도.

이른 아침부터 공사장 기계음이 초소를 흔들었다. 폭설로 일주일 동안 멈췄던 공사가 재개된 모양이었다. 한여름에 풀이 자라듯 아파트가 우후죽순 지어지면서 건널목은 자동차 통행량이 급증하기 시작했다. 특히 출퇴근 시간대에 차량 정체 현상이 심해서 운전자와 보행자 들이 많은 불편을 겪고 있었다. 그보다 심각한 문제는 부쩍 늘어난 교통사고 발생 건수였다. 심각성을 인지한

시에서는 평면 교차로를 폐지하고 입체 교차로를 추진키로 했다. 입체 교차로는 도로와 철도가 만나는 지점에 지하도를 뚫어서 정차할 필요가 없게 하는 길을 말한다. 입체화로 건널목 앞 차량 대기 현상이 사라지면 교통 상습 지체와 정체는 해소될 것이고, 지하차도를 이용하는 보행자와 차량 들의 안전사고 또한 현저히 줄어들 것이다. 사람과 차량은 살아 내려고 위험 없이 지하도를 지나면 되고, 열차는 살기 위해 긴장 없이 철길을 달리면 되는 것이었다. 물론 건널목을 지키던 장치들과 초소 건물, 관리인이라는 직업, 열차 진입을 알리는 소음도 함께 없어지는 것이었다. 강 씨는 입체화 공사가 아니라도 소리가 자꾸 끊겨서 이 일을 계속할 수 없었다. 공사는 차질 없이 진행돼서 2주 후 완공 예상 날짜에 정확하게 끝날 거라고 책임자가 말해 주었다. 2주. 강 씨와 송 군이 일을 그만둬야 하는 날짜였다.

"공사 끝나면 뭐 할 건가?"

강 씨가 토플책을 들여다보고 있는 송 군에게 물었다.

"알바 자리라도 찾아봐야죠. 아저씨가 제 편의 많이 봐주셔서 좋았는데."

송 군이 조금 아쉬운 표정으로 공사 현장을 내다봤다.

"다른 건널목 관리에라도 지원해 보든가."

"합격해야죠, 다음번에는. 아저씨는요? 아저씨는 경력도 오래 되셨으니까 지원하면 금방 될 텐데."

"나도 요즘은 기력이 달려."

강 씨의 한 가지 걱정은 초소가 철거되면 녀석이 지낼 곳도 없어진다는 것이었다. 그래서 그날 저녁, 강 씨는 봉지에 고등어를 담아 온 여자애와 단란한 시간을 보냈다. 일부러 녀석을 초소에서 못 나가게 붙잡아 둔 강 씨는 여자애한테 고등어를 먹이게 했고, 식사가 끝나고 나서는 고양이와 노는 방법도 알려 주었다. 맛있게 먹고 잘 노는 녀석을 보며 여자애가 흐뭇한 마음을 갖길 바라서였다. 강 씨 또한 그 모습을 옆에서 차분한 표정으로 지켜봤다. 말수 없고 수줍음을 많이 타는 아이라고 생각했는데 같이 오래 있어 보니 그게 다 침착하고 진중한 성격 때문이었다. 말을 시키면 대답도 똑똑하게 잘했고, 자기 생각도 분명했다.

"이 녀석 어디가 좋니?"

강 씨가 녀석의 꼬리를 만지며 여자애에게 물었다.

"귀엽고, 보통 길고양이랑 다르게 사람을 잘 따라서요."

"데려다 기를래?"

여자애가 어리둥절한 표정으로 강 씨를 쳐다봤다.

"여긴 곧 없어져. 저기 공사 현수막 걸린 거 보이지?"

강 씨가 손가락으로 창밖을 가리켰다.

"언제요?"

"2주쯤 후에."

"그럼 어떻게 돼요?"

여자애 얼굴이 어두워졌다.

"녀석이 살 집도 없어지는 거야. 그러면 비도 눈도 피할 수 없어.

추위도."

"할아버지는 집 없어요?"

"있지만……."

이번에는 강 씨의 얼굴이 어두워졌다.

"왜요?"

"나는 너무 많이 살아서. 어쩌면 요 녀석이 나보다 오래 살지도 모르거든. 그러면 곤란해지지."

"뭐가요?"

"다시 혼자가 돼 버리니까. 그런 점에서 넌 나보다 훨씬 유리해. 난 장담을 못 하는 나이라."

"정말 제가 길러도 돼요?"

"물론. 녀석도 널 좋아하는 것 같고 무엇보다 잘 따르잖아."

여자애의 양쪽 볼이 발그레해지면서 다급해졌다.

"엄마한테 허락받고 올게요."

여자애는 자리에서 불쑥 일어나 순식간에 초소를 나갔다. 열차가 오는지 살피지도 않고 달음질쳐 건널목을 건넜다. 강 씨는 여자애가 돌아오면 안전 교육을 단단히 시켜야겠다고 생각했다. 그러나 금방 올 것 같던 여자애는 일주일이 지나도록 감감무소식이었다. 밥을 주러 오지 않았고, 녀석을 보려고 한 번씩 들르지도 않았다.

공사는 마무리 단계로 접어들었다. 강 씨는 열차를 한 대씩 떠나보낼 때마다 다시 못 볼 얼굴을 담는 것처럼 한참을 건널목 앞에 서 있었다. 열차는 저마다 다른 소리와 진동, 바람을 일으키며 지나갔다. 반대쪽으로 달리는 열차의 그것은 또 달랐다. 사람도 마찬가지였다. 차단기가 올라간 뒤 건널목을 건너는 사람들의 표정은 열차처럼 미묘하게 다른 구석이 있었다. 이쪽에서 저쪽으로, 저쪽에서 이쪽으로 건너오는 사람들도 그것대로 또 달랐다. 그건 건널목을 오랫동안 지켜본 강 씨만 알았다. 보통 사람에게는 다 같은 것이 강 씨에게는 같은 열차가 아니었고 같은 사람이 아니었다. 그러나 귓속에 물이 차면, 그래서 다르다는 걸 알려 주던 소리가 삭제되면, 강 씨도 그들과 똑같아졌다. 아니 똑같은 것도 못 되고 아무것도 아닌 게 돼 버렸다. 열차는 열차가 아니었고, 사람은 사람이 아니었다. 열차가 똑같은 열차가 되지 못하고 사람도 그러하다면 그는 더 이상 이곳에 필요 없는 존재였다. 게다가 다른 사람의 슬픔도 듣지 못한다면야. 강 씨는 좀 더 이르거나 늦지 않아서 다행이라고 생각하며 초소로 향했다. 각자의 생은 제때를 알고 도착했다가 그때를 알아서 떠나갔다.

  오늘 저녁 업무는 송 군 담당인데 강 씨는 퇴근하지 않고 여느 때처럼 초소에 머물렀다. 아무도 없는 집에서 혼자 TV를 시청하다 잠드는 것보다 몸은 고단해도 열차 소리를 듣고 건널목을 건너는 사람들을 지켜보는 게 무료하지 않았다. 화장실에 다녀오겠다며 송 군이 자리를 비운 사이, 강 씨는 송 군의 책상 앞에 빨간색 글씨로 적힌 '건널목 안내원 수칙'을 소리 내서 읽었다. 잘 지켜 왔다고 생각했는데 그만둘 날을 앞두자 모자라게 지킨 것만 같다고 강 씨는 회고했다. 그 모자람이 모이고 쌓여 누군가가 다치거나 무언가가 부서지는 일로 나타났다. 그때 누군가 강 씨의 어깨를 잡고 흔들었다. 강 씨는 깜짝 놀라 흠칫하며 송 군이 왔나, 하고 고개를 돌렸다. 꿈인가 싶을 정도로 여자애가 강 씨를 보며 환하게 웃고 있었다. 문 여는 소리를 듣지 못했는데 언제 왔을까.

"언제 왔니?"

"아까요. 몇 번을 불러도 대답이 없으셨어요."

이젠 귀에 물이 차는 증상이 아무런 느낌이나 감각도 없이, 어떤 낌새도 없이 찾아오는 것일까. 아니면 적응해 가는 중일까.

"왜 그동안 소식이 없었니?"

"좀 아팠어요."

"어디가?"

강 씨가 놀란 표정으로 물었다.

"독감에 걸려서 일주일 동안 병원에 입원해 있었어요. 그래서 약속을 못 지켰어요."

여자애는 미안해했다.

"그랬구나. 이젠 건강하니?"

"네. 아주요."

다 나았다는 걸 보여 주려고 여자애가 제자리에서 펄쩍펄쩍 뛰었다.

"다행이다."

"정말 다행인 건요, 그 덕에 엄마한테 허락받았어요. 병원에 있는 동안 설득했거든요. 빨리 나아서 집으로 돌아가면 고양이 기르게 해 달라고요."

여자애 옆에 녀석이 두 다리를 가지런히 모으고 얌전히 앉아 있었다. 벌써 따라갈 준비를 하는 것 같았다. 녀석 뒤에는 배낭처럼 어깨에 메는 운반용 가방이 놓여 있었다.

"저 가방은 어디서 났니? 산 거니?"

"아니요. 강아지 기르는 친구한테 잠깐 빌렸어요."

"친구가 있었구나."

그날 밤 녀석은 가방에 담긴 채, 강 씨한테 안전 교육을 받은 여자애와 건널목을 무사히 건너 초소를 떠났다. 모든 게 다행이라고 강 씨는 생각했다.

녀석이 떠난 초소에는 며칠 동안 허전하고 적막한 기운이 감돌았다. 평소 녀석을 귀찮아했던 송 군은 막상 녀석이 안 보이자 적적한지 밥을 먹다가도, 책상에 앉아 책을 보다가도 녀석 얘기를 불쑥불쑥 꺼냈다. 특히 열차가 들어오는 걸 기계보다 먼저 알아채고 보내 왔던 신호들은 굉장했다며 아낌없이 칭찬까지 했다. 강 씨는 이제야 그게 송 군의 표현법이란 걸 알았다. 송 군은 여자 친구를 대할 때도 그런 식이었을 것이다. 감정 표현이 서툴러서 자신의 진심을 종종 오해받는 부류. 걱정스러운 마음으로 던진 말이 상대한테는 잔소리로 들려서 결국 큰 싸움으로 번지고 마는 대화. 눈발이 흩날리는 창밖을 한참 내다보던 송 군이 고적한 목소리로 중얼거렸다.

"다 떠나네요."

그 말이 자꾸 신경 쓰여서 강 씨는 오늘도 퇴근하지 않고 초소에 머물기로 했다. 그러자 송 군도 온풍기가 하루 종일 돌아가는 초소가 따뜻해서 집에 들어가기 싫다는 핑계를 대며 강 씨와 남은 사흘 동안 근무를 보겠다고 했다. 강 씨에게는 사흘 동안 당신을 지켜 주겠다는 뜻으로 들려서 고마웠다. 사실 강 씨는 송 군이 그렇게 해 주길 바라고 있었다. 비록 며칠 남지 않은 근무지만, 열차가 들어오는 걸 알려 주던 녀석도 없는데 귀에 물까지 차서 작은 사고라도 날까 봐 불안했다.

저녁으로 짜장면을 시켜 먹고 자판기 커피를 마신 그들은 막차가 무사히 떠나자 골방에 이불을 펴고 나란히 누웠다. 바람이 세게 불었고, 초소에서 지낼 날도 얼마 남지 않아 마음이 싱숭생숭한 송 군은 강 씨에게 내내 이야기를 주절거렸다. 어렸을 때 이혼한 부모 얘기, 대학 시절 억울하게 낙제를 받았던 얘기, 뜨거웠지만 매번 짧게 끝나고 말았던 지난날의 연애와 미래의 꿈에 대해서까지. 처음으로 누군가한테 자기 마음을 다 꺼내 놓고 있는 것일지도 모르는데 귀에 물이 찬 강 씨에게는 들리지 않았다. 이상한 건 아무 말도 들리지 않는데 다 들은 것 같은 느낌이었다. 소리가 한참 끊겼다 잠깐씩 이어져서 강 씨가 들은 건 고작 단어 몇 개에 불과했지만 강 씨는 고개를 끄덕이며 그랬군, 하고 중얼거렸다. 송 군이 이야기를 마치자 다음에는 강 씨가 자신의 이야기를 하기 시작했다. 어디서도 한 적 없던 잔소리쟁이 아내와 외국에 나가 사는 자식들에 관한 얘기였지만 여전히 강 씨의 귀에는 물이 차 있었다. 강 씨는 물속에서 물을 삼켜 가며 말하는 심정이었다. 그러나 말을 다 쏟아 놓고도 자기 귀에 들리지 않아서 아무 말도 하지 못한 기분이었다. 다행히 이야기가 끝나갈 즈음 귀에 차 있던 물이 빠지고, 강 씨의 슬픔을 들어 준 송 군의 마지막 말이 들려왔다.
"그랬군요."
송 군도 그랬고 강 씨도 그랬다. 모두의 인생은 그랬던 것이다. 누군가를 이해했다는 뜻을 전하고자 할 때의 말은 길거나 복잡할 필요가 없었다. 가끔은 말 대신 고개만 끄덕여도 충분했다.

오늘은 관리원으로서 마지막 날이었다. 마지막이지만 딱히 할 일은 없었다. 열차는 오늘도 살기 위해 열심히 건널목을 통과했다. 차량과 사람들도 살아 내려고 부지런히 지하도를 이용했다. 비로소 열차와 차량과 사람들은 서로 엉킬 일도 부딪칠 일도 없는 각자의 길이 생겼다. 건널목에 반복적으로 설치되어 있던 장치들은 아직 그대로였다. 그래서 경보가 울리면 차단기가 자동으로 움직였다. 그것들은 내일 초소와 함께 철거될 예정이었다.
강 씨는 열차 소리를 들으며 느리게 짐 정리를 했다. 퇴근하지 않고 초소에 머문 날이 많아서 살림살이가 꽤 이쪽으로 옮겨와 있었다. 송 군은 한 시간 전에 마지막 인사를 남기고 자기 짐을 챙겨 이곳을 떠났다. 강 씨는 물건을 정리하다가도 경보음이 울리면 파블로프의 개처럼 자신도 모르게 자리에서 벌떡 일어났다. 그러다 건널목 앞에 차량 한 대, 보행자 한 명 없는 걸 확인하고서야 마지막 날임을 새삼스레 깨닫고 다시 짐 정리를 했다. 책상과 냉장고처럼 무거운 가구들은 아침 일찍 송 군이랑 밖에 내다 놓아서 초소에는 자질구레한 물건만 남아 있었다. 자잘한 짐들을 라면 상자 세 개에 모두 담고 났더니 평소 좁다고 투덜거렸던 초소도 제법 넓어 보였다. 아, 하고 소리를 내자 크게 울리기까지 했다. 물건이 치워진 자리마다 물건 모양을 따라 먼지로 선이 그어져 있었다. 무엇이든 오래 머문 자리에는 자국이 남기 마련이었다.

  짐을 옮기느라 많이 움직였더니 강 씨는 갑자기 배가 고팠다. 손목시계의 바늘은 오후 3시를 지나고 있었다. 짐을 정리할 때 상자 어딘가에 컵라면 한 개를 넣어 두었던 게 생각났다. 강 씨는 커피포트를 꺼내 생수를 부어 끓이고, 그사이 다른 상자에서 컵라면을 찾아 비닐 포장을 벗겼다. 물이 끓자 강 씨는 바닥에 쭈그리고 앉아 컵라면이 요구하는 선까지 뜨거운 물을 붓고 김이 새지 않게 반찬 통으로 뚜껑을 눌러 놓았다.

  창밖을 내다보던 강 씨는 컵라면 앞으로 다가가 앉았다. 강 씨는 그제야 젓가락이 없다는 걸 알고 상자를 다시 뒤졌다. 젓가락이면 아마 냉장고에서 나온 물건을 담아 놓은 상자에 있을 것이다. 맨 아래쪽 상자를 열자 고추장 통 위에 쇠젓가락과 나무젓가락이 나란히 놓여 있었다. 컵라면은 자고로 나무젓가락으로 먹어야 제맛이지, 하고 강 씨는 나무젓가락을 집어 들었다. 그때 강 씨의 눈에 통조림이 보였다. 녀석이 즐겨 먹던 통조림이 상자 귀퉁이에 거꾸로 처박혀 있었다. 꺼내려는데 누군가 초소 문을 노크도 없이 벌컥 열어젖혔다. 밖에는 눈이 펑펑 내리고 있었다.

문밖에 서 있는 건 여자애였다. 여자애 뒤에 초등학생용 분홍색 자전거가 세워져 있었다. 여자애가 숨을 헐떡이며 초소 안으로 뛰어들어 와 강 씨에게 물었다.

"주…… 줄리…… 여기 있어요?"

"줄리가 누구냐?"

"줄리요. 제 고…… 고양이요."

녀석의 이름을 줄리라고 지은 모양이었다.

"그 녀석을 왜 여기서 찾아?"

그 말끝에 여자애가 소리 내어 울기 시작했다. 초소가 텅 비어서 울음소리는 아주 크게 울려 퍼졌다. 강 씨의 귀에도 쩌렁쩌렁했다.

"무슨 일이야?"

강 씨가 자리에서 일어나며 물었다.

"어…… 엄마가…… 터…… 털이 많이 빠진다고…… 밖에…… 내다 버렸어요. 하…… 학원 간…… 사이에요."

"그게 언젠데?"

"저…… 점심 먹고 나…… 나서요. 엄마는 괘…… 괜찮을 거래요. 워…… 원래 길에서 사…… 살던 고양이라서요."

"같이 찾아보자."

강 씨와 여자애는 함께 초소 밖으로 나갔다. 울음을 그친 여자애는 자전거를 타고 지하도로 내려갔고, 강 씨는 녀석이 갈 만한 데를 찾아 출퇴근용 자전거의 페달을 힘껏 밟았다. 차디찬 눈송이가 할퀴듯 강 씨의 얼굴로 달라붙었다.

강 씨가 가장 먼저 찾아간 곳은 녀석이 처음 발견됐던 역과 그 주변이었다. 그러나 녀석은 보이지 않았다. 로드킬을 당한 건 아닌가 싶어 도로까지 샅샅이 살폈다. 간혹 녀석하고 비슷한 줄무늬를 가진 길고양이를 만났지만 무늬만 비슷할 뿐 금방 피하고 달아나는 게 녀석은 아니었다. 녀석이라면, 그래서 눈이 마주쳤다면 먼저 알아보고 달려왔을 것이다. 아니다. 또다시 버림받았다는 걸 알고 세상을 피하는 고양이가 되기로 마음먹은 건 아닐까. 강 씨는 자전거 속도를 더 높였다.

녀석의 행방을 찾는 건 어두워질 때까지 계속됐고, 눈과 바람과 추위는 더욱더 거칠어졌다. 자전거를 모는 강 씨의 손은 꽁꽁 얼어붙어서 점점 감각을 잃어 갔다. 귓속도 얼어붙었는지 자동차 지나가는 소리가 들렸다 안 들렸다 반복했다. 초소로 돌아간 강 씨는 어쩌면 녀석이 주변을 배회하고 있을지 모른다고 기대했지만 그 근방에서도 녀석의 모습은 보이지 않았다. 자주 들어앉아 구슬 같은 눈동자로 강 씨를 지켜봤던 다섯 칸짜리 선반 안에도 녀석은 없었다. 자전거를 끌며 터벅터벅 어둠 속을 걷던 그때, 강 씨의 머릿속에 어딘가가 떠올랐다. 마지막으로 한 군데만 더 가 보기로 하고 강 씨는 자전거에 올라탔다. 지하도를 빠른 속도로 쌩쌩 지나 가풀막진 길이 나오면 아무리 애를 써도 자전거 바퀴가 느려지고 저절로 숨이 차던 구간, 그 너머에 있는 곳. 강 씨는 건널목 아래로 난 지하 터널을 향해 자전거를 몰았다.

철교가 나오고 그 밑으로 강이 흐르는 곳에 도착한 강 씨는 자전거를 세워 놓고 둔덕을 내려갔다. 딱딱하게 언 땅이 미끄러워 하마터면 넘어질 뻔했다. 어두워서 강 씨는 핸드폰 불빛으로 바닥을 비추며 한 발 한 발 조심스럽게 내디뎠다. 거친 돌멩이와 마른 풀을 헤치고 강기슭에 이르자, 녀석이 아내의 바위에 앉아 강을 바라보고 있었다. 어른거리는 핸드폰 불빛에 녀석이 뒤를 돌아봤다. 어둠 속에서도 강 씨를 알아보고 야옹, 하고 울었다. 고양이는 항상 우는 존재인가. 사는 게 고달파도 울고, 행복해도 울고, 기뻐도 울고, 불행해도 우나. 녀석은 지금 고단하고 절망스러워서 우는 거겠지. 개는 짖는다고 하는데 고양이는 왜 운다고 표현할까. 작고 가는 야옹 소리에 타고난 구슬픔이 강물처럼 흘러서일까. 강 씨는 왼쪽 바위로 가서 앉았다. 그러고는 추위와 어둠 속에서도 소리를 내며 흘러가는 강을 잠시 바라보다 말했다.

"너도 혼자고…… 나도 혼자니…… 같이 가자."

강 씨가 바위에서 일어나자 녀석도 따라나섰다. 강 씨는 자전거를 끌고 지하도를 지나 초소로 향했고, 녀석은 앞서거니 뒤서거니 하며 그때처럼 강 씨를 잘 따라왔다. 발걸음이 가벼운 걸 보니 녀석의 기분이 좀 나아진 것 같았다.

초소에 도착했을 때 차갑게 식은 컵라면은 퉁퉁 불어 있었다.

그래도 밥은 먹어야지 싶어서 강 씨는 나무젓가락을 쪼갰고, 녀석에게는 통조림을 따서 주었다. 초소 안에는 강 씨가 면발을 후룩거리는 소리와 녀석의 통조림이 끝, 끝, 끝, 하고 바닥에서 밀리는 소리가 잔잔하게 울려 퍼졌다. 강 씨는 물을 한 모금 들이켜고 더 잔잔한 목소리로 녀석의 말에 그래, 알았다, 하고 대답해 주었다. 끝나는 곳에는 문이 활짝 열려 있고, 우리는 그 문으로 한 발짝만 내밀면 되는 거야.

밤이 깊어질수록 눈은 두텁게 쌓이고 있었다. 오늘의 마지막 열차가 곧 도착할 시간이었다. 그 열차를 보내고 나면 강 씨의 임무도 끝나는 것이었다. 건널목을 지나는 사람이 아무도 없을뿐더러, 굳이 이 시간까지 건널목을 지킬 필요도 없지만 강 씨는 녀석을 품에 안고 초소를 나가 건널목 앞에 섰다. 마지막 열차를 떠나보내기 위해서였다. 때마침 귓속에 물이 차서 어떤 소리도 들리지 않았다. 들리지 않으니 두려움도 없었다. 문이 활짝 열리는 시간, 강 씨는 열차가 들어오고 있다는 걸 점멸등이 깜빡이고 차단기가 내려오는 것으로 알아채고 철길 안으로 발 하나를 내밀었다. 그러고는 열차가 오는 방향을 등지고 섰다.

LED 전광판에서는 안전 문구가 빨간색으로 흘러가고 있었다. 띠리리링 소리와 함께 '잠시 후 열차가 통과하겠습니다. 안전선 안쪽으로 정차하여 주시기 바랍니다'라는 안내 방송이 허공으로 울려 퍼질 뿐, 강 씨와 고양이를 지켜보는 사람은 아무도 없었다.

강 씨의 눈앞에는 화선지 같은 하얀 세상이 펼쳐져 있었다. 그 위에 먹물로 그어 놓은 듯한 검은빛 철길이 두 갈래로 나 있었다. 강 씨에게 그것은 자신이 가야 할 길로 보였다. 강 씨는 그 길 너머에서 기다리고 있는 사람들의 얼굴을 하나하나 떠올리며 눈을 감았다. 눈을 감으니 물속에 잠긴 듯 더없이 조용하고 고요해졌다. 오로지 온몸을 스치고 달아나는 차가운 눈과 바람, 그리고 품에 안은 녀석의 심장 박동과 땅의 진동만 느껴졌다. 운동화 밑창으로 전해지는 진동이 커질수록 녀석의 심장도 빠르게 뛰었다. 강 씨는 열차가 곧 도착하리라는 걸 알고 눈을 꽉 감았다. 녀석을 휘감고 있는 어깨와 팔도 꽉 붙들었다.

 그때 귀에 물이 차지 않은 녀석이 온 힘을 짜내어 뼈와 근육을 꿈틀거렸다. 강 씨는 녀석이 움직이지 못하도록 자신의 뼈와 근육을 안쪽으로 세게 조였다. 그럴수록 녀석은 안간힘을 쓰며 버둥거렸고, 강 씨는 녀석을 더 세게 끌어안았다. 그럼에도 녀석은 강 씨의 품 안에서 빠져나가 버렸다. 강 씨는 녀석이 빠져나갈 때의 힘에 이끌려 비틀대다 선로 밖으로 넘어지고 말았다. 그 짧은 사이 마지막 열차는 건널목을 지나 달아나듯 저 멀리 떠나고 있었다. 먹물로 그려 놓은 검은빛 철길 위로. 열차가 지나가고 난 철로는 눈이 녹아서 더욱 검은빛으로 뻗어 있었다.

 강 씨가 정신을 차렸을 땐 점멸등이 꺼지고 차단기는 공중으로 서서히 올라가고 있었다. 녀석은 조금 떨어진 곳에서 강 씨를 지켜보며 입을 움직였다. 순간 소리를 잃은 듯 세상이 먹먹해졌다.

강 씨는 손바닥으로 차디찬 눈밭을 짚고 간신히 일어났다. 녀석이 느린 걸음으로 다가와 강 씨 옆에 앉았다. 잠시 후, 휘몰아치는 눈보라 소리와 함께 야옹, 하고 우는 소리가 강 씨의 귀에 더없이 또렷하게 들려왔다.

김종광

1998년 계간 『문학동네』 여름호로 작품 활동을 시작했다. 소설집 『경찰서여, 안녕』, 『처음의 아해들』, 『놀러 가자고요』, 장편 소설 『야살쟁이록』, 『조선통신사』 등을 썼다. 신동엽문학상, 제비꽃서민소설상, 이호철통일로문학상, 류주현문학상, 이효석문학상 등을 받았다.

산후조리

1

 온난화니 뭣이니 땜에 눈 보기 어려운 세상 될 것이라더니, 뭔 눈이 허구한 날 퍼붓는댜. 하늘님이 구제역 병균이라도 뿌리는가. 남편(71세)이 쓸어 놓은 길은 두어 시간 좋이 쏟아진 눈에 뒤덮여 있었다. 방바닥을 딛고 설거지하기도 힘들어하는 다리다. 안 미끄러지려고 용쓰면서 눈 바닥을 헤쳐 올라가려니 곧 쓰러질 듯 휘청댄다. 바깥마당에서 축사까지 서른 발짝도 안 되지만, 몸 불편하고 궂은 날엔 반 시간 거리쯤 되는 것 같다.
 서울 상류층 부인네처럼 몸 편안히 살게 해 줄 테니, 지발 우리 마누라 좀 살려 주시오, 간절히 빌었다며. 그게 불과 3년 전 일여. 농번기는 농사일로 바빠서 그런다 쳐. 한겨울엔 자기가 물도 주고 짚도 주고 사료도 줘야지. 소똥만 치면 다여. 아휴, 물 주기 싫어

산후조리 81

라! 여느 날처럼 마을 회관에서 흠뻑 취해 돌아와 쓰러져 잠든 남편을 향해 고시랑대는 새에 축사 수돗가에 이르렀다.

 눈만 되우 쏟아지는 게 아니라, 젠장 춥기도 해서, 올겨울엔 수도 모터가 깡깡 어는 날이 숱했다. 뜨거운 물 붓고 촛불로 지지고 생고생을 해야 녹일 수 있었다. 지발 할마씨 하나 살리는 셈 치고 아무 일 없어라. 오늘은 지발 좀 편하게 가 보자. 수도꼭지 위에 잔뜩 쟁여 놓은 이불들을 하나씩 걷으며 비손한다. 이윽고 드러난 수도꼭지를 돌렸다. 모터 소리가 들리고, 지발, 지발, 옳거니 그래야지, 물이 나오는구나. 모처럼 날이 푹해서 안 얼어 있을 줄 알았어. 고맙구나, 참 고마워. 참 별게 다 고마운 인생이다.

 축사 안으로 들어갔다. 관보다 조금 더 큰 넓이를 차지하고 한 마리씩 묶여 있는 큰 소 여덟 마리, 암수 구별해서 서너 마리씩 몰려 놓은 아직 묶이지 않은 중소 일곱 마리, 축사 안에서만이지만 마음대로 천방지축 돌아다닐 수 있는 송아지 다섯 마리, 일제히 몸을 일으켰다. 성급한 놈들은 '빨리 밥 줘요' 소리를 질렀다. 지푸락은 아직 멀었어, 이놈들아. 물부터 줘야지. 만날 똑같은 순선디 그걸 못 외우냐.

 바깥 수도꼭지와 연결된 호스는 동남아에 산다는 기다란 뱀 같다. 벌써 물이 나오는 호스 끝머리를 질질 끌어 구유에 대었다. 구유 하나에 물 가득 받는 데 한 3~4분은 걸렸다. 구유가 여덟 개니 반 시간은 호스 들고 벌서듯 해야 했다. 아침저녁 두 번의 이 짓거리가 참 싫지만 달리 방법이 없다. 조카네처럼 소가 주둥이 대면

샤워기 같은 데서 물이 쏟아지는 시설은 언감생심이고, 양동이 들고 다닐 근력이 사라진 지는 여러 해 전이고, 남편이 다리 시원찮다고 날마다 징징대는 예순넷 마누라한테 물 주기를 도맡긴 이상, 이놈의 소들을 안 키울 때까지는 별수 없이 계속해야 할 짓거리다.

축사 안 구유는 다 채웠고, 하나 남았다. 축사 밖에 따로 있는 '분만실'로 호스 끝을 질질 끌고 갔다. 말이 좋아 분만실이지, 헛간 한 칸 이어 붙인 폭이었다. 출산 예정일을 열흘 앞둔 얼간년은 죽을 날 받아 둔 것처럼 힘이 없었다. 그럴 수밖에 없는 것이 곧은창자 대가리의 지랄용천이 꼬박 사흘째였다. 들어가 있어도 아프고 나와 있어도 아플 고놈은 힘주면 흐물흐물 기어들어 갔다가 힘 풀면 도로 슬금슬금 나왔다. 얼간년은 먹지도 못하고 싸지도 못하고 오로지 처절한 비명이나 질러 대게끔, 지 똥구멍한테 달달 볶이고 있는 거였다.

음메나, 저게 뭐다! 기겁해서 엉덩방아를 찧었다. 소를 40년째 키워 왔지만 처음 보는 광경이다. 간신히 무슨 상황인지 가늠했다. 곧은창자가 결국 밖으로 왕창 쏟아져 내려 똥 묻은 뒷다리 새에 늙은 오이처럼 대롱대롱 늘어져 매달렸다. 항문께서부터 바깥세상 구경 나온 창자 덩어리까지 똥 범벅 피범벅이다. 불쌍하고 한심한 년, 애를 싸야지 똥구멍을 싸지르냐. 그러니 내가 널 얼간년이라고 부르는 겨. 그렇다고 고통이 멈췄겠는가. 여러 날 앓다 보니 아픔에도 이골이 나서 내색을 덜하고, '음우어어어……' 울어 댈 기력조차 없는 것일 뿐, 저 꼬락서니를 하고 어찌 아니 고통스럽겠는가. 얼간년 큰 얼굴에 '할마씨, 나는 뒈진 소나 마찬가지여유'라고 쓰여 있는 듯하다.

2

"항문이 지대로 터져 버렸슈. 괄약근이 작살나서 속 창자가 홀러덩 빠져나온 것이쥬. 그리도 다행이네유."
"염장 질러? 뭐가 다행이여?"
수의사(45세)가 의뭉 떨자, 남편이 버럭 소리를 질렀다.
"구제역은 아니니께유."
브루셀라병이니 광우병이니 구제역이니 병명은 판이하더라도 증상은 거기서 거기 아니겠는가. 열나고 기침하고 침 흘리고 못 먹고 아프다고 비명 지르고. 그 몹쓸 병에 걸린 건 아닌지 겁먹고 마음 졸인 건 사실이다. 전염병은 한 놈 걸리면 죄 없는 다른 놈들도 죽어야 한다. 같은 축사 안에 있는 소만 죽는 게 아니다. 온 동네 소가 다 죽어야 한다. 그처럼 두려운 일이 없었다.
"참말루 다행이구먼, 다행이여. 이거 홍삼인디 좀 마셔 보쇼."
"우리 어머님이 최고라니께. 어허, 참 맛있어유."
홍삼 주스를 쪽쪽 빨아 마시고 나서, 수의사는 큰 주사기를 얼간년 엉덩짝에 때려 박았다. 얼간년, 이제 비명 지를 힘도 없는가 보다.

"진통제만 놔 주고 끝이라는 겨? 좀 어떻게 해 봐."

"창자 덩어리 도로 집어넣고 똥구멍을 꼬매야쥬. 근디 지금은 못 꼬매유. 새끼 낳아야잖아유. 새끼 낳을 때 힘이 보통 드는 게 아니잖아유? 아무리 잘 꼬매도 터질 수밖에 없슈. 새끼 나오면 바로 연락하세유. 즉시 달려와서 꼬맬게유."

"저 모양을 맥 놓고 쳐다보고 있으란 말여? 요새 날짜 딱 맞춰 나오는 소 새끼도 없지만, 예정일도 닷새나 남았구먼."

"쳐다보지 마슈. 마음만 아프니께."

"죽지는 않겄쥬?"

"그걸 어떻게 장담한대유. 살려면 살구 죽으려면 죽겄쥬."

"젊은 사람 말이 왜 이리 흐리멍텅햐. 죽는다는 겨, 살 수 있다는 겨?"

수의사는 얼간년의 등을 쓰다듬으며 하나 마나 한 소리를 했다.

"이놈 의지에 달렸쥬. 지가 살고 싶으면 살겄쥬."

씩씩대던 남편은 마을 회관으로 또 술 마시러 갔다.

리모컨을 눌러 댔다. 작년 봄인가 유선 방송국이 쫄딱 망해 버렸다. 그런 식으로 장사하다가는 망할 줄 알았다. 돈만 받아 처먹을 줄 알지, 볼 만한 걸 틀어 주지도 않았고 툭하면 화면이 끊기고 직직 댔다. 대신, 촌 구석구석 집집마다 뜀박질 대장 이봉주가 광고하던 위성 접시가 매달렸다. 노인네들도 바보상자 없으면 못 산다. 안테나 달고 지상파만 보던 80년대로 돌아갈 수도 없고, 어쩔 수 없이 채널이 100개도 넘는 스카이라이프 가입자들이 되었다.

채널이 많아도 마찬가지로 볼 것은 없다. 저 채널들이 시골 늙은이 취향이겠는가 말이다. 일일 연속극 〈웃어라, 동해야〉를 재방하는 데가 있는지 찾아보았지만 없다. 역시 볼 만한 건 종일 뉴스 틀어 주는 채널뿐이다.

어제도 수백 마리의 소가 죽었다. 일주일 동안 수천 마리의 소가 죽었다. 돼지는 단위가 더 컸다. 하루에 수만 마리씩 죽었다. 구제역은 경기도를 작살냈고 충청도 북쪽을 아작 내고 있었다. 구제역이 자가용으로 두 시간 거리까지 와 있는 거다. 눈물이 뚝뚝 떨어졌다. 사람이든 짐승이든 죽었다는 얘기를 들으면 마구 눈물이 솟았다. 불치병이다.

3

윗동네 사손이가 죽었단다. 30여 년 전에 공장 프레스에 오른손 엄지손가락을 잘라 먹힌 이후 이름보다 별명으로 불리던 사람. 그이가 올해 몇 살이던가. 쉰 살 가깝지 않던가. 논농사 쉰 마지기에 소 여남은 마리를 키우는 노총각이었다. 젊었을 땐 개잡놈 소릴 들었지만 마흔 넘어서는 그럭저럭 착실해졌다는 평판이었다.

다만 술 마시면 미친 멧돼지처럼 변해 주정하고 갤갤 대는 버릇은 여전해서, 꼬부랑 파파 할머니가 돼서도 홀아비 아들놈 밥 챙겨 주는 신세를 면하지 못한 어미 속깨나 썩였던 모양이다. 그 어미가 작고한 게 작년 이맘때였다. 상심이 컸을까 주정질이 더 잦아졌다는 소문이었는데…….

차 가진 조카며느리(48세)가 "가실 생각이 있으시면 같이 가셔유." 했다.

"막 돌아댕겨도 될란가?"

"하루이틀 조심해서 될 일도 아니잖아유."

소를 천 마리 키우는 조카며느리가 간다는데, 스무 마리 키우는 내가 못 간다고 할 수 있나. 소가 아무리 중하더라도 삼동네 사람이 작고했는데 안 가 보는 건 사람의 도리가 아니다.

저수지 옆 종합 병원 장례식장은 쓸쓸했다. 어떨 때는 죽은 사람이 밀려서 1, 2층 열 개 빈소가 꽉 차 사람사태가 나기도 하는데, 사손이는 죽어서도 외로웠다. 달랑 혼자 고인인 것이다. 사손이 또래들은 저녁때나 올는지, 삼동네 아낙네들과 노인네들만 옹기종기 모여 말방아를 찧어 댔다.

시골에서 쉰 살이면 대단히 젊은 나이였다. 시내나 시내 주변의 아파트 단지에는 젊은 사람들이 꽤 있지만 시골 마을에서 4, 50대 젊은이는 열 집에 한 명 있을까 말까 하게 귀했다. 그토록 귀한 목숨이 당최 왜 그냥 허무히 가 버렸을까.

전화로 징징대더라는 것이다.

"누님, 나 죽어 버릴려. 이번엔 진짜여. 지금 소주에 농약 탔어. 좆나게 많이 탔어. 이번엔 진짜 진짜 죽을 거라니께. 희망도 좆두 없이 사느니 죽어 버리는 게 나. 살 이유가 없어. 대통령 해 먹은 노무현이도 죽고 진실이두 죽는디, 나 같은 게 왜 살아…….”

아우가 혼자 술 처먹다 전화로 온갖 시비를 하는 건 사흘거리로 있는 일이지만, 이번에 어째 등골이 써늘했다. 누나가 스쿠터 타고 10분 만에 동생 집에 도착했을 때, 사손이는 이미 저세상 사람이 돼 있었다는 것이다.

사손의 누나 마늘댁은 수십 번을 말해도 속이 안 풀린다는 투로 늘어놓았다. 백호리 아낙들이 마늘 까기를 주요 부업으로 삼은 지도 10여 년쯤 되니 다들 마늘 까기의 달인이 되었지만, 그중에서도 으뜸 잘 까서 별호가 아예 마늘댁이다.

아무튼지 고인 덕분에 간만에 동네 사람들을 만났다. 소를 키우는 집 사람들은 두문불출하고, 소를 안 키우는 이들은 소 키우는 집에 얼씬거리지도 않으니, 우리 동네고 윗동네 옆 동네고 간에 삼동네 사람 볼 일이 없었다. 소 안 키우는 아낙네들은 반가워하면서도 걱정스러운가 보다.

“사람 많은 디 와도 되는겨? 우리끼리 얼마나 조심하고 다니는디. 소 키우는 집 있으면 바른길 놔두고 빙 돌아가고 그런단 말여. 우리 자식들이 온다는 것도 못 오게 했어. 자동차 차바퀴다 구제역 묻혀 갖고 와서 퍼트리면 어쩔라고 그러냐. 그러면 네 부모, 동네서 쫓겨난다…….”

고마운 말씀들이지만 왠지 언짢았다. 내가 원래 사교성이 부족하다. 마늘 까기 부업에도 참여하지 않고, 윷 놀고 차 마시면서 수다 떠는 것도 즐기지 않으니 동네 아낙들로부터 '혼자 노는 사람'

으로 호가 나 있다. 마을 다니지 않으니 마을 오는 사람도 없는 신세였다. 허나 소외를 당한다고 느낀 적은 없다. 그런데 지금 이 묘한 분위기, 나를 딴 세상에서 온 사람처럼 취급하는 것 같은, 걱정해 주는 소리들 같지만 소 키우는 사람들 때문에 소 안 키우는 사람들까지 덩달아 고통을 받는다는 식의 푸념……. 어째 왕따돌림 당하고 있었던 것 같다.

"그려요, 내는 소 키우는 죄인이라요. 죽을죄를 지었습니다."

웃길 생각은 전혀 없었는데, 아낙네들이 '한바탕 웃음'으로 흐드러졌다. 고인의 누나 마늘댁까지 박장대소했다. 거참, 웃을 일이 없는 사람들이군. 구제역 타령이라면 신물이 나니 그만들 입 닥치시라는 뜻으로 해 본 말인데, 왜들 웃는 거람. 장례식장에서도 울음소리보다 웃음소리가 더 익숙한 시절이다. 상주도 건성으로 울고 실실 웃고 다니는 세상에, 문상객들이 웃음을 아낄 까닭이 없다. 남들이 웃으니 나도 웃고 싶어진다.

웃었다. 그러고 보니 웃어 본 지 참 오래되었다.

두어 달 전에 열 살짜리 손자 녀석이 산낙지 한 마리를 독차지해서 허발하는 걸 보고 실컷 웃고는, 처음 웃어 본 것 같다. 웃노라니 눈물이 찔끔 났다. 울어도 나고 웃어도 나고 눈물 한번 잘 난다.

그나저나 사손이는 정말이지 왜 죽었을까. 구제역으로 생때같은 소들을 잃은 것도 아닌데. 텔레비전에서 본 사람들이 생각났다. 돼지, 소를 잃고 철철 우는 이들. 뭘 모르는 이들은 한목에 보상금 받고 그 힘들다고 징징대던 일을 작파하게 되었으니 울 일이 뭐 있냐고, 오히려 잘된 거 아니냐고 심판 없는 소리를 할 테다.

그러나 보상금이야 밀린 사룟값과 농협 빚 갚고 나면 남는 게 하나도 없을 것이고, 갑자기 앞으로 먹고살 일이 없어진 것이니 얼마나 막막할 텐가. 도시 사는 사람이 하루아침에 직장에서 쫓겨난 것과 같다. 보상금이나 생계는 차후의 문제일지도 모른다.

팔려고 키우는 짐승이지만 팔 때까지는 자식같이 키운다. 애지중지 자식처럼 키우던 짐승들을 갑자기 하루아침에 다 잃어버렸다. 울음이 어찌 안 나올 것이며 나 같아도 확 죽어 버려야겠다, 울화결에 일 저지를 수도 있을 것 같다. 그런 끔찍한 일이 없기를 바랄 뿐이다.

무슨 일이 빌미가 됐는지는 모르겠지만, 사손이도 유일한 친구 같은 술을 왕창 마셨겠다. 욱하는 마음에 일을 저질렀을 테다. 왜 욱했을까. 농협에 빚 안 지고 사는 축산 농가가 몇이나 되겠는가만, 이자도 못 갚아서 빚 독촉에 시달렸나? 노름에 빠져 논마지기를 날려 먹었나? 알게 모르게 사귀던 여자가 있었지만 '너 같은 소똥 내 나는 남자랑은 못 살아.' 도망가 버렸나. 어미가 남기고 간 농토를 두고 또 형제들끼리 대판 붙었나?

아낙들은 형사라도 된 것처럼 온갖 추리를 해 보지만 지천명 젊은 사내의 느닷없는 죽음을 이해하기 힘겹다.

4

　동네 사람만 못 보고 사는 게 아니라 자식도 못 보고 살았다. 그리운 며느리(41세) 전화다. 10여 년 미운 정, 고운 정 쌓이니, 어떨 때는 데면데면한 큰아들(41세) 녀석보다 며느리가 더 보고 싶다. 전화를 해도 큰아들 녀석하고는 댓 마디만 하면 할 말이 없고 듣고 픈 말도 없었다. 하지만 며느리하고는 이 얘기, 저 얘기 전화비 아까운 줄 모르고 수다를 떨기도 했다.

　"어머니, 뵙고 싶어요. 뵌 지 너무 오래됐죠? 가고 싶어도 구제역 때문에 갈 수가 없네요. 가면 안 되는 거 맞죠?"

　"그러게 말이다. 난리가 이런 난리가 없어야. 그 많이 오던 장사치들도 하나도 안 들어온다. 이동 슈퍼 트럭도 안 들어오고, 시내 나가서 사람 만나는 것도 무서워서 장 보러도 못 가니 뭐 먹을 게 있냐? 맨밥만 먹고 사는 것도 하루이틀이지, 아주 괴롭다야. 하여간 소 안 키우는 사람들이 먼저 그렇게 조심해 주고 염려해 주고 그러는디, 소 키우는 집서 외지 자식들 불러들일 수도 없고 갑갑하다야. 네 아버님은 구제역이 뭐 별거냐, 바쁜 일 없고 오고 싶으면 오는 거지, 허시기는 헌다. 손자 보고 싶다고 자꾸 그러서. 아버님이 많이 늙었어. 손자 본 지 한 달만 지나면 또 언제 오냐고, 자지리 보고 싶다고 염불을 하신다."

　"그럼 가도 될까요?"

　"나도 모르겠어야. 네 아버님 말만 듣고 덥석 오라고 하기도 그렇고. 다른 소 키우는 집에서는 자식들 절대로 오지 말라고 혔다는디. 한 달이나 남은 설에도 오지 말라고 벌써부터 신신당부를 헌다는디⋯⋯. 나는 모르겄다. 늬들이 알아서 혀라."

5

구제역이 드디어 홍성까지 왔단다. 직행버스로 30분 떨어진 고장이다. 코앞까지 온 셈이다. 홍성 사람들은 뭐 죄인처럼 안 살았겠나. 외지 사람들 안 들이고 외출 삼가고 한동네에서도 왕래하지 않고 자식들도 오지 못하게 하고. 그래도 못 막은 것이다.

막는다고 막아질 게 아닌 모양여. 어떤 이들 말마따나 누가 작정하고 소를 죽이려고 하는 모양여. 모르겄다, 사람이 우선 살고 봐야지. 장례식장에도 갔는디 한의원을 못 간대서야 말이 되나.

늘 아픈 다리기는 했지만 참고 살 만했는데, 가을부터 다리 통증이 극심했다. 한의원에 가서 물리 치료 받고 그러면 사나흘은 괜찮았다. 출근부 찍듯 시내 한의원을 들렀는데, 구제역 사태로 보름 넘게 못 가 보고 끙끙 앓아 왔던 것이다. 하루에 다섯 번이지만 이 시골구석까지 버스가 다닌다는 것이 참 고맙다. 모처럼 시장도 봐야겠다. 혹시 애들이 올지 모르니 꽃게도 사고, 남편 잘 먹는 개고기도 사고, 통장에 돈이 있나⋯⋯. 있을 게다. 자식 놈이 셋인데 한두 놈이라도 10만 원쯤 넣어 놨겠지.

6

얼간년이 새끼를 낳았다. 조금만 늦었으면 큰일 날 뻔했다. 하필이면 분만실에서 가장 외진 자리, 똥오줌 받는 쪼그만 구덩이에 새끼를 떨어뜨려 놓은 것이다. 목덜미까지 똥물 속에 처박혀 있고 대가리만 내민 채 숨을 갸릉갸릉 하고 있었다.

천 마리 키우는 조카네는 묶어 두는 법 없이 축사를 운동장처럼 크게 짓고 방목하듯 키운다. 두 부부가 논농사로도 바쁘고 여러 모임 사무를 도맡느라 바빠서 일일이 신경 쓸 형편도 못 되지만, 그렇게나 소가 많으니 출산 사정을 낱낱이 꿰고 챙길 수가 없다. 날 잡아서 임신 소들만 따로 모아 놓은 축사를 주의 깊게 헤아리면 못 보던 송아지가 여남은 마리란다. 암소들이 제 알아서 낳고 제 알아서 산후 처리를 했던 거다. 새끼의 흠뻑 뒤집어쓴 핏물기를 핥아 먹고 이리저리 굴려 일어서도록 하고 일어서면 젖을 물리고…….

하지만 조카네 축사에 비하면 축사라고 할 수도 없는 우리 외양간의 어미 소들은 새끼 나올 기미가 안 보이면 예정일이 돼서도 묶어 놓을 수밖에 없고, 다른 소가 새끼 낳는 걸 봐 본 일도 없는 얼치기들이라, 사람이 산후 처리를 돕지 않으면 사고가 날 수도 있다.

조카네도 무사히 태어나 쌩쌩히 돌아다니는 송아지들만 있는 게 아니라, 사람이 챙겼으면 살 수도 있었는데 아무 도움도 못 받아서 죽은 채 발견되는 송아지도 심심치 않단다. 거기는 숫자가 워낙 많아서 갓 난 송아지 한두 마리쯤 죽어도 씩씩하게 참아 낼 수도 있겠지만, 한 마리 한 마리를 도시 사람 자동차 위하듯 소중히 알 수밖에 없는 우리 같은 자잘한 축산 농가에 송아지 한 마리는 결코 태어나자마자 죽어서는 안 되는 끔찍한 재산이다.

남편은 회관에서 또 술 마시고 있을 테다. 분만실로 들어가 송아지 목덜미를 부여잡았다. 똥물이 차디찼다. 낑낑, 힘을 썼다. 아이구, 꿈적을 하지 않는다. 젖 먹던 힘까지 썼다. 갓 난 송아지 녀석이 조금 들썩했다. 저쪽에 불편하게 웅크리고 앉았던 얼간년이 다 죽어 가는 소리로 '움머어……' 한다. 나와라, 와서 나와라, 송아지야, 송아지야, 지발 하고 죽지 말고 살자꾸나. 이 할마씨가 널 꼭 구해 줄 테다. 너도 좀 살라고 해 보란 말이다. 엄마 뱃속에서 나오자마자 죽는다면 억울해서 쓰겠느냐. 이야아앗앗……, 나는 똥구멍이 빠지도록 용을 썼다.

세상이 아득해진다. 머릿속이 눈밭처럼 하얗다. 불꽃이 번쩍였다. 엄청 아프다. 정신이 번쩍 든다. 한순간에 힘이 빠져나갔지만, 거의 정신을 잃었지만, 그래도 송아지 대가리를 놓쳐서는 안 된다는 일념으로 두 손이 버티는 바람에 나는 송아지 쪽으로 엎어졌고, 내 머리랑 송아지 머리가 박치기를 한 것이다.

똥오줌 구덩이에 들어 있는 것은, 어라, 송아지가 아니라 내 엉덩이다. 송아지 녀석은 제 어미 곧은창자 뭉치 밑에 엎어져 전신을 떨어 대며 '꾸르릉 꾸릉' 하고 있었다. 박치기가 녀석을 살린 모양이다. 느닷없는 충격에 녀석은 저도 모르게 솟구쳤으리라. 잘했다, 참 잘했다. 그려, 너는 살려고 태어난 것이여.

똥구덩이에 들어앉아 있다는 걸 깜박하고, 나는 손뼉을 쳤다.

다 죽어 가는 얼간년이 제 새끼 핥아 줄 것을 기대할 수는 없다. 바깥마당 광으로 뛰어갔다. 내가 이렇게나 빠른 사람이었나? 수건처럼 만들어 놓은 헌 옷가지 한 보따리를 끌어안고 또 뛰었다. 나, 정말 빠르네. 새끼 녀석을 정신없이 닦았다. 한구석에 쇠 갓을 씌어 놓은 백열전구 밑으로 녀석을 밀었다. 이놈아, 좀 움직이란 말여. 저기가 따뜻하단 말여. 얼어 죽고 싶냐? 꿈쩍을 하지 않는다. 나는 너무 힘이 없다. 포기하고, 짚단을 풀어 이불처럼 덮어 주었다.

어미와 새끼를 이은 채 뻘겋게 너덜대는 탯줄도 신경 쓰이고, 어미 소도 어떻게 보살펴야겠고, 태어나자마자 새끼에게 먹이는 무슨 약도 생각나고, 마음은 분주하지만 더는 내가 감당할 힘도 정신머리도 없다.

전화통을 붙잡고 "새끼 낳았슈. 빨랑 와유!" 남편에게 고하고 나자, 무감했던 추위가 사납게 다가왔다. 남편이 와서 난리 치듯 할 텐데 보조 노릇 않고 샤워나 하고 있다가는 무슨 구박을 받을지 모른다. 똥물을 뒤집어쓴 몸뚱이로 방에 들어가 있을 수도 없고, 벌벌 떨린다. 수돗가 가스레인지에 불을 붙였다. 오들오들 불을 쬐었다.

7

얼간년 똥구멍을 꿰맸다.

〈생활의 달인〉이라고 해서 사람들이 참 별 재주를 다 가지고 산다는 걸, 매번 새삼스레 깨닫게 해 주는 프로가 있다. 내내 감탄하면서도 애처롭기도 했다.

저 재주들이 남들에게 보여 주려고 익힌 건가. 먹고살려고 악착을 부리다 보니 절로 손에 익은 거지. 우리는 어쩌다 잠깐 보니 놀랍고 신기하지만, 저 사람들은 저 짓거리를 온종일 반복해야잖나. 나도 〈생활의 달인〉 나갈 거 수두룩하다. 김매기, 고추 따기, 콩 타작, 깨 바심, 마늘 캐기, 배추 솎기, 짚 묶기……. 이런 게 무슨 재주냔 말이다. 재주가 아니라 먹고사는 처량한 짓이다. 뭐 이런 영양가 없는 생각도 드는 거였다.

수의사에게 짐승 수술도 그런 처량한 짓일지 모르겠다만, 수의사의 솜씨, 참 기똥차다. 근 열흘이나 바깥바람을 쐰 창자 덩어리를 똥구멍 안에 쑥 밀어 넣고, 수술 바늘을 움직이는 손길이 빠르고도 묘했다. 한 10분이나 걸렸을까, 얼간년 똥구멍은 언제 무슨 일 있었냐는 듯 말짱해졌다.

"겉은 말짱해 보이겠지만 속은 전쟁이쥬, 전쟁. 나갔던 게 다시 들어왔으니 난리가 안 나겠어유. 창자가 제대로 자리를 잡고 똥 싸는 능력을 정상적으로다 회복하려면 한 달도 넘게 걸릴 텐디. 잘 처먹지도 못할 규. 똥 싸는 게 너무 아프니께 먹지를 않는 거쥬. 짐승이 아플까 봐 안 먹을 정도면 얼마나 아픈 건지 짐작이 가시쥬?"

남편이 물었다.

"살기는 허겄남?"

"그야 운명이쥬……."

수의사는 얼간년 엉덩짝에 주사기를 쑤셔 박고는 말을 이었다.

"녀석이 살 팔자면 사는 거고 뒈질 팔자면 뒈지는 거고."

"접때도 그렇게 말했잖여유. 뭔가 다른 말을 해 주면 좋잖어. 우리 노인네들 마음 좀 편하게 해 달라구유."

"어머니, 달라진 게 별로 읎슈. 헛된 희망도 안 갖는 게 좋구유, 지레 절망할 필요도 없구유, 그냥 운명에 맡겨 두세유."

"젊은 사람 말이 만날 그 모양이여. 이것도 아니고 저것도 아니고 도 닦는 인간들처럼 흐리마리하잖여. 모다 도다 똑 부러지게 말 못 허남?"

"딴 수의사한테 알아보셔유."

이 수의사와 상종한 지 10여 년째다. 도시 사는 아들놈들보다 더 자주 봤고 더 많은 말을 나눈 사이다. 수의사가 왔다 가도 물 한 잔 안 대접하는 이도 있다지만, 나는 올 때마다 아무거라도 꼭 챙겨 주었다. 음료수는 기본이었고 떡이나 고기 같은 별미가 있으면 꼭 먹여 보냈다.

자식들도 먹고살아 보겠다고 이리 바삐 살 것이다. 내가 일하러 온 사람한테 잘해 줘야, 내 자식들도 일 나가서 음료수라도 얻어

마실 테다.

　남편도 수의사와 노닥거리는 것이 재미난 모양이다. 아들들이랑은 오랜만에 봐도 몇 마디 안 하는 사람이, 이 수의사랑은 소뿐만 아니라 정치 경제까지 안주 삼아 홍이 나서 떠들어 대곤 했다. 대개 욕지거리였지만 말이다.

　따뜻한 방에 들어가서 어제 막 짜낸 담근 술 한잔 들고 가랬더니, 큰일 날 소리 한단다.

　"어머니네 소나 되니께 지가 무조건 나온 규. 눈 떠서 눈 감을 때까지 소독만 하고 댕겨유. 저는 지금 구제역하고 전쟁 중이라니께유."

　"우리도 전쟁 중이지유. 이 양반은 술이나 마시러 댕기지만, 나도 아침저녁으로 소독약 뿌리느라고 죽겄다니께. 근디 어미는 그렇다 치고 새끼는 어쩔라나유?"

　"새끼도 마찬가지쥬. 운명이쥬."

　"그놈의 운명 소리, 참, 어지간히 하고 자빠졌네."

　남편이 혀를 찼다. 수의사가 뜨거운 벌꿀차를 홀홀 불어 들이키고서는 주절댔다.

　"어머니, 생명이 참 신비로운 거여유. 어디선가는 소 돼지 목숨이 무더기로 끊어지고 있는데, 또 어디선가는 기어이 태어나서 기어이 살아 보겠다고 용을 쓰니 말여유……. 안 그러냐, 새끼야?"

　기어이 살아 보겠다고 용을 쓰기는, 어미고 새끼고 살아 볼 생각이 전혀 없는 꼬락서니들이구먼. 에이, 차라리 낳지를 말고 태어나지 말지, 왜 낳고 태어나서 노인네 가슴을 아리게 허냐.

8

 남편은 "뒈지게 내버려두라니께!" 냅다 소리나 질러 대곤 했다.
 구제역 때문에 튼튼하고 때깔 나는 소도 판매가 안 되는 시국이라 그렇지, 팔 수만 있다면 어미고 갓 난 송아지고 고깃값만 받고 팔아넘겼을 테다.
 우리 집도 팔 때 된 암소가 세 마리나 된다. 그것 팔아서 농협 빚 갚고, 사룟값 정산하고, 아들놈 전셋집 옮긴다는데 다만 3백만 원이라도 보태 주고, 자기 먼저 죽으면 혼자 남을 아내를 위해 무슨 보험인가를 들고, 계획이 많던 남편은 시도 때도 없이 정부를 성토하는 것으로 울화를 달랬다. 어쨌거나 억울한 농민이 욕할 데는 정부밖에 없는 게다.
 "수백 마리 소를 하루아침에 잃은 사람들을 생각혀 봐유. 우린 복 받은 거지. 구제역 가면 솟값도 오를 거 아뉴."
 위로 삼아 한마디 했다가 경을 치게 지청구를 먹었다.
 "바보 멍텅구리야, 솟값이 왜 올라. 많이 죽였으니께 소가 줄었을 거라고? 죽은 소만큼 안 사 먹은 거니께 죽은 소는 아무 상관이 없고, 구제역 끝나면 한꺼번에 소가 다 나온단 말여. 똥값 되는 거."

그렇게 많이 죽었는데도 솟값이 안 오른다니? 언뜻 이해가 가지 않았다. 텔레비전에서 떠들던 어떤 박사 말대로, 그 정도 죽어서도 솟값이 안 오를 만큼 이 땅에 소가 많은 것일까. 그렇게 한국 소가 많다면 미국 소는 왜 또 수입하는 걸까?

암튼 남편은 중환자 소 모녀를 생으로 살해할 수는 없고 보기는 괴롭고 알아서 빨리 죽어 주기를 바라는 듯했다. 도저히 살 가망이 없어 뵈는 게, 어미고 새끼고 도통 처먹지를 않는 것이었다.

얼간년은 사흘째 단식이다. 그 전에는 몇 입이라도 먹는 시늉을 하더니만, 굶어 죽으려고 작정한 소 같다. 아무것도 안 먹는 소의 젖에서 그래도 젖이 나온다는 게 기적처럼 희한했다. 하지만 새끼가 그 젖을 안 먹는 것이다.

남편이 살려 보려는 노력을 전혀 안 한 것은 아니어서, 불통대면서도 새끼 주둥이를 얼간년 젖꼭지에 물려 놓고 강제로 먹여 보기는 했다. 새끼는 젖꼭지에서 주둥이를 떼자마자 그나마 먹은 것을 아낌없이 토해 내고는 엄마 젖에서 멀찍이 떨어지려고 발버둥을 쳤다. 주사 영양제와 진통제로 버티고 있는 어미 소의 젖이 독극물처럼 역한가 보다.

아직 두 눈 뜨고 시퍼렇게 살아 있는데, 죽으라고 내버려 둘 수는 없다. 고작 20개월 산 소한테 너는 살 만큼 살았다고 하는 게 우습기는 하지만, 소 팔자에 그 정도 살았으면 죽고 싶기도 하겠다고 어미 소는 네 뜻대로 하여라 보아 넘기더라도, 새끼는 하루라도 더 살다 가도록 하고 싶었다. 세상에 나와 겨우 사나흘 살다 가면 너무 불쌍하지 않나.

　우유를 사다 먹였더니 잘도 먹는 게 아닌가. 외손녀가 빨던 젖병에 따끈하게 덥힌 우유를 담아 주둥이에 밀어 넣었더니, 처음엔 도리질을 치고 늙은이 가슴을 들이받고 작대기로 얻어맞을 짓을 하더니만, 먹을 만한지 쪽쪽 빨아 먹는 것이었다. 바닥까지 비우더니 더 안 나오자 젖병째 씹어 먹으려고 나댔다. 대한 독립 만세라도 부르고 싶었다. 집에 가서 또 한 병을 타 왔다. 새끼는 그것도 짭짭 잘도 삼켰다. 어찌나 맛나게 먹는지 내 배가 다 불렀다.

　그런데 내 모습이 참 얄궂다. 쪼그려 앉아서 한 손으론 송아지 목덜미를 부여안고 한 손으로 우유병을 대 주고 있다. 누가 보면 손자 젖 주는 줄 알겠다.

　아직도 안 죽은 게 신기할 정도로 병색이 완연한 얼간년이 우리를 바라보고 있었다. 문득 혹시 저게 지 새끼와 지 새끼를 먹이는 나를 바라보는 게 아니라 우유를 바라보는 게 아닐까. 저것도 우유를 주면 먹을까. 새로 한 병을 타다가 얼간년 입에 물렸다. 얼간년이 몇 모금 빨아 보더니 고개를 내둘렀다. 화가 나서 얼간년의 머리통을 세 대나 때려 주었다.

　"그려, 뒈져라, 뒈져!"

9

　소를 스무 마리씩이나 키우게 된 것은 30년 전부터다. 광산 다니던 남편이 퇴직금 받아서 소 키우는 것에 생계를 걸었던 것이다. 그 전에 한두 마리 키울 때는 소를 참 어렵게 키웠다. 솥단지에 물을 채우고 잘게 썬 짚과 풀, 때로는 호박과 무까지 넣고 사료와 함께 푹 끓인 여물죽을 먹였던 거다. 나무로 아궁이에 불 때서 방구들 덥히던 시절이라 어차피 뭘 끓이기는 해야 했다.
　연탄보일러가 안 나왔으면, 계속 여물죽을 끓였을까. 에이, 말도 안 되지. 오로지 여물죽 때문에 불 땐다면 얼마나 피곤했을 것이여. 한두 마리 여물죽이라면 끓일 수 있지만 열 마리 넘는 소 여물죽을 어느 세월에 끓여? 오로지 소만 키운다면 모를까, 농사도 짓는 집에서. 끓여 주면 영양소가 파괴돼서 더 안 좋다고 공무원들이 찾아와서 뭐라 뭐라 했던 것도 같고…….
　여물죽을 끓이고 앉았노라니 옛날 생각이 스멀스멀 난다.
　어쨌거나 세상 좋아졌지. 짚을 몇 도막만 내서 뭉텅이째 생으로 주고, 그거 다 먹으면 사료 한 바가지 퍼 주면 끝이니께. 그러고 보면 소 키우는 일이 참 쉬운 일이여. 물 주는 것만 해결되면 진짜로 아무 힘들 게 없을 것 같은데. 아이구, 내가 지금 완전 도시 사람처럼 생각하고 자빠졌네. 아침에 소똥 치우러 나갈 때마다 "증말로, 이 짓거리 때려치워야지. 70 넘기고두 이 무슨 개지랄이냐구!" 찡찡대는 남편이 제일 싫어하는 사람이 '소 키우는 일이 참 쉽지요',

하는 이다.

"똥구멍 빠질 놈들, 와서 소똥 한번 쳐 보라고 해. 그 말이 쏙 들어갈걸."

하기는 남의 일은 다 쉬워 보이고 내 일, 우리 일은 참 어렵게 생각되는 게 인지상정일 테다.

남편이 힘들어하는 걸 듣다못해, 엊그제는 화끈하게 덕담을 해 주었다.

"잘 생각했슈. 이참에 정리하자구유. 구제역 같은 거 한번 났다 하면 죄 없이 격리돼서 죄인처럼 사는 것도 지겹고, 소 키운답시고 제대로 여행 한번 못 다니는 것도 불쌍하고, 싹 정리해 버리고 남은 인생 한가롭게 살아 봅시다. 애들한테 50만 원씩만 책임지라고 하쥬, 뭐. 남들은 키워 주기만 했다지만 우리는 가르쳐 주기도 했으니께 그 정도는 요구할 수 있잖유. 인제 그만 소똥하고 작별을 하시라구유."

"말이 그렇다는 거지, 소도 안 키우면 무슨 돈으로 살아……."

다 때려치울 것처럼 방방 대던 남편은 기가 죽어서는 추운 바깥으로 나갔다. 남편은 이 세상 떠나는 날까지도 소똥을 칠 팔자인지도 모른다. 좋게 생각하자구유, 일 없이 사는 것보단 훨씬 낫잖유.

최고급 사료를 줘도 처다보지도 않던 얼간년, 혹시나 하고 여물죽을 끓여 줘 봤는데 관심 없는 것 같더니만, 다음 날 아침에 보니 구유를 말끔히 비워 놓은 것이었다. 나도 모르게 또 만세를 불렸다.

문제는 계속 여물죽만 먹으려고 한다는 거였다. 짚이고 시래기고 사료고 끓여서 죽을 쑨 게 아니면 건드리지도 않았다.

새끼 녀석도 마찬가지였다. 꼭 젖병에 담은 우유만 처먹으려고 했다. 제 어미 질질 흐르는 젖물에 도무지 관심이 없었다.

"이 썩을 년들이 할마씨를 잡네, 잡어!"

지발 한 번만이라도 좋으니 이 짐승들이 먹게만 해 주소서, 하늘님과 부처님, 그리고 천지신명께 빌던 마음은 온데간데없었다. 이 추운 날 텃밭 소각장에서 눈 처맞으며 솥단지에 불 때게 만든 얼간년이 미웠고, 똥 냄새 물씬한 송아지 껴안고 젖병 물리고 앉아 있는 어처구니없는 신세에 한탄을 멈출 수가 없었다.

큰며느리가 친손자 낳았을 때 도시로 올라가서 한 달, 딸애가 외손녀 낳아 데리고 왔을 때 두 달, 그걸로 산후조리 끝. 미안하다 아직 결혼 못 한 작은아들아, 너는 네가 알아서 해라, 내 인생에 산후조리 다시는 없다, 선언했었는데, 세상에 이 무슨 팔자람. 소 산후조리라니.

벌써 스무날째, 이러고 있다.

10

설이 나흘 앞으로 다가왔다.

"애들이 내려오느냐 마느냐 걱정이 태산이던데, 뭐라고 해야 옳대유?"

"왜 걱정을 햐? 설날에도 안 오면 그게 자식이여?"

"음마야, 대한민국서 안 사는 사람처럼 말하시네. 만날 뉴스 보면서 뭘 본 거유? 다들 이번 설이는 내려오지 말라고 신신당부한 대잖아유. 동네 전체가 자식들 못 내려오게 합의를 본 데도 있다구 그러고. 우리 백호리 청년회서도 이번 설이는 청년회 안 한다고 결정을 보았다고 그러대유. 이 판국에 우리 자식들이 내려와야 하나 마나 고민이 안 될 수가 있겠시유……."

"걱정 붙들어 매고 내려오라구 그랴. 똥 쌀, 병 무서워서 자식 얼굴도 못 보고 사나. 앞으로 천년만년 살 겨? 명절 때나 보는 자식들인디 그거까지 못하게 혀?"

고시랑대고 있는데, 축사 안에서 인공 수정을 마치고 나온 수의사가 분만실의 얼간년과 새끼를 둘러보고는 깜짝 놀랐다.

"어라, 애들 멀쩡하네유? 젖도 먹네유? 완전히 살았어유."

비로소 송아지 꼴이 나는 새끼가, 제법 소처럼 뵈는 얼간년의 젖꼭지를 맛나게 빨고 있다. 새끼가 우유를 거부한 건 사흘 전이다. 그 좋다고 빨던 젖병을 대가리를 쳐 대더니 지 어미 배로 슬금슬금 다가가는 거였다. 길게 누운 제 어미 배에다 주둥이를 쑤셔 박고 애를 썼다. 여물죽 먹을 때만 일어서던 얼간년이 마지못해 일어나자, 새끼는 젖꼭지를 힘껏 물고 매달렸다. 얼간년이 '음허어허, 음허어허' 두어 달 만에 소처럼 울었다.

새끼가 어미 소 젖 빠는 모습에 괜스레 눈물이 났다. 아이고, 늙으니께 별걸 다 보고 눈물을 짜는구먼, 스스로 타박하면서도 눈물을 멈출 수가 없었다.

그날로 여물죽 끓이기도 관두었다. 다른 소들한테처럼 마른 짚 주고 가루 사료 주고 말았다. 네가 안 먹고 버티나 보자. 〈웃어라, 동해야〉 하기 전에 가 보니 말끔히는 아니더라도 거의 다 먹었다. 새끼는 백열전구 밑에서 지푸라기를 되새김질하고 있었고, 얼간년은 아주 편안한 자태로 큰 눈을 끔벅거리고 있었다.

"우와! 솔직히 저는 얘들이 못 살 거라고 봤슈. 워칙히 살았지? 살라는 의지들이 강했구만. 그려, 참 보기 좋다. 조금만 거시기하면 못 살겠다고 살기 싫다고 확 가 버리는 인간들보다 너희들이 훨씬 낫다. 안 그러냐? 누구는 뭐 희망이 넘쳐서 사냐? 열심히 사는 게 사람의 운명이니께 그냥저냥 사는 거지. 사는 게 희망 아니냐구."

"그놈의 희망 타령 듣기 싫어. 요새는 희망 안 들어가면 말이 안 되나? 테레비고 사람이고 입 달린 것들은 다 희망, 희망이랴. 마을회관 늙은 영감탱이들도 희망의 새해 어쩌구 하는데, 내 참 기가 막혀서. 없는 것들 못사는 것들 날벼락 맞은 것들 그런 불쌍하고 한심한 것들 약 올리려고, 잘사는 것들 정치하는 것들 테레비에서 나불대는 것들이 아무 때나 갖다 붙여 쓰는 말이 그 좆같은 희망 아니냐구?"

"아버님은 정말 희망 없이 말씀하신당께유. 야들이 살아난 게 하도 신기해서 그랬슈. 희망 없는 세상에 희망 한 줄기 보는 것 같아서유."

"이 사람이 살린 겨. 제 자식처럼 돌보더라구."

벌벌 떨며 기를 쓰고 돌아다니는 걸 빤히 보면서도 돕기는커녕, "거, 죽게 내버려두라니께 증말 뒈지게 말 안 듣네." 타박을 일삼던 남편이 뜻밖에도 별소리를 다 한다.

"그려유? 어머니가 살렸슈? 어머니가 대단한디. 이 소들은 어머니 거로 해야겠네. 아버님은 살릴 생각도 안 했쥬? 그럼 어머니 거지."

"누가 아니랴. 이놈들은 당신 거여."

이 남자들이 왜 이러나. 무안해서인지 말도 안 되는 말이 나온다.

"내 거 아뉴. 지들 스스로 거지."

수의사가 저리 말할 정도라면 어미고 새끼고 확실히 산 모양이다. 죽을 걱정은 놓아도 되겠다. 멀게는 큰아들이 첫걸음마를 떼던 순간처럼, 가깝게는 손자 녀석이 처음으로 "할머니!" 불렀을 때처럼 흐뭇했다. 고생스럽기는 했지만, 이해 못 할 일 허다하고, 사람이고 짐승이고 간에 참 쉽게 죽어 버리는 세상에, 이런 보람이라도 없으면 무슨 재미로 살까 싶다.

또 눈이 내린다. 참말이지 올겨울엔 작정하고 눈이 내린다. 하늘도 살려고 저러는 거겠지. 잔뜩 낀 때를 싹 씻어 버리려고 저리 악착스레 퍼붓는 거겠지.

산후조리 107

서이제

2018년 『문학과 사회』 신인문학상을 수상하며 작품 활동을 시작했다. 소설집 『0%를 향하여』, 『낮은 해상도로부터』, 『창문을 통과하는 빛과 같이』, 단편소설 시리즈 『바보 같은 춤을 추자』 등을 썼다. 젊은작가상, 오늘의작가상, 김만중문학상, 이상문학상 등을 받았다.

두개골의 안과 밖

그해는 새의 해로 기록될 것이다.
10만 명의 사람들이 증발되고,
새의 번식이 급증한 해.

∞

 사냥을 간다. 중고 매매 센터에서 구입한 낡은 2025년형 SUV를 타고. 순환 도로를 타고 산과 들이 있는 곳으로. 줄지어 늘어선 송전탑을 따라 농사를 짓는 사람들이 사는 곳으로. 도시로부터 점점 멀어지며 짙어지는 흙냄새. 흙에서는 아직도 악취가 진동한다. 암모니아 가스. 땅속에 파묻힌 사체들의 냄새. 그 냄새는 십 년 전 악몽을 떠오르게 하지만, 나는 어쩔 수 없이 그 거대한 무덤 사이를 지나쳐야만 한다. 곰팡이로 뒤덮인 지대, 얼핏 하얀 꽃이 핀 것처럼 보이는 지대. 그 거대한 무덤 사이를 지나치고 있다. 지난주부터는 포클레인 한 대와 방호복을 입은 사람들이 모여 땅을 파헤치기 시작했다. 이제 땅을 정화하기 위한 열처리와 미생물 처리가 이루어질 것이다. 나는 더러운 악취로부터, 오래된 악몽으로부터 도망치듯, 액셀을 더 세게 밟는다. 속도는 더욱 빨라진다. 지나친다. 완전히 지나친다. 빠르게, 빠르게. 더 빠르게 달리면 농사를 짓는 사람들이 사는 곳에 이를 수 있다. 악취로부터 멀어지며, 그곳에 점점 가까워지고 있다. 이제 막 가을로 접어든 시기. 이제 막 마을로 접어드는 중이다. 마을을 수호하는 은행나무, 그 열매. 악취를 풍기는 방식으로 해충을 쫓으려 한다. 나를 쫓으려고 흰 개들이 짖는다, 목줄에 묶인 채.

구멍가게 앞, 대낮부터
평상에 앉아 막걸리를 마시는 사람들.
한량.

나는 이 땅에서 여유를 허가받지 못한다. 나는 관할 파출소에서 총기를 허가받는다. 늦은 오후부터 해가 지기 전까지, 구경 오 밀리미터 총기를 이용해 까치를 잡을 것이다. 국가는 이 고약한 성격을 가진 새에게 몸값을 부여했다. 까치 한 마리당 몸값, 팔천 원. 보통 하루에 적게는 스무 마리, 많게는 오십 마리를 잡을 수 있다. 길가에 차를 세우고 과수원을 살핀다. 배나무에는 노란 열매가 탐스럽게 달려 있고, 그것을 따는 노동자들의 모습이 보인다. 이상 고온 현상으로 농작물 수확이 점점 어려워지고 있는 가운데, 수확 철마다 나타나 배를 파먹는 까치는 농장주에게도 골칫덩어리인 것이다. 과수원 주변, 아카시아나무 한 그루. 그 위에 까치집 하나. 까치 한 마리가 집을 들락날락거리고 있는 게 보인다. 새끼들의 입에 넣어 줄 먹이를 물고서. 나는 까치를 향해 총을 겨눈다. 들고양이 한 마리가 나를 주시한다. 들고양이에게 까치 사체를 빼앗기지 않도록 조심해야 한다. 나는 까치를 주시하며 기다린다. 방아쇠를 당기기 위해.

∞

그 사람 또 오다. 자동차를 타고 과수원 주변을 배회하는, 언제나 표정이 없는 사람. 그는 자동차 운전석 창문 활짝 열어 둔 채, 창밖을 보다. 그가 주시하는 것은 언제나 새. 이 나라에는 부리가 검은 새가 있다. 그렇지만 몸통은 하얀, 그렇지만 검푸른색 긴 꼬리를 가진 새. 과수원이 마치 자기 땅이라도 되는 듯, 과수원 일대 돌며 우리를 내려다보는 새. 우리보다 먼저 배를 따는 새. 부리로 쪼아 갉아 먹다. 과수원에서 배를 따는 나와 몇몇의 사람들. 감시를 받다. 그는 창밖으로 총을 겨누다. 총에 맞아 죽을지도 모른다고 생각하다. 아니, 총에 맞아 죽기 전에 맞아 죽을지도 모른다고 다시 생각하다. 죽도록 맞다. 어제 네가 죽도록 맞는 것을 보다. 네가 맞는 이유를 알 수 없다. 도무지 말이 통하지 않는 이곳 사람들. 그런 점에서 새와 나는 같다. 새와 우리는 같다. 새는 과수원 주변 커다란 나무 위에 집을 짓다. 농장주가 농지 위에 집을 짓다. 우리가 산다. 비닐과 천막의 집. 우리는 비닐하우스 농작물처럼 자란다. 잔다. 농작물처럼 팔리다. 너는 이제 다른 곳으로 팔릴 것. 팔면, 사람이 산다. 불행. 얼마 전 불행이라는 말을 배우다. 행복이 없다는 뜻이다. 행복이 없다. 농지 위 비닐과 천막의 집에는 행복이 없다. 우리는 풀잎을 뜯어 먹는 벌레와 함께 살다. 죽다. 우리가 벌레를 죽이기 때문에 벌레는 죽다. 사장님 벌레를 해충이라고 부르다. 해충은 벌레다. 벌레가 죽기 때문에 새는 배고프다. 새는 배고프기 때문에 배를 먹다. 배를 먹기 때문에 새는 죽다. 총에 맞아 죽다. 배고파 죽거나 맞아 죽거나. 내일 또는 내일의 내일. 우리는 배고파 죽거나 맞아 죽다. 어제의 너를 생각해. 살충제 뿌리다. 죽다. 뿌리다. 죽다. 뿌리다. 뿌리부터 죽다. 제초제 뿌리다. 죽다.

죽이기 위해 총 겨누다.

총, 총, 총.

새는 걷다.

먹이를 구하다.

땅을 향해 부리를 박는 새.

배고프다. 우리처럼. 배고파 죽겠다.

탕. 탕.

하면, 죽다.

새가 죽으면.

그가 새의 몸을 가지고 떠나다.

∞

버려진 집터에는 죽은 새끼들만이 남아 있음. 바짝, 수분이 마른 표피는 조글조글. 빈털터리. 털 없이 태어나 체온을 유지할 수 없음. 새끼들의 부모는 총에 맞아 죽었을 것으로 추정. 언젠가 산속에서 죽음을 본 적 있음. 회수되지 못한 사체가 나뭇가지 사이에 걸려 있음. 숨을 끊어 버린 차가운 납덩어리는 작은 몸뚱이 안에 박혀 있음. 납탄은 빠른 속도로 너의 몸뚱이를 향해 직진하며, 너의 살갗을 관통하며, 몸통 깊은 곳까지 파고들며, 회전하고 회전하며 너의 오장육부를 갈아 버림. 배를 파먹는 너의 주둥이를 다물게 하기 위해. 나는 네가 허기를 채우기 위해, 흙바닥에 주둥이를 몇 번이고 박았다는 것을 알고 있다. 너는 너의 허기가 원망스럽다. 굶어 죽기 전에 맞아 죽음. 총살. 몰살. 국가는 너의 죽음을 위해 총기 사용을 허가한다. 팔천 원짜리 목숨.

그래서 종족은 더욱 강해져야 한다.

지독해져야 한다.

∞

정전.

어둠 속에서.

혹시 전기세 안 냈어?

냈어.

그런데 왜지?

凶鳥

온 세상이 어두워진 까닭.

까치집.

까치는 흉조였다.

∞

그날의 정전은 홍조였다.

凶兆

그날 이후, 온 세상이 어두워진 이후. 갑자기 뼈 마디마디가 쑤시고 피부가 찢어지는 듯 아프기 시작했다. 정형외과, 내과, 피부과, 가정 의학과. 병원이라는 병원은 가리지 않고 모두 가 보았지만 통증의 원인을 알 수 없었다. 나는 병원이 내게 권유하는 이런저런 검사들, 그러니까 혈액 검사는 물론이고, 수면 내시경과 CT 촬영으로 거금을 날린 후에야 예감했다. 통증으로부터 쉬이 벗어날 수 없으리란 것을. 진통제를 먹어도 아무런 소용이 없었다. 통증은 날이 갈수록 심해졌고, 끝내 일상생활이 불가능한 지경에 이르렀다. 결국 일마저 그만둬야 했다. 나 하나쯤 그만둬도 그만인 일을, 다른 사람을 구하면 그만인 일을. 누군가 떠난 자리에 내가 앉았던 것처럼, 내가 떠난 자리에 다른 누군가 앉으면 그만이었다. 그만이다. 그만이다. 이제는 그런 생각도 그만. 무언가 생각할 힘조차 내게 남아 있지 않아서, 나는 자려고 했다. 낮이고 밤이고. 적어도 잠들어 있을 때만큼은 잠시나마 통증을 잊을 수 있었으니까. 나는 잠들지 않고는 견딜 수 없는 고통을 알아 가고 있었다. 몸은 하루가 다르게 야위어 가고. 뼈마디가 도드라지고. 앙상해지고.

점점 가벼워지고. 거의 사라질 듯, 가벼워지고. 그런 나를, 점점 힘을 잃어 가는 나를, 너는 그저 지켜볼 뿐이다. 너는 나 몰래 울고, 나는 그런 너를 위로할 길이 없다. 내가 아프지 않아야 네가 슬프지 않다는 걸 알지만. 나는 이제 더 이상 아프지 않을 자신이 없다. 매일 새벽, 너는 일을 나서며 내게 말한다. 다녀올게, 금방 다녀올게. 네가 나가면, 문밖으로 너의 발소리가 들린다. 그 희미한 소리에 기대어. 나는 너의 걸음의 무게를 헤아려 본다. 이내 소리가 사라진다. 네가 나의 아픔을 온전히 체감할 수 없듯. 나도 너의 아픔을 온전히 체감하지 못한다. 너의 아픔은 온전히 너의 것이다.

∞

서울 남구로역, 해도 뜨지 않은 거리에 몰려든 사람들. 하나둘. 나는 사람들 사이를 어정거린다. 담배 냄새에 찌들어 있는 아저씨들. 이미 술로 건강을 망친 듯이, 얼굴이 누렇게 변한 사람들. 발걸음이 무거운 내 또래의 사람들. 어쩌다가 이곳에 오게 되었는지 알 수 없는 이십 대 초반의 아이들. 주름 하나 없는 그들의 앳된 얼굴에도 근심이 서려 있는 것이다. 각자 삶의 사연을 가진 사람들이 거리에 뒤섞인다. 기도한다. 오늘은 꼭 일을 할 수 있기를. 내게 그 어떤 일이라도 주어지기를. 무슨 일이라도, 무슨 일이라도, 해야 하는 것이다. 그 어떤 일이라도, 그 어떤 일이라도, 해야 하는 것이다. 고된 일이라도 해야 한다. 일을 아예 배정받지 못하는 것보다 그쪽이 더 나을 테니까. 성격이 더러운 인간을 만나 하루 종일 욕을 처먹더라도, 하루 종일 한파에 벌벌 떨며 얼어붙은 땅을 파더라도, 그게 더 나은 것이다. 그저 집에 가만히 있는 데도 돈이 드니까. 먹고 자는 데도 돈이 드니까. 사지 않고는 하루도 살 수 없으니까. 나는 하루하루가 절박하다. 무엇을 위해 사는지 모르겠으나. 그런 것도 모르면서 나는 감히 필사적으로 살고자 한다. 불경기가 심해져 이곳에서마저 일을 배정받지 못한 채, 집으로 발걸음으로 돌려야 하는 사람들. 나 또한 그 사람들 중 한 명이 될 수 있음을 기억해야 한다. 좀처럼 나아지지 않는 삶이라도, 목숨에 책임을 다해야겠다는 마음으로. 나는 기다린다. 기다린다. 운 좋게 선택을 받는다. 낯선 사람들과 함께 승합차에 올라탄다. 아직도 세상이 어둡다. 승합차 내부는 더 어둡다. 현장에 도착하면 해가 뜰 것이다. 차창 밖으로 일자리를 구하지 못한 사람들이 보인다. 그들은 여전히 거리를 떠나지 못한 채, 담배를 피우고, 침을 뱉고, 생각에 잠긴다. 쓸데없이. 나는 그들에게 미안함을 느낀다.

∞

벌목 작업은 이미 끝. 벌목 후에는 땅속에 남은 나무뿌리를 제거하는 작업을 해야 하는데, 그마저도 거의 마무리. 뿌리, 뿌리, 뿌리, 잘려 나간 뿌리. 뿌리, 뿌리, 뿌리, 온통 뿌리만 남음. 어떤 나무의 뿌리였는지 알 수조차 없음. 이곳은 원래 어떤 곳이었는지. 어떤 풍경을 간직하고 있었는지. 상상조차 할 수 없음. 나는 승합차가 황량한 땅 위에 떨구어놓은 수많은 사람들 중 한 명일 뿐이고. 잘려 나간 뿌리만 남은 땅으로부터 내가 알 수 있는 건, 앞으로 이 땅 위에서 벌어지게 될 일들뿐. 황량한, 황폐한, 쓸쓸한, 스산한, 허전한. 잘려 나간 뿌리만 남은 땅. 이곳에는 고층 아파트 단지가 세워질 것이다. 누군가 사고팔 것이며, 누군가 그 안에 들어와 살 것이다. 그 집에 사는 건 내가 아닐 것이다. 그저 이 땅 위에서 벌어지는 일들을 목격하는 일. 그것이 나에게 주어진 일이다.

∞

대화는 함바집에서 밥을 먹는 것으로 시작된다. 과거에 축사를 크게 운영했다는 사람. 정년퇴직을 한 지 얼마 되지 않은 사람. 신용 불량자가 되어 일용직 노동을 시작하게 되었다는 사람. 혼자서 자식을 키우는 사람. 말하는 내내 입에 욕을 달고 사는 사람은 나이를 가늠하기 어렵다. 말장난을 좋아하는 사람과 공기업 면접 결과를 기다리고 있는 사람. 학비를 모으고 있는 사람. 고가의 운동화를 사려고 현장에 나온 사람은 밥을 먹는 내내 사람들의 놀림거리가 된다. 그리고 그 누구와도 말을 섞지 않고 밥을 먹는 사람. 반장님의 말에 따르면, 그는 전과가 있다고 한다. 물론, 그 말을 다 믿어서는 안 된다. 한편, 시종일관 죽상을 하고 있는 사람도 있다. 나는 그에게 말을 건넨다. 안 좋은 일이라도 있느냐고. 원래 사는 게 다 안 좋은 일뿐이지마는. 그는 아픈 애인을 혼자 집에 두고 온 것이 걱정이라고 말한다. 그의 표정이 더욱 어두워져, 나는 더 이상 그에게 기분을 내어 말을 건넬 수 없다. 참 안됐네요. 나는 짧게 답하고, 그릇에 남은 제육볶음을 마저 먹는다. 일은 식사를 끝낸 후에 다시 시작된다.

∞

점심을 먹고 돌아오니, 까치 한 마리가 공사장 흙바닥에 부리를 박고 있다. 벌레를 찾고 있는 듯한데, 아무것도 없는 모양이다. 인기척에도, 굴삭기 소리에도, 까치는 도망가지 않는다. 까치는 도망가지 않는다. 잔뜩 굶주려 있기 때문에 도망가지 않는다. 까치가 계속 흙바닥에 부리를 박고 있다. 저 새끼 골 때리네. 최 씨가 까치를 보며 말한다. 저 새끼. 이 새끼. 이곳에서 이름이 없는 건, 까치나 나나 마찬가지다. 그때 휴학생이 까치를 보며 말한다. 다들, 군대에서 총 좀 쏘셨으면 까치 사냥 가세요. 까치가 전신주에 집을 지어서 아주 문제라던데. 정전을 일으켜서요. 농가 피해도 심각하고요. 지난번 현장에서 만난 아저씨는 주말마다 까치 잡으러 다닌다고 그랬어요. 총기 지급받으려면 수렵 면허가 있어야 하는데, 어쨌든 말이에요. 그거 돈이 꽤 되나 봐요. 그는 신나게 말하고, 최 씨는 그의 말을 끊으며. 야, 이 자식아. 까치 잡는 게 쉬워 보이냐. 까치가 대가리가 얼마나 좋은데. 웬만한 인간 대가리보다 낫다. 얼마나 빠른지 사람도 가지고 노는 자식들이야. 그리고 애 생긴 것 좀 봐라. 봐 봐. 까치나 잡을 수 있게 생겼는지. 최 씨의 눈에 도대체 내가 어떻게 보이는지 모르겠지만, 사람들은 공사판으로 날아든 까치 한 마리 때문에 말이 많아진다.

∞

꿈이었을까.

현관문을 열었을 때,
싸구려 장판에 부리를 박고 있는
까치 한 마리와 마주한 일.

네가 사라진 그날.

∞

　겨울은 지옥이었다. 변이 바이러스 발생 이후, 정부는 예방적 살처분 범위를 확장시켰다. 변이 바이러스가 발생한 지점으로부터 반경 오 킬로미터 이내의 가금류는 모두 예방적 살처분 대상이 되었고, 십오 킬로미터 이내의 농가 거주민들은 이동이 제한되었다. 가금류 살처분 현장에는 대규모 인원이 투입되었다. 그러는 한편, 원인 불명의 통증을 호소하는 사람들이 폭증했다. 더불어 원인 불명의 통증에 시달리던 사람들이 어느 날 갑자기 새가 되어 날아갔다는 증언도 쏟아지기 시작했다. 사람들은 증언하는 사람들을 미친 사람 취급하기도 했지만.

"헛소리 좀 작작."
"사이비지, 사이비. 사이비 종교의 계략입니다."
"세상 말세다."
"사회를 혼란스럽게 만드는 언론 플레이를 멈춰라!"

　얼마 지나지 않아, 변이 바이러스에 감염되면 통증에 시달린다는 유언비어가, 통증에 시달리다가 새가 되어 버린다는 유언비어가, 그렇게 새가 되면 또다시 인간을 감염시킨다는 유언비어가 나

돌기 시작했다. 새는 혐오의 대상이 되었다. 감염에 대한 공포는 이 믿을 수 없는 이야기에 설득력을 부여하기 시작했다. 과학적으로 증명된 바는 아무것도 없었지만, 증명된 바가 없었기 때문에 오히려 새에 대한 혐오는 더 빠른 속도로 확산되어 갔다. 사람들은 새가 되는 것을 두려워했다. 새를 두려워했다. 어떤 사람들은 새가 되느니 그냥 죽는 게 낫다고 말하기도 했지만. 이미 이곳은 새로 살 수 없는 세상이 되었다.

∞

병든 닭(쓸모없음/폐기 처분). 아픈 닭(쓸모없음/폐기 처분). 자주 아픈 닭(쓸모없음/폐기 처분). 시름시름 앓는 닭(쓸모없음/폐기 처분). 체력이 좋지 않은 닭(쓸모없음/폐기 처분). 알을 잘 낳지 못하는 닭(쓸모없음/폐기 처분). 알을 낳지 못하는 닭(쓸모없음/폐기 처분). 살이 잘 찌지 않는 닭(쓸모없음/폐기 처분). 체구가 작은 닭(쓸모없음/폐기 처분). 근육이 너무 많은 닭(쓸모없음/폐기 처분). 날고 싶은 닭(쓸모없음/폐기 처분). 호기심이 많은 닭(쓸모없음/폐기 처분). 고집이 센 닭(쓸모없음/폐기 처분). 질투가 많은 닭(쓸모없음/폐기 처분). 선한 닭(쓸모없음/폐기 처분). 산만한 닭(쓸모없음/폐기 처분). 똑똑한 닭(쓸모없음/폐기 처분). 그리 똑똑하지 못한 닭(쓸모없음/폐기 처분). 화를 잘 내는 닭(쓸모없음/폐기 처분). 잘 웃는 닭(쓸모없음/폐기 처분). 잘 우는 닭(쓸모없음/폐기 처분). 소심한 닭(쓸모없음/폐기 처분).

건강한 닭. 알을 잘 낳는 닭. 살이 잘 오른 닭. 남은 닭. 그 닭이 그 닭. 알 생산. 대량 생산.

∞

올해도 야생 철새의 분변으로부터 바이러스가 검출되었다. 그게 변이 바이러스였다는 게 문제였지만, 사실 그리 이상한 일도 아니었다. 바이러스는 환경에 따라 끊임없이 변이한다. 변이하고 또 변이한다. 변이하고 또 변이하며, 환경에 잘 적응한다. 살아남기 위한 방식이다. 마찬가지로 철새도 살아남기 위해 이동한다. 먹잇감을 구하기 위해, 알을 낳기 위해, 추위를 견디기 위해. 국경을 넘어 이곳저곳으로 옮겨 다니는 철새들이니, 언제 어디서든 얼마든지 바이러스에 감염될 수 있었다. 바이러스에 감염된다고 해서 철새들이 모조리 죽는 것도 아니었다. 모조리 감염되는 것도 아니었다. 물론, 참새나 까치와 같은 텃새들도 마찬가지다. 모조리 감염되는 건, 철새가 아니라 축사의 닭들이었다. 철새들이 다양한 유전자를 가지고 있는 것과 달리, 축사에 사는 닭들의 유전자는 오랫동안 인간에 의해 선택되어져 왔기 때문이다. 다양성은 산업 시스템을 위해 폐기된 것이다. 나는 오랫동안 수의사로 일했지만, 정작 바이러스 사태가 벌어질 때는 할 수 있는 일이 없었다. 정부가 방역을 총괄했으므로 동물을 살릴 수 있는 권한 같은 건 내게 없었다. 살처분 작업에는 공무원과 일용직 노동자가 동원되었다. 영문도 모르는 채, 그저 지시에 따라 살처분 작업에 참여한 사람은 평생 씻지 못할 아픔을 가지게 되었다. 나는 아무것도 할 수 없었다. 나는 차마 가늠조차 할 수 없는 것이다. 어느 날 갑자기 영문도 모르는 채 마댓자루에 담겨 생매장되는 닭들의 슬픔을, 지시에 따라 닭들을 생매장시켜야 하는 사람들을 아픔을, 나는 영원히 알 수 없는 것이다.

∞

친구는 폐쇄 조치 구역에서 총으로 철새와 텃새를 잡고 있다고 했다. 나는 매일 아침 주민 센터에 출근해 그물망을 들고 새들을 잡으러 간다고 했다. 주로 잡는 건 비둘기지만, 까치나 참새도 잡는다고 했다. 어쨌거나 도시에 사는 모든 새를 잡는다고 했다. 나는 새를 생포한다고 했고, 친구는 새를 사살한다고 했다. 발견 즉시 사살이라고 했다. 전쟁터가 따로 없다고 했다. 전쟁도 안 겪어 본 놈이 말이 많다고 했다. 아니라고, 진짜라고 했다. 이건 새와 인간의 전쟁이라고 했다. 그건 이곳도 마찬가지라고 했다. 그물망 속에서 살겠다고 발버둥 치는 새들을 보면 마음이 아프다고 했다. 사살하는 것만큼이나 생포도 어려운 일이라고 했다. 그럼 새를 생포한 후에는 어떻게 하느냐고 했다. 쓰레기장으로 보낸다고 했다. 가면 죽는 거 아니냐고 했다. 아마 그럴 거라고 했다. 그럼 왜 생포하느냐고 했다. 시민들이 보고 있으니까 그렇다고 했다. 시민들이 왜 보면 안 되느냐고 했다. 시민들에게 잔혹한 장면을 보지 않게 하는 게 내가 하는 일이라고 했다. 나는 사회 복무 요원이라고 했다, 전역이 무려 사백 일 남은. 친구 웃더니, 너 완전 새 됐다고 했다. 그러니까 시발, 이라고 했다. 우리는 그게 무슨 말인지는 잘 모르겠지만 그냥 새 됐다고 했다. 군대에서 새만 잡다가 새 될 새끼들이라고 했다. 그래도 전역하면 새 인간이 되자고 했다.

∞

지금까지 밝혀진 바에 의하면, 조류 바이러스는 인간을 감염시키지 않는다. 그러나 변이 바이러스라면 충분히 가능할 수도 있을 것이다. 나는 변이 바이러스가 인간을 감염시킬 수 있다고 믿으면서도, 감염이 되면 새로 변해 버린다는 괴담은 믿지 않았다. 다만, 내가 알고 싶었던 건 괴담의 출처였다. 괴담은 언제 어디서부터 어떤 이유로 시작된 것일까. 나는 그 괴담의 출처가 신흥 사이비 종교와 정말 관련이 있을지, 그 사실 여부를 밝히고 싶었다. 그래서 지난 석 달 동안 스무 명의 목격자들을 취재해 보았지만, 단서가 될 만한 이야기는 건지지 못했다. 그들은 모두 자신의 가족과 애인이 오랫동안 원인 불명의 통증에 시달리다가 한순간 사라져 버렸다고 진술했다. 그리고 새를 보았다고. 까치, 참새, 비둘기, 박새, 까마귀 등등. 새로 변하는 모습을 직접 목격하지는 못했으나, 새와 마주한 순간 그 새가 누군지 단박에 알 수 있었다고. 느낄 수 있었다고. 인간이 새로 변한 게 아니라면 어떻게 새가 집 안에 들어와 있을 수 있었겠느냐고. 나는 그들의 말에 얼마든지 의문을 제기하거나 반박할 수 있었지만 그러지 않았다. 중요한 건 괴담과 사이비 종교와의 연관성이었으므로. 그러나 목격자들 중 신흥 사이비 종교와 관련된 사람은 단 한 명도 없었다. 내 추측은 계속 어긋나고야 말았고, 나는 이 사실을 받아들이기 어려웠다. 그들이 사이비 종교에 빠진 게 아니라면, 어떻게 그런 맹목적인 믿음을 가질 수 있단 말인가. 어떻게 그런 일이 가능하단 말인가. 나는 믿을 수 없었다. 새를 새장에 담아 온 사람도 있었지만, 역시나 그마저도 믿을 수 없었다. 새장 안에 갇힌 새가, 그러니까 내 눈앞에서 움직이고 있는 새가 진짜 새인지, 새 인간인지, 구분할 수 없었기 때문이다. 나는 내 눈으로 직접 목격해야만 했다. 목격하고 싶었다.

인간이 새로 변하는 과정을, 인간도 아니고 새도 아니게 되는 그 중간 지점의 모습을. 그래야만 겨우 그들의 말을 믿을 수 있을 것 같았다.

∞

점점 확산되는 말.
빠르게
흩어져 널리 퍼짐.
손을 쓸 수 없이 불어나는 말.
모조리 없앨 수 없는 말.
종식 불가능.

∞

변이 바이러스 발생 지역, 행정 구역 단위로 일시적 폐쇄 조치. 일반인들의 출입은 엄격하게 제한되었지만. 매일 오전 아홉 시, 제한 구역 안으로 줄지어 들어가는 승합차와 군부대 트럭. 하루 종일 제한 구역 안에서 울려 퍼지는 소리. 반복적인 총성과 닭들의 비명 소리. 한쪽에서는 방역복을 입은 사람들이 농가를 중심으로 가금류 살처분을, 다른 한쪽에서는 군복을 입은 사람들이 총을 이용해 철새와 그 밖의 새를 무차별적으로 살생하고 있다.

이 모든 일을 기억할 것.

∞

[TV/ON] 모 언론사에서 '새 인간'이라는 표현을 쓴 것이 문제가 되었는데요. 그러는 한편, 새와 새가 된 사람들을 구분해야 한다는 의견이 있습니다. 선생님께서는 어떻게 생각하시나요?/속이 터지죠. 변이 바이러스에 인간이 감염되면 새가 된다는 건 아무런 근거가 없는 소리예요. 과학적으로 증명되지 않은 사실을 가지고, 무슨. 지금 우리가 할 일은 변이 바이러스 백신을 개발하고, 바이러스 확산을 막는 거죠. 만약에, 정말 만약에 말이에요. 변이 바이러스에 감염되어 인간이 새가 된다는 것이 사실로 밝혀지면, 그때 새와 인간을 구분해도 되지 않겠어요? 새 인간이니 뭐니, 말장난할 여유가 없을 텐데요./그런데 목격자가 한두 명이 아닙니다. 어느 날 갑자기 사라진, 그러니까 한순간에 증발되어 버린 사람들이 급증하고 있어요./일본도 버블 붕괴 이후로, 증발 인구가 급증하지 않았나요. 부동산 시장이 한순간에 무너지고, 경기 침체가 지속된 후로 말입니다. 삶의 궁지에 몰린 사람들이 자진하여 사회 밖으로 나간 거죠. 게다가 현재 한국의 인구 증발 현상을 바이러스 사태와 엮는 건 비약이라고 생각하는데요. 한국은 부동산 시장도 아직 멀쩡하고요. 솔직히 한국에서 사람이 증발되는 게 말

이 됩니까? 이렇게 CCTV가 많은 국가에서./정말 그렇게 생각하세요? 새들의 수도 폭발적으로 증가하고 있어요. 실제로 통계 자료도 있지 않습니까. 우리가 이 현상에 대해 조금 더 진지하게 조사할 필요가 있지 않겠어요?/세상에, 그런 통계가 있어요? 통계가 잘못된 거 아닙니까? 통계청을 조사해야 되는 거 아닙니까?/네, 그런 통계가 있어요. 선생님은 모르시겠지만요. 그럼 질문을 바꿔 보겠습니다. 지금 현재 대규모 살처분이 이뤄지고 있는 한편, 철새와 텃새들을 포획한 사람들에게도 포상금을 지급하기로 했는데요. 이거 십 년 전, 아프리카 돼지 열병 때랑 똑같지 않습니까. 당시에도 국가가 적극적으로 야생 멧돼지 포획에 나섰죠. 지금 우리 정부가 하는 노력들, 그러니까 살처분과 그 밖의 새들을 포획하는 게 실질적으로 바이러스 예방에 도움이 되는 겁니까. 그게 정말 맞습니까./화근이 될 수 있는 싹은 미리 잘라 버리는 게 좋지 않겠습니까. 안전 불감증은 심각한 문제입니다. [**TV/OFF**]

∞

너, 내게 말하다. 더 이상 이렇게 살 수 없다. 비닐 소리가 나지 않게 조심해. 우리는 소리 없이 떠나다. 농지 위에 지은 비닐과 천막의 집. 비닐하우스 농작물 같은 삶을 떠나다. 캄캄한 밤이다. 거의 아무것도 보이지 않음. 배 향기가 나다. 그저 배 향기로부터 멀어지면 되는 것이다. 너, 어둠 속에서 내 손을 잡다. 나를 이끈다.

과수원을 떠나다. 몰래. 이 나라를 떠나다. 그러나 아직은 아니다. 떠날 수 없다. 돈이 필요하다. 돈이 필요하기에 걷다. 계속 걷다. 아침이 가까워질 때까지. 시장으로 가다. 우리는 일이 필요하다. 현금이 필요하다. 시장에서 만난 사람. 그는 우리가 필요하다. 그는 우리가 필요할 뿐. 우리가 누군지 궁금하지 않다. 빨리, 빨리. 빨리 타세요. 빨리 타. 그의 말에 따라 우리는 자동차에 올라타다. 빨리 타다. 빨리, 빨리. 코리안 스타일. 오케이? 자동차 안에는 사람들이 많다. 모두 처음 보는 사람들. 말이 없는 사람들. 우리는 의자에 앉다. 너는 말없이 창문 밖을 바라보다. 자동차가 출발하다. 자동차를 타고 왔던 길을 되돌아가다. 그가 우리를 과수원으로 다시 데려다 놓을까 봐 무섭다. 무섭다. 자동차 빠르고 자동차 빨라서 덜컹거리다. 엉덩이가 아프다. 너는 아프다. 두꺼운 옷 속으로 가려진 멍 자국. 나는 알아. 너는 아프다. 아파야 하는 이유 없이 아프다. 어둠 속에서 네가 내 손을 잡았듯. 나는 너의 손을 잡다. 저 멀리, 창밖으로 보이는 땅. 파헤쳐진 땅. 우리는 그곳으로 가다.

∞

너무 이상하지 않아요?
이렇게 모두가 먹고살기 힘든데,
다들 집이 없어서 전전긍긍하는데,
여전히 아파트는 계속 지어지고,

집값은 계속 오르고,
거기에 누군가 산다는 게.

∞

일반인들의 출입이 엄격히 금지된 구역. 출입을 금지하지 않았더라도 그 누구도 출입하고 싶어 하지 않을 구역. 고밀도 사육이 이뤄진 구역. 머리가 지끈지끈 아플 정도로, 더러운 냄새가 코끝을 찌른다. 그러나 그때까지만 해도 몰랐다. 냄새의 근원지. 그곳에서 얼마나 끔찍한 일이 벌어지고 있는지를 말이다. 서서히 문이 열린다. 고막을 찢을 듯한 鷄鷄鷄 닭들의 울음소리. 수십만 마리의 닭들이 어둠 속에 파묻혀 있음. 오늘 나에게 할당된 목숨의 개수. 내가 하나둘 끊어 없애야 하는 소리들.

∞

[음소거] 얼핏, 집을 짓고 있는 현장처럼 보인다. 얼핏, 포클레인이 기초 공사를 위해 흙구덩이를 파는 것처럼 보인다. 얼핏, 사람들이 모래주머니를 나르고 있는 것처럼 보인다. 얼핏, 공사가 순조롭게 이뤄지는 것처럼 보인다. 얼핏, 구덩이에서 파낸 흙이 산처럼 쌓여 있는 것처럼 보인다. 얼핏 보면 그렇다는 말이다. 모자이크 처리된 화면 속에서. 모든 것은 얼핏 보여진다. 얼핏 보지 않으려면 노력해야 한다. 노력한다. 모자이크 너머를 보려고 노력한다. 모자이크 너머의 진실을 보려고 노력한다. 상상력이 동원된다. 상상력을 동원하면, 집을 짓고 있는 현장이 아닌 것처럼 보이고, 포클레인이 기초 공사를 위해 흙구덩이를 파는 게 아닌 것처럼 보이고, 사람들이 모래주머니를 나르고 있는 게 아닌 것처럼 보인다. 공사가 순조롭게 이뤄지지 않는 것처럼 보인다. 공사 중이 아닌 것처럼 보인다. 폐사한 닭들이 산처럼 쌓여 있는 것처럼 보인다. [음소거 해제] 귀를 찢는, 온몸에 소름이 돋게 하는, 눈물이 핑 돌게 하는, 가슴이 무너지게 하는, 목이 메어 말문이 막히게 하는, 할 말을 잃어버리게 만드는, 아직 죽지 않은 닭들의 울부짖음.

∞

닭의 비명은 지속되었다. 집으로 돌아온 후에도. 귓가에 여전히 맴도는 듯. 몸을 아무리 깨끗하게 씻어도 온몸에서 피비린내가 나는 듯했다. 도대체 닭이 왜 이리도 많은지. 죽이고, 죽이고 또 죽이고. 아무리 죽여도 좀체 줄어들 기미를 보이지 않았다. 얼마나 더 죽여야, 이 지옥을 벗어날 수 있을까. 썼다가, 모조리 지워 버린다. 내가 겪지 못한 고통에 대해서는 쓸 수 없음. 차마 묘사할 수 없음. 함부로 재현할 수 없음. 아니, 재현될 수 없음. 감히 상상할 수조차 없음. 그렇기 때문에 쓰면 안 된다는 생각과 그럼에도 불구하고 써야 한다는 생각이 교차한다. 아무도 아프지 않고 아무도 슬프지 않은, 그래서 아무런 갈등도 없고 아무런 굴곡도 없는, 그런 이야기를 쓰고 싶다. 차라리 그런 이야기를 쓰고 싶다. 절망으로 가득한 이야기는 쓰고 싶지 않다. 절망적인 이야기를 쓰지 않으려면 절망적인 세상이 아니어야 한다. 세상이 더 나아져야 한다. 세상이 더 나아지길 바라는 마음으로 다시 쓰기. 아무런 예고도 없이, 그들이 우리를 급습했을 때. 살려 줘. 살려 주세요. 우리는 목청이 터져라 외쳤지만, 그 소리는 아무에게도 들리지 않았다. 인간은 좀처럼 우리의 말을 알아듣지 못했다. 아니, 알아들으려고 하지 않았다. 그들은 그저 우리의 날개와 다리를 거칠게 잡아채, 밖으로 내던졌다. 누군가는 땅바닥에 머리를 부딪치며 죽었고, 누군가는 깔려 죽었고, 누군가는 눌려 죽었으나, 그렇게 죽지 않아도 결국에는 파묻혀 죽었다. 우리가 밖으로 나와, 처음으로 햇빛을 보았을 때. 우리는 빛과 함께 죽었다. 썼다가, 모조리 지워버린다. 인간의 말로 쓸 수 없음. 주어, 서술어. 쓸 수 없음. 주어, 목적어, 서술어. 쓸 수 없음. 닭은 인간처럼 말하지 않고. 관형어, 주어, 서술어. 인간처럼 생각하지 않고. 주어, 목적어, 부사어, 서술어. 인간과 다른 방식으로 생각하고 느끼기에 쓸 수 없음. 내가 쓸 수 있는 건 이성적 사고를 가능하게 하는 말. 이성을 신뢰하는 말. 인간의 말. 인간의 말로 기록된 역사. 인간의 말로 세운 규범. 인간의 말로 만든 문화. 인간의 말로 지은 문학. 휴머니즘. 인간이 나와 인간을 만나 인간에 대해 사유하는 문학. 인간이 인간에게 감동받는 문학. 인간에 대한, 인간을 위한, 인간만의 문학. 오직 인간만을 위한 문학. 인간이 세상의 주인공이 되는 문학. 인간답게 살 수 있는 조건으로서의 문학. 인간이 동물이라는 사실을 잊게 만드는 문학. 망각의 문학. 의인화. 닭에게 인격을 부여하는 건 인간 중심의 사고에서 비롯된 것이라는 생각이 자꾸만 나를 붙잡아 쓸 수 없음. 문장을 이어 갈 수 없음. 닭에게 인간의 목소리가 부여되는 것이 아니라, 인간에게 닭의 목소리가 부여될 수 있기를 바람. 바라는 마음으로 다시 쓰기.

∞

특보 [새 인간의 실체, 변이 바이러스 감염 여부는?]

모 언론사를 통해 영상이 최초 공개되었다. 지금껏 보안용 CCTV나 블랙박스를 통해 새가 현관문이나 창문을 통해서 집 밖으로 나오는 장면들이 찍히기도 했지만, 인간이 새로 변하는 순간이 촬영된 영상이 공개된 것은 처음이었다. 아니, 저게 뭐야. 매우 충격적인, 입에 담을 수 없을 정도로 참혹한, 차마 말을 잇지 못하는. 영상은 모자이크 처리되어 있었지만, 식당에서 밥을 먹고 있던 사람들 모두를 얼어 버리게 만들어 버렸다. 어머, 소름 끼쳐. 도대체 저게 뭐예요. 윽, 토할 것 같아. 먹은 거 아니야? 먹은 거지? 모르겠어. 저거 진짜야? 식당에 있던 사람들은 일제히 숟가락을 내려놓고, 먹던 입으로 말하기 시작. 순식간에 어수선하고 시끄러워지는 식당 안. 에이, 구라야. 저게 말이 돼? 조작된 영상 같은데. 나는 사람들의 웅성거림 속에서 속이 울렁거리는 것을 느꼈다. 내가 토하기 전에 누군가 바닥에 구토를 했다.

∞

　┗, 영상 구라라며.

　┗, 나는 이제 그것도 못 믿겠음.

　┗, 진짜 아무것도 믿을 수 없는 세상이다.

　┗, 어째서 정부는 새 인간 사태의 실체를 밝히려고 하지 않으면서, 몇 달째 대규모 가금류 살처분을 계속 이어 가고 있는 거지? 존나 수상해.

　┗, 우리 같은 사람들이 알 일이 아니야. 윗대가리들이 알아서 할 일이지.

　┗, 바이러스 청정국 이미지를 지키려는 것.

　┗, 이미지 때문에 닭들이 죽어야 해?

┗ 이미지가 전부다. 이미지로 먹고사는 거다.

┗ 정부도 새 인간이 실재한다는 걸 알게 된 거지. 당장 치료할 방법이 없으니, 국가에서 나서서 무상 치료하겠다고 하면 돈이 많이 드니까. 사실 눈으로 보기에는 새나 새 인간이나 똑같으니까 그걸 가려낼 방법도 딱히 없잖아.

┗ 그래 맞아.

┗ 여기에 줏대 없는 철새 새끼들 너무 많네. 네 생각을 가져라.

┗ 그렇게 말하는 너도 결국에는 새대가리.

┗ 새 인간이 국가를 위해 무슨 일을 하겠어. 새들은 노동력도 없잖아. 새 인간들은 국가 발전에 아무런 도움도 되지 않는 존재다. 똥이나 싸지르겠지.

┗ 제일 좋은 방법은 하루빨리 바이러스를 박멸시키는 거 아니겠어? 그게 새든 인간이든. 바이러스 없애고, 건강한 인간들이라도 잘 사는 게 낫지.

┗ 아니면, 다른 나라와 거래함? 닭고기 수입하고 전기 자동차 팔려고?

┗ 루머 퍼뜨리는 생각 없는 인간 진짜 많다. 변이 바이러스에 감염되어 새 인간이 되는 거라면, 가족들은 왜 멀쩡할까? 살처분 현장에서 일하는 사람들도 감염 안 되는데. 새 인간의 실체가 어찌 되었건, 감염에 의한 것은 아니다.

┗ 새의 개체 수가 폭발적으로 증가하고 있습니다. 이러다가 새 세상 되면 어쩌죠?

ㄴ, 새들 때문에 이게 다 뭐예요. 새가 점점 많아지는 거 무서워요.
ㄴ, 여기가 바로 헛소문의 근원지구나. 시발.

∞

건설 현장 부근, 가로수에 까치 두 마리가 집을 짓기 시작했다. 요즘 같은 때, 까치라니. 더군다나 저렇게 눈에 띄는 곳에 집을 짓는 건 미친 짓이었다. 그들은 목숨을 걸고 집을 짓고 있었다. 나는 일을 하다가 지칠 때면 고개를 들어 까치를 보았다. 까치 두 마리는 번갈아 가며 나뭇가지를 물어 온다. 물어 오고 있다. 가로수 나무 위에 물어 온 나뭇가지를 올린다. 떨어진다. 올린다. 떨어진다. 반복한다. 지금까지 얼마나 많은 나뭇가지를 물어 오고, 올리고, 떨어뜨렸는지. 나는 그 반복을 계속 무의미하게 지켜보고 있다. 그러나 그 모습을 지켜보는 건 때때로 내게 힘이 된다. 큰 힘이 된다. 저기 좀 봐요. 까치가 집 짓는 걸 보면 좋은 일이 생긴다는 말이 있어요, 한국에서는. 속설 같은 거? 나는 일터에 나온 외국인 친구들에게 속설을 알려 주었다. 그 둘은 꼭 같이 다닌다. 저희도 예전에 일하던 곳에서 검은 새 많이 봤습니다. 꼭 좋은 일이 생겼으면 좋겠다. 그 둘은 내게 번갈아 한마디씩 하고, 나는 이에 맞장구를 쳤다. 맞아요. 좋은 일이 생겨야지. 우리는 짧게 몇 마디 나눈 후, 다시 일을 하기 시작했다. 우리가 일을 하는 동안 까치도 일을 한다. 올린다. 떨어진다. 마치 떨어뜨리기 위해 나뭇가지를 물어 오는 것처럼. 나뭇가지는 계속 떨어진다. 떨어지면 다시 올린다. 우리는 삽질을 계속한다. 아직 집은 지어지지 않았지만, 집을 짓기 위해 삽질을 계속한다. 우리는 집을 지어 돈을 벌기 위해, 까치는 집을 지어 살기 위해. 우리는 법적으로 허가받은 땅 위에다가, 까치는 허가받지 못한 곳에다가. 나무 위에서 아래로, 나뭇가지가 우수수 떨어지고 있다. 말짱 도루묵. 그래도 계속한다.

∞

법에 따르면, 바이러스 발생 농가의 가금류는 안락사 후 매몰해야 한다. 단, 이십사 시간 이내. 그러나 법을 준수하기에는 닭이 너무 많은 것이다. 시간을 맞추기에는 닭이 너무 많은 것이다. 몸을 움직일 틈도 없는 닭장 안에서 살아온 닭들이 너무 많은 것이다. 닭은 너무 많고, 닭은 너무 많고, 닭은 주체할 수 없을 정도로 너무 많은 것이다. 닭이 너무 많아서, 닭을 모조리 죽이는 데 시간이 너무 많이 드는 것이다. 안락사시킬 시간조차 우리에게는 없는 것이다. 鷄鷄 빨리. 빨리! 무조건 빨리! 나는 지시에 따라 닭을 잡는다. 닭은 날지 못하지만, 그걸 잘 알지만, 그럼에도 닭이 어디론가 날아갈까 두렵다. 그래서 더욱더 열심히. 나는 닥치는 대로 잡는다. 목이든 다리든 날개든 어디든 잡는다. 鷄鷄 빨리. 빨리. 빨리! 무조건 빨리! 귀가 먹먹해질 정도. 닭들의 울부짖음. 내가 마댓자루에 처넣는 것은 아무것도 아니다. 아무것도 아닌 것을 마댓자루에 처넣을 뿐이야. 아무것도 아니다. 아무것도 아니다. 아무것도 아니다. 자기 암시를 해 보지만. 鷄鷄 닭의 체온이 내 피부에 그대로 전해질 때마다. 닭의 심장이 쿵쿵 뛰는 것을 느낄 때마다. 나는 너무도 당혹스러운 것이다. 내가 마댓자루 안에 마구잡이로 처넣는 것이 따뜻해서, 너무 따뜻해서. 금방이라도 눈물이 쏟아질 듯하다. 처넣고, 처넣고, 처넣는다. (……) 처넣고,

처넣고, 처넣는다. (……) 처넣고, 처넣고, 처넣는다. 鷄鷄鷄 빨리, 빨리, 빨리! 시대가 요구하는 속도에 맞춰.

∞

죽음이 너무 많았다. 죽음이 너무 많아서 죽음인가 보다 했다. 죽음이 너무 많고, 죽음이 여전히 너무 많아서 여전히 죽음인가 보다 했다. 죽어 가다가 죽음. 죽음이 너무 많아서 나도 죽나 보다 했다. 나도 죽어 가다가 언젠가 죽음. 그러나 닭들은 너무 빨리 죽어 갔다. 알을 낳지 못해 죽고, 알을 많이 낳아서 죽고, 병들어서 죽고, 병들 수 있기 때문에 죽고, 스트레스받아서 죽고, 끼여 죽고, 눌려 죽고, 깔려 죽고, 먹히기 위해 죽고, 죽고 또 죽고, 빠르게, 빠르게 죽고 빠르게 죽으면, 그다음에는 더 빠르게 죽어야 했다. 너무 빨리 죽어서, 그들이 어떻게 죽었는지도 모를 때가 있었다. 내가 아는 죽음보다 사실 더 많은 죽음이 있었다. 더 많은 죽음이 있다. 나는 내가 상상하지도 못할 만큼 많은 죽음들을 빌려 산다.

∞

썼다가 모조리 지워 버렸지만, 썼다가 지워 버렸다는 사실은 모조리 지워지지 않는다. 사실은 지워지지 않는다. 모자이크로도 가려지지 않는 비극이 있었다. 음소거로도 지워지지 않는 소리가 있었다. 처참하게 죽어 가는 닭들의 비명. 죽음 앞에서 고통스럽게 우는 사람들. 그러나 내가 목격한 것은 죽어 가는 닭들이지 죽어 가는 닭의 심정이 아니다. 울고 있는 사람이지 울고 있는 사람의 심정이 아니다. 나는 그들의 입장이 되어 글을 써 보려고 노력하지만, 차마 쓸 수 없음. 이미 벌어진 비극에 대해서는 쓸 수 없음. 상상력이 조금이라도 동원되는 순간, 누군가의 고통은 허구가 될 수 있다. 슬픔은 가짜가 될 수 있다. 그런 생각들이 나를 붙잡아 아무것도 쓸 수 없음. 소설을 쓰는 데 상상력을 동원하지 않기란 사실상 거의 불가능해서 아무것도 쓸 수 없음. 어떤 끄덕거림. 토닥거림. 타자에 대한 공감과 이해는 상상에서 비롯되기도 하지만. 그렇기 때문에 타자는 내가 상상한 타자이기도 하다. 타자를 함부로 상상해서는 안 된다는 생각이 나를 붙잡아 아무것도 쓸 수 없음. 그러나 반드시 써야 한다면, 어디에선가 벌어졌을지도 모르는 일에 대해서는 쓸 수 있을지 모른다. 또는 아직 벌어지지 않은 일에 대해, 어쩌면 앞으로 벌어질 수도 있는 일에 대해. 누구라도 겪게 될 수 있지만, 누구라도 겪어서는 안 될 일들에 대해. 새 인간 사태 이후의 모습을 그려 볼 수도 있을 것이다. 이제 비극은 현실이 아니라 소설이 되어야 한다는 가정하에. 반드시 소설적 허구가 되어야 할 일들에 대해서는 쓸 수 있을지도 모른다.

∞

탕!

크게 총성이 울리면,

수백 마리 새들이 숲을 빠져나온다. 뻗어 나가듯.

날아간다. 날아가는 새들 속에

새 인간도 있을까. 새 인간을

믿는 사람들과

믿지 않는 사람들에게는

전혀 다른 풍경

∞

도망치고 싶어. 도망치고 싶다. 도망치고 싶은 건 닭들도 마찬가지였을 거다. 도망치고 싶어. 도망치고 싶다. 수도 없이 되뇌었다. 나는 도망치고 싶다고 생각하면서, 닭을 마댓자루에 처넣고, 깨끗하게 목욕을 하고 푹신한 침대에 누워 편안하게 잠드는 밤, 그러니까 내게 종종 있었던 그 밤들을 생각하면서, 닭들을 마댓자루에 처넣는다. 닭장에 갇힌 닭들은 상상조차 할 수 없는 그 밤들을 상상하면서, 닭들에게 미안함을 느끼면서, 미안하지만 나도 어쩔 수 없다고 생각하면서, 닭들을 마댓자루에 처넣는다. 닭은 마댓자루 속에서 운다. 울고 있다. 마댓자루에 가려진 슬픔. 그들의 슬픔은 가려져야 한다. 참혹함. 끔찍한 장면들은 가려져야 한다. 좁은 닭장 안에 갇힌 닭들의 삶, 닭들의 죽음, 닭들의 고통. 그것들은 절대로 마댓자루로 가려질 수 없다고 생각하면서, 닭들을 마댓자루에 처넣는다. 처넣으며, 나는 마스크 속에서 운다. 울고 있다. 마스크에 가려진 슬픔. 나의 슬픔은 가려져야 한다. 괴로움. 고통스러운 마음은 가려져야 한다. 계속, 닭은 마댓자루 속에서 운다. 울고 있다. 또다시, 나는 도망치고 싶다고 생각하면서, 닭을 마댓자루에 처넣고, 도망칠 수 없다고 생각하면서, 닭을 마댓자루에 처넣고, 닭을 모조리 죽여야만 겨우 벗어날 수 있는 지옥을 생각하면서, 닭을 마댓자루에 처넣고, 닭을 마댓자루에 처넣으며 닭을 마댓자루에 처넣고 싶지 않다고 생각한다. 도망치고 싶어. 도망치고 싶다. 도망치고 싶은 건 닭들도 마찬가지였을 거다. 도망치는 닭을, 닭의 날개를, 내 손으로 강하게 움켜쥐면서, 도망치고 싶다고 생각한다. 도망치고 싶다고 생각하고, 도망치고 싶다고 생각하고, 도망치고 싶다고 생각하면서 도망칠 수 없도록 만들고 도망칠 수 없게 만들기에 계속 도망치고 싶다고 생각하고, 그렇게 계속 도망치고 싶다고 되뇌면, 닭들의 비명이 들린다. 도망치고 싶어. 도망치고 싶다.

∞

 그날의 기억: 죽음을 앞둔 돼지들. 각자 다른 목소리로 외치고 있지만, 나는 그 소리를 뭉뚱그려 한 단어로 말할 수밖에 없다. 비명. 돼지의 비명. 각자 다른 말을 하고 있지만, 나는 그 소리를 뭉뚱그려 한 단어로 말할 수밖에 없다. 절규. 돼지의 절규. 조금 더 최선을 다해 말해 본다면. 돼지의 비명과 절규. 그보다 더 최선을 다해 말해 본다면. 한 마리 돼지의 비명과 절규. 오직 단 한 마리 돼지의 비명과 절규. 그러나 그렇게 한 마리 한 마리의 비명과 절규에 귀 기울이기에는 돼지가 너무 많다. 돼지는 너무 많다. 돼지, 돼지, 돼지, 돼지는 계속 돼지. 계속. 돼지. 죽음은 어떤 식으로든 계속되고. 돼지는 돼지일 뿐. 돼지와 돼지는 구분되지 않는다. 돼지는 돼지일 뿐, 오직 단 한 마리의 돼지가 되지 못하고. 비명이라는 한마디 말 속에 파묻힌 무수한 목소리들. 절규 속에 파묻힌 구체적인 말들. 깊은 흙구덩이 속에 파묻힌 목숨. 침묵. 기어코 침묵. 인간이 이해할 수 없는 목소리와 말들은 매장된다. 기어코 매장된다.

 생매장된 목소리와 말.
 악취를 풍기며 썩고 있다.
 무기명.

입 구덩이를 판다.

∞

　십 년 만에 다시 땅을 파헤치자, 악취. 악취는 그날의 악몽을 깨웠다. 돼지 위에 비닐을 덮고 묻은 것이 문제였다. 비닐이 쉬이 썩지 않듯. 쉬이 썩지 못한 건 비닐에 덮인 채 죽어야 했던 돼지들도 마찬가지였다. 더군다나 소독을 위해 뿌린 석횟가루는 땅속에 사는 미생물까지 죽여 버렸다. 미생물이 없는 땅에서는 그 무엇도 자연스럽게 부패될 수 없었다. 자연스럽게 썩어 흙으로 돌아가는 과정을 거치지 못하고, 새까맣게 곪아 썩어야 했던 살점들. 그 사이로 보이는 척추와 두개골. 십 년이 지난 지금까지도 돼지는 돼지의 형태를 유지하고 있었다. 이대로는 절대 흙이 될 수 없다는 듯. 마치, 자신들의 죽음을 고스란히 기억하라는 듯. 돼지의 사체는 분명 내게 말하고 있었다. 죽음을 반드시 기억하라고. 나는 돼지의 피와 지방으로 인해 이미 축축해질 대로 축축해진 땅 위에 서 있었다. 살생의 흔적을 간직한 땅에서는 아무것도 자라날 수 없었다. 여기도 열처리 해야겠는데. 우리는 땅을 태워야 했다. 태워야만 했다. 핏물에 적셔진 땅을, 곰팡이로 뒤덮인 땅을. 태워야만 했다. 땅을 태우면, 우리의 과오도 함께 태워지기를. 그게 가능하기만 하다면, 그렇게 되기를. 몇 달간, 악취를 쫓으며 느낀 바는 딱 하나였다. 우리가 늦었다. 우리는 이미 늦을 대로 늦었다.

∞

 승합차에 오르기 전, 그가 축사 쪽으로 고개를 돌리며 말했다. 혹시 닭이 된 인간도 있을까요. 그건 왜 물어. 너 설마 새 인간 이야기를 믿는 거냐. 나는 이미 몸과 마음이 많이 지쳐 있었기 때문에, 그에게 따뜻하게 말할 힘이 없었다. 축사에 새 인간이 있겠냐. 전부 다 여기서 태어나서 여기서 죽는 애들인데. 최대한 냉정하게 말하려고 했지만, 그렇게 말하면서도 마음이 무너질 것만 같았다. 몇 마디 더 했다가는 그대로 주저앉게 될지도 몰랐다. 그렇죠? 정말 그렇겠죠? 저도 그렇게 생각하긴 해요. 그런데 혹시 아까 제가 죽인 애들 중에 인간도 있을까 봐. 손으로 다 느껴졌는데, 심장 뛰는 거…… 나는 그가 제발 그만하기를 바랐다. 야, 빨리 타. 잊어. 잊어. 그의 손목을 잡아채, 승합차가 있는 곳으로 끌고 갔다. 잊어, 잊어. 나는 주문을 외우듯 그에게 말했지만. 잊어, 다 잊어. 계속 그에게 말했지만. 잊어, 잊어야 해. 정작 모든 걸 잊고 싶은 건 나였는지도 모르겠다. 잊어. 잊어야 돼. 잊어야 산다, 너. 나는 냉정하게 말하며 승합차 안으로 그를 밀어 넣었다. 거의 내팽개치듯. 내가 왜 그랬을까. 닭을 다루는 데 익숙해진 탓이었을까. 나는 나 자신에게 놀라, 눈을 동그랗게 뜨고 그를 바라보았다. 당황한 나머지 미안하다는 말도 곧장 나오지 않았다. 그때 그가 내게 손을 내밀었다. 아주 차분하게. 타세요. 괜찮아요. 괜찮아요. 나는 승합차에 올라타 문을 닫았다. 탕! 탕! 멀리서 총소리가 들려왔다. 해질 무렵이 될 때까지도 군인들은 새잡이를 멈추지 않는 모양이었다. 탕! 탕! 죽음 앞에서 냉정해질 수 있는 사람이 있을까. 살처분을 지시한 사람들은 냉정한 판단을 했다고 믿겠지만. 이곳에서 냉정해질 수 있는 사람은 아무도 없었다. 탕! 탕! 총소리가 반복될수록, 하늘은 점점 더 붉게 물들어 갔다.

∞

 겨우내, 까치가 집 짓는 걸 보다. 지켜보다. 까치 두 마리 서로 힘을 모아 여러 개의 나뭇가지를 쌓다. 쌓고 또 쌓다. 쌓이면 쌓일수록 나뭇가지 얽히고설키다. 다시, 까치 두 마리 서로 힘을 모아 여러 개의 나뭇가지를 쌓다. 쌓고 또 쌓다. 쌓고 또 쌓으면서 얼기설기 엮다. 엮다 보면 더 많은 나뭇가지를 엮을 수 있게 되다. 더 빠르게 엮을 수 있게 되다. 서로 엮이면서 단단해지다. 점점 더 튼튼해지다. 까치도 튼튼해지다. 몸집도 제법 크게 자라고 더 높이 날 수 있게 되다. 더 크고 두꺼운 나뭇가지를 물어 올 수 있게 되다. 그들은 이제 철사나 솜도 물어 올 수 있게 되다. 그들은 적응하다. 도시에 적응하다. 환경에 적응하다. 점점 더 능숙해져 가다. 우리도 점점 더 능숙해져 가다. 능숙해지다. 집 짓는 일. 우리는 집을 지어 돈을 받다. 집을 사지 못할 만큼의 돈. 그러나 이 도시를 떠날 수 있을 정도의 돈. 우리가 지은 집은 높다. 높은 집 옆에 까치 살다. 까치는 높이 날다. 우리는 떠나다.

∞

박탈. 씨앗을 심고 식물을 기를 수 있는 능력. 박탈. 스스로 식량을 구할 수 있는 능력. 박탈. 스스로 세상을 배울 수 있는 능력. 박탈. 스스로 치유할 수 있는 능력. 박탈. 스스로 옷을 만들어 입을 수 있는 능력. 박탈. 스스로 집을 지어 살 수 있는 능력. 박탈. 필요한 것을 스스로 구할 수 있는 능력. 박탈. 자주성 박탈. 소비하지 않을 권리. 박탈. 시간에 맞춰 움직이지 않을 권리. 박탈. 동물로서 살 권리. 박탈. 되찾기 위해.

羽人羽

날개를 펼치며

방향을 돌리며

도시를 떠나며

∞

　그는 일을 그만둘 생각이라고 했다. 그럼 이제 어쩌려고요? 요즘 같은 때 다른 일은 못 구할 거예요. 이번 사태만 끝나면 예전처럼 돌아갈 수 있을 거예요. 나는 어째서 그에게 이런 말을 하고 있는 걸까. 나는 왜 그를 붙잡듯이 말하고 있는 걸까. 몸이 자꾸 안 좋아지는 것 같아서요. 못 볼 꼴을 계속 봐서 충격을 받은 걸 수도 있고, 일시적인 몸살일 수도 있고요. 아니면, 혹시 저도 이러다가 새 인간이 될지도 모르니까요. 그는 웃으며 말했고, 나는 그 말에 웃음조차 나오지 않았다. 아니, 그게 무슨 말이에요. 사람은 감염 안 되는 거 아시잖아요. 그리고 우리가 매장시키는 닭들은 아픈 애들도 아닌데. 나는 조금 격양되어 말했지만, 그는 전혀 동요되지 않은 채 차분하게 말을 이어 갔다. 맞아요, 하시는 말씀 다 맞아요. 그래서 제가 정말로 새 인간이 될지도 모른다는 거예요. 곰곰이 생각해 보니까, 새 인간이 되는 것도 나쁘지 않을 것 같더라고요. 새로 사는 것도 보통 쉬운 일이 아니겠지만, 제가 잘 도망치면 되지 않을까요? 사실 저도 처음에는 무서웠거든요. 근데 문득 궁금해지는 거예요. 도대체 이게 왜 두려운 걸까. 어째서 새가 되는

두개골의 안과 밖　151

게 두려운 걸까. 어쩌면 사람들은 새가 되는 게 두려운 게 아니라 죽임당하는 게 두려운 건지도 몰라요. 어디서 어떻게 죽었는지 아무도 모르게, 누가 누군지도 모르게, 그렇게 이름도 없이 죽는 거 말이에요. 그러니까, 어느 날 갑자기 그냥 죽어도 되는 존재가 되어 버리는 거.

∞

날갯짓. 닭들은 살고자 했다. 도망치기 위해 날개를 펼쳤다. 살기 위해 날개를 펼쳤다. 필사적으로 날개를 펼쳤다. 날개를 펼치며, 다시 날개를 펼치며, 오랫동안 잃어버렸던 본능을 깨우고 있었다. 사람 손에 길들여지기 전으로. 훨훨 날 수 있었던 때로. 날개는 스스로를 지키기 위한 것이었다. 닭이 날 수 있었던 때, 그들은 목숨을 스스로 지켜 낼 수 있었다. 목숨을 지키기 위해 더 멀리 도망칠 수 있었다. 그러나 지금은 도망칠 수 없었다. 한 마리, 두 마리 (……) 열 마리, 스무 마리 (……) 백 마리, 이백 마리 (……) 수를 헤아릴 수 없이 많이. 오늘은 살처분 현장에 굴삭기가 동원되었다. 우리는 굴삭기가 버킷으로 닭을 압사시킬 수 있도록 돕고 있었다. 그것을 돕는 게 오늘 우리가 해야 하는 일이었다. 우리는 닭을 잡아 굴삭기 쪽으로 내던졌고, 굴삭기는 버킷을 움직여 닭을 압사시켰다. 한 마리, 두 마리 (……) 열 마리, 스무 마리 (……) 백 마리, 이백 마리 (……) 수를 헤아릴 수 없이 많이. 닭들이 압사되었다. 사방으로 피가 터지고. 한 번에 압사되지 못한 닭들은 피를 흘리며 요리조리 도망치고. 도망치기 위해 날개를 펼쳤고. 파닥. 파닥. 파닥거려 보지만 바닥을 벗어날 수 없고. 지옥. 우리는 계속해서 지옥으로 닭들을 내던진다. 닭들은 자신들이 던져지는 이유를 모른다. 모를 것이다. 정말로 모를 것이다. 인부 한 명이 갑자기 구역질을 하며 구역을 이탈한다. 도망친다. 펜스를 넘어, 더 멀리 도망친다. 도망친다. 더 빠르게 도망친다. 그제야 상황을 파악한 수의사가 그를 향해 소리친다. 그를 잡으려 하지만. 그는 이미 멀어졌다. 그는 들판을 뛰고 있다. 흰 방역복을 입은 채. 날갯짓하듯, 팔을 크게 휘저으며 들판을 뛰고 있다. 그는 여전히 산속을 향해 죽도록 뛰고 있다.

탕!
탕!

그가 푹- 쓰러진다.

∞

탕.
탕.

두 발의 총성.

쓰러짐.

갑자기 뱃속이 불타는 듯 뜨겁다.

나는 낙엽 위에

몸을 바르게 펼쳐 누워

본다.

저 멀리, 나무 위

새집, 헝클어진 머리카락과 같은.

이성으로 가득 찬

인간 머리통 같은.

兆兆兆兆

兆兆兆兆兆兆

兆兆兆兆兆兆兆

兆兆兆兆兆兆兆兆

兆兆兆兆兆兆兆

兆兆兆兆兆兆

兆兆兆兆

탕!

총성이 다시 울리자
집 안에서 집 밖으로, 저 멀리

羽人羽

날아간다.
도망간다.

탕!

나는 도망쳤을 뿐인데

탕!

어쩌다가 이렇게 되었지.
내가 왜
죽어야 하는지.
죽어야 하는지.

탕!

살아야 해.

살아야 해.

수십 번 되뇌고

다시, 다시

탕! 탕! 탕!

새는 살기 위해

모든 것을 남기고 떠났다.

탕!

兆兆兆兆

兆兆　　兆兆

兆兆　0 0　兆兆

兆　0 0 0　兆

兆兆　0 0　兆兆

兆兆　　兆兆

兆兆兆兆

새로 살기 위해.

임선우

2021년 『문학 사상』 신인문학상을 수상하며 작품 활동을 시작했다. 소설집
『유령의 마음으로』, 『초록은 어디에나』, 『이웃집 소시오패스의 사정』(공저),
『관종이란 말이 좀 그렇죠』(공저), 단편 소설 시리즈 『0000』 등을 썼다.
김유정작가상을 받았다.

초록 고래가 있는 방

구하라. 그러면 얻을 것이다. 찾아라. 그러면 찾을 것이다. 두드려라. 문을 두드리면, 계속해서 두드리면…… 열리지 않을까? 새벽 세 시, 내가 문을 두드리며 간절한 마음으로 구하고 찾는 이는 바로 윗집 여자였다. 일주일 전부터 내 방 천장에서 물이 뚝뚝 떨어졌는데, 윗집 여자는 줄곧 부재중이었다. 그 바람에 일주일간 전등도 켜지 못했고 방 안이 온통 곰팡이로 뒤덮이는 끔찍한 악몽에도 시달렸다. 그러나 조금 전 편의점에서 술을 사서 나오는 길에 나는 우연히 보았다. 빌라 꼭대기 층, 그러니까 내 윗집의 얇은 속 커튼 사이로 환한 빛이 구원처럼 흘러나오는 모습을.

아랫집이에요. 나는 초인종을 누르면서 말했다. 아랫집인데 천장에서 물이 새요. 그러나 대답이 없었다. 현관문에 귀를 갖다 대 보아도 조용했다. 지난 며칠은 얌전히 집으로 돌아갔지만, 오늘은 아니었다. 술에도 취했겠다, 집에 불이 켜져 있는 것도 확인했겠다. 나는 윗집 여자가 열어 줄 때까지 문을 두드릴 생각이었다. 나는 계속해서 두드렸고, 얼마 지나지 않아 예상대로 현관문이 열렸다. 종잇장 하나 겨우 들어갈 만큼 아주 살짝.

왜 이러세요, 이 시간에. 동네 사람들 다 깨우려고 작정했어요? 좁은 문 틈새로 윗집 여자의 목소리만 들려왔다. 밖에서 보니 집에 불이 켜져 있길래요. 나 또한 문 틈새에 대고 말했다. 우리 집 천장에서 물이 새는데, 일주일 동안 집에 안 계셨잖아요. 누수가 있다는 말씀이신가요? 집을 확인해 보시려고요? 여자의 물음에 나는 그렇다고 대답했다. 죄송하지만 그건 어렵겠는데요. 제가 지금 집에 사람을 들일 만한 상황이 아니어서요. 그러더니 여자는 나에게 며칠만 더 기다려 주면 안 되겠느냐고 물었다. 피해 보상은 얼마든지 해 주겠다면서. 지금 장난해요? 천장에서 물이 뚝뚝 떨어진다니깐요. 나는 참지 못하고 소리쳤다. 그러자 여자는 내게 술을 많이 마신 것 같은데 내일 아침에 다시 얘기하자고 했다. 제 얘기 아직 안 끝났어요. 나는 닫히려는 현관문 손잡이를 재빨리 잡은 다음 그대로 열어젖혔다. 그 순간 내가 마주한 것은, 신발장에서 나를 내려다보고 있는 거대한 단봉낙타 한 마리.

◆

아…… 갑자기 문을 열어 버리면 어떡하나요. 낙타가 나를 내려다보며 곤란하다는 듯 말했다. 슬픈 듯한 두 눈, 기다란 속눈썹과 더 기다란 다리, 천장에 닿을 듯한 머리와 치솟은 혹은 분명 낙타였다. 넋이 나간 채로 서 있는 나에게 낙타는 안으로 들어오라고 했다. 계속 시끄럽게 굴다가는 옆집에 신고당하겠어요. 낙타는 뒤로 몇 걸음 물러나 내가 들어갈 공간을 마련해 주었다. 저를 해치려는 건 아니죠? 나는 겨우 용기 내어 물었다. 그건 제가 드려야 할 질문 같은데요. 낙타가 대답했다.

낙타를 따라 들어간 집 안은 아무도 살지 않는 것처럼 텅 비어 있었다. 거실과 부엌 어디에도 가구가 하나도 보이지 않았다. 특이한 점이라면 바닥에 소음 방지 매트가 빼곡히 깔려 있다는 것. 그러고 보니 전에 한동안 윗집에서 크고 둔탁한 발소리가 들려온 적이 있었다. 윗집 여자는 마른 몸에 비해 발소리가 어마어마하다고 생각했는데, 말하는 낙타를 키우고 있었던 거구나. 너무 놀란 나머지 술이 다 깨는 듯했다.

여기 앉으시겠어요? 낙타는 거실 바닥에 놓인 방석으로 다가가며 정중하게 물었다. 나는 방석 위에 앉았고, 낙타는 나와 조금 떨어진 자리에 무릎을 굽히고 앉았다. 텅 빈 거실조차 낙타에게는 비좁은 느낌……. 여자분은 어디 가셨어요? 집 안을 둘러보며 내가 물었다. 여자분이요? 이 집 주인이요. 단발머리에 키도 크고 눈도 큰 여자분. 아, 그거 저예요, 하고 낙타가 대답했다. 제가 어쩌다 한 번씩 낙타로 변하거든요. 어떻게 하면 사람이 어쩌다 한 번씩 낙타로 변하나요. 내가 되묻자 낙타는 그러게요, 하면서 대충 얼버무리더니 말했다. 일주일 전부터 매일 찾아오셨다는 거 알아요. 낙타가 된 걸 들키고 싶지 않아서 집에 없는 척했어요. 괜찮다고 대답하다가 문득 이곳에 찾아온 이유가 떠올랐다. 낙타를 보고 정신이 팔리는 바람에 누수를 까맣게 잊고 있었다.

실례지만 그러면 언제쯤 다시 사람으로 돌아오시나요? 나는 조심스럽게 물었다. 어려운 상황이라는 건 알지만 저도 빨리 집을 고쳐야 해서요. 낙타는 그건 자신도 잘 모른다고 대답했다. 그러고는 잠시 생각하더니, 공사가 진행되는 동안 자신은 내 집에 가 있고 내가 자신을 대신해서 이 집 주인 행세를 하는 건 어떻겠느냐고 했다. 짧은 고민 끝에 나는 제안을 받아들였다. 빈집에 낙타를 들여야 한다는 점이 다소 찜찜하긴 했으나 별다른 방법이 없었다. 집에 다른 분은 안 계세요? 낙타가 물었다. 동생이랑 같이 사는데 지금은 출장 중이에요. 보름은 더 있어야 돌아오니 걱정 마세요. 내 대답에 안심이 되었는지, 낙타는 내일 당장 업체를 불러도 상관없다고 했다. 새로운 업체를 찾아볼 시간만 주세요. 인제 와서 윗집 주인이 나였다고 말하면 미친 여자로 볼걸요. 내가 말했다. 그분들한테 내 욕했죠? 네.

욕한 건 봐드릴 테니까 오늘 제 모습은 비밀로 해 주세요, 하고 낙타가 나를 바라보며 말했다. 이토록 커다란 동물과 이렇게나 가까이 마주하는 것은 처음이었지만 무섭다거나 위협적으로 느껴지지는 않았다. 그럼요. 내가 대답하자 낙타는 동생분에게도요, 하고 덧붙였다. 낙타는 내가 동생에게 숨기는 것이 이미 많다는 사실을 모르는구나. 안다면 불안해하지 않을 텐데. 나는 어쩐지 씁쓸해진 기분으로 고개를 끄덕였고, 낙타는 그런 나를 보며 인사했다. 그럼 내일 봐요.

    빌라 계단을 한층 내려와서 문을 열자 조금 전과 같은 구조의, 그러나 너무나도 다른 집 내부가 눈에 들어왔다. 흰 공간에 놓인 원목 가구들과 윤이 나는 마룻바닥, 잘 정돈된 부엌 그릇장과 거실 책장까지. 나는 신발장에 널브러져 있던 편의점 봉투를 주워 집 안으로 들어갔다. 윗집으로 올라가기 전 급한 대로 신발장에 던져 둔 것이었다.

    코트를 벗고 식탁에 앉아 조금 전 일어난 일을 되짚어 보았다. 캐묻는 것은 예의가 아닌 듯해서 침착하게 누수 얘기만 나누고 돌아오긴 했으나, 이게 무슨 일인지……. 한겨울에, 대한민국에서, 그것도 내 윗집에 낙타 인간이 살고 있었다니. 어찌 됐든 윗집 문을 연 것은 잘한 선택이었다. 그러지 않았더라면 윗집 여자는 낙타가 된 걸 숨기기 위해 끝까지 문을 열어 주지 않았을 테고, 누수 공사도 할 수 없었겠지. 물에 젖어 썩어 들어가는 집은 상상만 해도 무서웠다. 나는 편의점 봉투로 손을 뻗었다. 식탁에는 이미 빈 소주병들이 놓여 있었으나, 나는 새로운 병을 꺼내 들었다. 찬 액체가 식도를 타고 내려가고 나서야 놀랐던 마음이 겨우 진정되었다. 불안을 가라앉히고 잠을 자기 위해 매일 밤 술을 마신 지도 벌써 삼 년째였다.

    평범하게 술을 즐기던 사람이 술 없이는 하루도 버틸 수 없게 된 배경에는 영화 〈초록 고래〉가 있었다. 〈초록 고래〉는 각본만 쓰던 내가 처음으로 연출까지 맡은 영화였는데, 각종 영화 사이트에서 혹평을 받아 가며 흥행에 실패했다. 환상이 뒤섞인 플롯은 난해하고 지루하며, 주인공의 감정선은 이해하기가 어렵다는 것이 주된 평이었다. 그러나 〈초록 고래〉가 진정한 악몽이 된 것은 한 커뮤니티 게시글에 달린 댓글이 유명해지고 나서부터였다. 불면증을 앓는다는 사람의 글에 누군가 조롱하는 투로 〈초록 고래〉를 보라는 댓글을 남겼는데, 그것이 유명해지는 바람에 '초록 고래'는 수면제를 뜻하는 인터넷 밈이 되어 버렸다. 사람들은 자신의 마음에 들지 않는 게시 글에 초록 고래 사진을 댓글로 달기 시작했다. 이딴 글을 쓸 시간에 잠이나 자라는 것이었다. 밈이 되어 버린 초록 고래는 걷잡을 수 없이 빠르게 퍼져 나갔고, 나는 그날 이후로 인터넷을 끊었다.

어디서부터 문제였을까? 각본을 곧잘 쓰니 연출도 잘할 거라는 주변인들의 말에 희망을 품은 것? 주력 장르인 코미디가 아닌 드라마를 선택한 것? 제작비를 충당하기 위해 무리해서 빚을 진 것? 영화가 개봉하고 보름이 지나자 투자자들의 연락을 받을 수가 없었다. 애써 무시하려던 혹평들은 한 줄 한 줄 심장에 새겨지기 시작했다. 평생 써 온 시나리오를 더는 단 한 줄도 쓸 수 없었다.

그 시기에는 어디로든 도망치고 싶었으나, 막상 나는 집 밖에 나가기조차 두려웠다. 그래서 찾게 된 것이 술이었다. 지금처럼 부엌 식탁에 가만히 앉아서 술을 몇 모금 넘기다 보면 비상문이 열렸고, 그 문 너머로는 고요한 세상이었다. 그곳에서 〈초록 고래〉의 실패는 더는 중요한 문제가 아니었다. 나는 〈초록 고래〉에 대한 조롱을 웃어넘겼으며, 시간은 부드럽고 온화하게 흘러갔다. 무엇보다 술에 취해 있는 동안 나는 나를 싫어하지 않았다.

이 년 전 집 보증금까지 까먹고 거리에 나앉게 생긴 나를 술을 끊는 조건으로 거둬 준 것은 동생 송주였다. 송주와 같이 살게 된 초반에는 잠시 술을 멀리했지만, 송주가 출장을 떠난 빈집에서 나는 매번 자제력을 잃었다. 반도체 사업부에 근무하는 송주는 일 년에 절반 이상을 외국에 나가 있었다. 하지만 다행인지 불행인지, 나는 비밀을 유지하는 데 소질이 있었다.

송주에게 술을 마신다는 사실을 들키지 않기 위해 나는 집 안 청소에 병적으로 집착하기 시작했다. 출장에서 돌아올 때마다 완벽하게 정돈된 집을 보며 송주는 나를 의심하지 않았다. 심지어는 조만간 내가 새로운 시나리오를 쓰리라고 기대했다. 나는 소주를 머그잔에 따라 마시면서, 당장 인테리어 잡지에 실려도 좋을 만큼 단정한 집 안을 둘러보았다. 깨끗하고 밝았다. 내가 완전히 망가지지 않았다는 유일한 증거. 나는 취한 와중에도 식탁을 깔끔하게 정리했고, 방 안으로 들어가 물이 새는 자리에 받쳐 놓은 대야를 비워 낸 다음 제자리에 갖다 놓았다.

다음 날 아침에는 숙취로 지끈거리는 머리를 부여잡고 일어나 새로운 누수 업체부터 알아보았다. 대부분 예약이 차 있어서 오후 늦게라도 가능하다는 곳을 한 군데 찾아 예약했다. 그러고는 시간이 조금 남아 집안 정리를 하다가 거실에 있던 낮은 테이블을 창고로 옮겼다. 윗집 여자가 가구를 전부 치워 둔 데에는 이유가 있었다. 32평형 빌라는 단봉낙타가 움직일 공간이 턱없이 부족했다. 거실에 방석을 대신할 커다란 요를 깔아 놓고 환기까지 마친 다음, 나는 윗집으로 올라갔다.

초인종을 누르고 기다리자 문이 열렸다. 간밤의 일이 꿈이 아니었음을 증명하듯 낙타는 새벽과 똑같은 모습으로 신발장 앞에 서 있었다. 다시 보아도 적응되지 않는 압도적인 크기……. 속은 좀 괜찮아요? 낙타는 나를 보자마자 물었고, 나는 머쓱해진 채 고개를 끄덕였다. 누수 업체를 찾았는데 오후 네 시는 넘어야 도착한대요. 우리 집에 와 있을래요? 내가 낙타를 올려다보며 물었다. 그러면 저야 감사하죠.

낙타는 두리번거리며 주위에 아무도 없는 것을 확인하고 밖으로 걸어 나왔다. 계단을 내려가려는데 낙타가 뒤에서 저기요, 하고 불렀다. 죄송한데 제가 계단을 못 내려가요. 괜찮아요, 엘리베이터를 타면 되죠. 내가 뒤돌아서며 대답했다. 엘리베이터에는 CCTV가 있지 않나요? 우리 빌라 CCTV 전부 가짜인데 몰랐어요?

좁은 엘리베이터에 낙타를 욱여넣다시피 해서 겨우 도착한 우리 집은 작은 사막이었다. 오신다고 해서 난방 온도를 최대로 높여 놨거든요. 내가 설명했다. 그럴 필요까지는 없는데, 하면서 낙타는 웃었다. 실은 어젯밤을 꼴딱 새웠어요. 신고당할까 봐 걱정

되어서요. 낙타는 내가 거실에 깔아 둔 요 위에 앉으면서 말했다. 신고요? 네, 야생 동물 보호 센터 같은 곳에 신고해 버리면 끝장이니까요. 제가 왜 신고를 하겠어요. 신고하면 공사가 또 미뤄질 텐데. 내 말에 낙타는 고개 돌려 나를 바라보았다. 농담이에요.

나는 신고할 생각이 전혀 없으니 안심하라고 했다. 그보다 어제 새벽에는 죄송했어요. 제가 집 관리 문제에는 조금 예민해서요. 내가 간밤의 일을 떠올리며 사과하자 낙타는 괜찮다면서, 집을 보니 이해가 간다고 덧붙였다. 오신 김에 물 새는 거 확인해 보실래요? 내가 물었다. 글쎄요. 이 몸으로 방 안에 들어가긴 무리일걸요. 낙타가 대답했다. 아, 그렇구나. 나는 낙타의 솟아오른 혹을 바라보다가 고개를 끄덕였다.

그러고 보니 공사가 제법 오래 걸릴지도 모르는 일이었다. 일어나서 부엌을 뒤져 보니 다행히 사과 한 상자가 있었다. 나는 사과 아홉 알을 깨끗이 씻어 쟁반에 내어 갔다. 낙타 몫으로 여덟 알, 내 몫으로 한 알. 낙타는 눈 깜짝할 사이에 자신의 몫을 다 먹었다. 점심 드시고 오셨다면서요. 내가 말했다. 먹으니까 또 들어가네요. 낙타가 대답했다. 그나저나 낙타가 되면 식사는 어떻게 챙기려나. 궁금해져서 물어보자 집에 잡곡과 구황 작물을 수백 킬로그램 쌓아 두었다는 대답이 돌아왔다. 그뿐만 아니라 낙타가 되면 당근이나 배추 같은 채소들이 종종 생각나서 못 참겠다 싶을 때는 비대면으로 배달을 시켜 먹기도 한다고 했다.

지난주에는 배추 삼 킬로그램을 배달시켰는데 간에 기별도 안 가더라고요. 낙타로 살아가려면 식비가 만만치 않겠구나, 그나마 초식 동물이어서 다행인가, 생각하던 중 낙타가 나에게 물었다. 전에는 왜 제 인사 안 받아 줬어요? 언제요? 작년에 이사 온 뒤로 초반에 계속 인사했는데 한 번을 안 받아 주던데요. 나는 미안하다고 사과했다. 아는 사람을 만들고 싶지 않았어요. 낙타에게 차마 다 얘기할 수는 없었으나, 나는 술에 취해 있다는 사실을 숨기기 위해 이웃들을 더욱 피해 다녔다. 아는 사람도 아니고 아는 낙타가 생길 줄은 몰랐지만……. 혹시 지금도 제가 불편하세요? 낙타가 조심스레 물었을 때 나는 고개를 저었다.

 늑대 인간이랑 비슷하게 낙타 인간이라고 생각해도 될까요? 나는 사과를 마저 먹으며 물었다. 네, 보름달이랑은 상관없지만. 낙타가 대답했다. 태어날 때부터 낙타 인간이었나요? 아니요. 사 년 전에 처음 변신한 뒤로 가끔 이래요. 불편한 점이 많겠다는 말에 낙타는 딱히 그렇지도 않다고 했다. 낙타가 되면 생활이 단순해지거든요. 의외로 신경 쓸 일도 없고요. 처음에는 덩치가 워낙 크고 사족 보행이라 힘들었는데, 이제는 하고많은 동물 중 낙타여서 다행이라는 생각이 들어요. 낙타는 무엇이든 잘 버티는 동물이니까.

 낙타가 되면 무엇이든 잘 버티게 되나요? 내가 되묻자 낙타는 아무래도 그런 것 같다고 대답했다. 그 말이 사실이라면 낙타가 되는 것도 나쁘지 않을 듯했다. 낙타가 되면 술 없이도 버틸 수 있게 될까? 그러고 보니 나는 아직 윗집 여자의 이름조차 알지 못했다. 제 이름은 도연이에요. 내가 말했다. 낙타의 이름은 유미라고 했다.

 텔레비전 틀어 드릴까요? 기다리는 동안 심심하실 것 같아서요. 어느덧 일어날 시간이 되어 내가 묻자 유미 씨는 괜찮다고 했다. 조용한 게 좋아요. 나는 자리에서 일어나며 유미 씨에게 현관문 비밀번호를 알려 달라고 했다. 1108이에요. 의미 있는 날짜예요? 별생각 없이 물었을 때 유미 씨는 덤덤하게 대답했다. 네, 남편 기일이에요.

◆

 누수 탐지에는 꼬박 세 시간이 걸렸는데, 바닥에 깔린 매트를 걷어 내느라 시간이 조금 더 걸렸다. 기사는 주방 쪽 온수 배관이 파열되었다면서 내일 공사를 진행하겠다고 했다. 오늘은 시간이 늦었다는 것이었다. 나가기 전 기사는 신발을 신으면서 나에게 말했다. 앞으로 이 집 살면서 좋은 일이 많이 생길 거예요. 액땜했다고 생각하세요. 집에 가구가 없는 것을 의아해 하기에 이사 온 지 얼마 안 됐다고 둘러댔는데, 그 점을 안쓰럽게 여긴 듯했다. 나는 그에게 고맙다고 인사했다.
 집으로 돌아가자 거실에 앉아 있던 유미 씨가 나를 보고 자리에서 일어났다. 여태 무얼 하고 있었을까? 나는 유미 씨에게 편히 앉으라고 말한 다음, 옆에 앉아서 진행 상황을 전해 주었다. 그럼 하루 더 신세를 져야겠네요. 얘기를 다 들은 유미 씨가 말했다. 신세진다는 생각 말고 편히 있어요. 와중에 누수 탐지하느라 바닥에 있던 매트를 전부 걷어 냈어요. 공사가 끝나면 원상 복구할게요. 내가 말했다. 매트가 지저분했을 텐데 고생 많으셨겠어요. 아니에요, 그런데 매트 밑에서 동전이 나왔어요. 칠백 원이나 되던데요. 내 말에 유미 씨는 민망한 듯 웃었다. 제가 좀 칠칠치 못해서요. 예전에 남편한테 잔소리도 많이 들었어요.

결혼하신 줄 몰랐어요. 내가 말했다. 유미 씨에게 현관문 비밀번호 얘기를 들었을 때는 심장이 내려앉는 듯했다. 남편이 죽은 뒤에 여기로 이사 온 거니까요. 유미 씨가 대답했다. 유미 씨 남편은 사 년 전 대학생들이 몰던 차에 치였다고 했다. 차에 타고 있던 학생 세 명은 경미한 부상에 그쳤지만, 유미 씨 남편은 병원에 도착하기도 전에 숨을 거두었다. 처음에는 남편이 죽었다는 사실을 받아들이지 못했어요. 집에 있으면 남편이 밖에서 일하는 것 같고, 밖에 있으면 남편이 집에서 기다리는 것 같더라고요. 석 달이 넘도록 매일 식탁 위에 남편 밥을 차려 놓았어요. 그러다 남편이 떠났다는 사실을 받아들이게 되었을 때는, 남편을 따라가고 싶었어요.

유미 씨는 정말로 죽을 생각이었다. 때마침 오래전부터 처방받아 온 정신과 약이 한 달 치 넘게 쌓여 있었다. 한꺼번에 약을 삼키자 곧바로 기절했고, 사흘 만에 깨어났을 때는 제가 낙타로 변해 있었어요. 그 말에 놀라 유미 씨를 바라보았는데, 정작 유미 씨는 덤덤하게 말을 이어 갔다. 눈을 떠 보니 몸이 달라진 느낌이 들었어요. 엎드려 있던 몸을 일으키고 싶었는데 뜻대로 되지 않았거든요. 여러 번의 시도 끝에 겨우 일어나서 보니 한밤중 어두운 거실 유리창에 비치는 제 모습이 글쎄 낙타더라고요. 나중에 알게 된 사실인데, 저는 자살을 시도할 때마다 낙타로 변해요.

유미 씨는 번개탄에 불을 붙이려던 순간에도 낙타로 변했고, 보름 전 창문을 열고 뛰어내리려던 순간에도 낙타로 변했다고 했다. 사실 이번에는 성공할 줄 알았어요. 이 정도 높이에서 뛰어내리면 아무리 낙타여도 별수 없겠지 싶어서요. 그런데 뛰어내리려고 하자마자 낙타로 변해 버리는 바람에 몸이 창문에 끼어서 유미 씨는 한참을 고생했다. 얘기를 듣고 보니 낙타 등허리의 긁힌 자국이 눈에 들어왔다. 그것을 물끄러미 들여다보다가, 나는 유미 씨에게 지금도 그런 마음이 남아 있는지 물었다. 어느 정도는요. 유미 씨가 대답했다. 죽고 싶은 마음이 사라져야만 인간으로 돌아갈 수 있거든요.

그런 거였구나. 나는 잠시 망설이다가 유미 씨에게 다시 물었다. 그 마음이 계속해서 사라지지 않으면요? 그러면 평생 낙타로 살게 되겠죠? 유미 씨는 남 얘기를 하듯 무심하게 대답했다. 다행히 낙타로 지내는 시간이 점점 줄어들고 있어요. 처음에는 꼬박 석 달이 걸렸는데, 지난번에는 한 달 반밖에 안 걸렸거든요.

내가 잠시 말이 없자, 유미 씨는 너무 걱정하지 말라고 덧붙였다. 등에 달린 혹도 많이 가라앉았어요. 일주일 전에는 훨씬 커다랬거든요. 나는 유미 씨의 혹을 바라보았다. 저게 줄어든 거라면 일주일 전에는 대체 얼마나 커다랬다는 건지, 혹 크기가 인간으로 돌아오는 거랑 상관있어요? 내가 물었다. 네, 혹이 완전히 줄어들어야만 인간으로 돌아가요. 유미 씨가 대답했다.

낙타가 되면 외출이 어려워지잖아요. 집 안에 갇혀서 어두운 생각에 몰두하다 보면 혹이 점점 자라요. 혹이 자란다고요? 되묻자 유미 씨는 그렇다고, 혹은 어두운 생각을 먹고 자란다고 했다. 처음에 낙타가 되었을 때는 혹이 어마어마하게 부풀어 올라서 천장에 닿을 정도였어요. 혹에 몸이 짓눌리는 바람에 숨도 잘 안 쉬어졌고요. 하루는 갑갑한 나머지 거실 창문을 활짝 열었는데, 바람에 날린 커튼이 제 몸을 부드럽게 스치더라고요. 그 순간 커튼을 보고 생각했어요. 희재구나.

아, 희재는 제 남편 이름이에요. 유미 씨가 말했다. 그때는 커튼이 정말 희재라고 생각했고, 그렇게 상상하다 보니 마음이 좋아지면서 혹이 점차 가라앉더라고요. 이상한 얘기지만 도연 씨라면 이해해 줄 것 같아서 얘기해 봤어요. 도연 씨는 글을 쓰니까. 나는 당황해서 유미 씨를 바라보았다. 제가 글 쓴다는 걸 어떻게 알았어요? 책장에 있던 상장을 봤어요. 유미 씨가 대답했다. 오래전 지방 영화제에서 〈초록 고래〉가 아닌 다른 영화로 각본상을 받은 적이 있었다. 1회 만에 사라진 작은 영화제였는데, 송주가 어떻게 찾아냈는지 책장에 상장을 놓아둔 것이었다. 예전에는 썼는데 지금은 안 써요. 내가 말했다. 혹여나 유미 씨가 〈초록 고래〉를 언급할까 봐 긴장했는데, 이어지는 유미 씨의 말은 훨씬 뜻밖이었다.

부탁 하나만 해도 될까요. 제가 쓴 글을 읽어 봐 주실 수 있나요. 유미 씨는 낙타로 변신한 뒤 깊은 우울감이 지나가고 나면 무료함이 찾아온다고 했다. 집에 갇혀서 할 일이 없던 나머지 녹음기를 켰어요. 처음에는 무엇을 먹고 무엇을 했다는 식의 간단한 음성 일기로 시작했는데, 시간이 지날수록 내용이 독특해져서 그중 일부는 사람으로 돌아온 뒤에 글로 옮겨 적었다는 것이었다. 누군가에게 보여 줄 생각은 없었는데, 도연 씨에게는 보여 드릴 수 있을 것 같아요. 제 상황을 알고 계시니까요.

다른 사람 글을 봐 주기에는 제가 글을 안 쓴 지 너무 오래되어서요. 나는 완곡히 거절했다. 글에 관련된 일이라면 아무리 간단한 일이어도 피하고 싶었다. 그래도 저보다는 훨씬 나으실 텐데요. 아니에요, 재능이 없어서 그만둔 거예요. 내가 손사래 치며 말하자 유미 씨는 알겠다고 대답했다. 제가 무리한 부탁을 드린 것 같아요. 그 말을 끝으로 정적이 흘렀고, 잠시 뒤에 유미 씨는 집으로 돌아가려는 듯 몸을 일으켰다. 유미 씨에게 많은 얘기를 들어서였을까, 낙타의 눈이 깊어서였을까. 나는 마지막에 그만 마음이 흔들리고 말았다. 유미 씨, 글 보여 주세요. 읽어 보고 싶어요.

우리는 엘리베이터를 타고 위층으로 올라갔다. 우리 집과 같은 색깔의 마룻바닥을 밟고 거실을 지나 방문을 열자, 옷장과 책걸상만 놓인 단출한 방이 나왔다. 유미 씨는 책상 서랍에 인쇄한 글을 보관해 두었다고 했다. 서랍을 열자 대여섯 장 분량의 글 두 편이 투명 파일 안에 들어 있었다. 녹음된 내용을 바탕으로 썼지만, 글로 옮기면서 많이 바뀌었어요. 유미 씨는 낮에는 배달 일을 하고 저녁에 글을 썼다고 했다. 지금 읽어 볼까요? 내가 물었다. 아니에요. 나중에 천천히 읽고 말씀해 주세요. 바로 윗집이니까. 유미 씨가 대답했다.

그날 밤 집에 돌아와 씻고 나오자 유미 씨가 집 안을 걸어 다니는 소리가 들려왔다. 잘 준비를 하는 것일까? 전화가 울려서 확인해 보니 송주였다. 회의 전에 잠깐 시간이 나서 전화를 걸었다고 했다. 오늘 하루는 어땠는지 묻는 송주에게 나는 평소와 같았다고 대답했다. 혹시 윗집 여자 기억나? 내가 물었다. 윗집에 여자가 살았나? 이만 끊자. 잠깐, 윗집 여자랑 술 마신 건 아니지? 나는 식탁에 올려 둔 소주병을 바라보며 당연하지, 하고 대답했다.

전화를 끊었을 때 위층에서는 아무런 소리도 나지 않았다. 나는 식탁에 앉아 유미 씨의 글을 펼쳤다. 천천히 읽어도 된다고 했지만, 잘 알고 있었다. 내 글이 누군가에게 읽히길 기다리는 그 초조한 마음을. 머그잔 가득 소주를 따라 놓은 다음 글을 읽기 시작했다.

감상적인 얘기겠지, 이웃의 개인사를 세세히 알게 되어 불편해지는 것은 아닐까, 하는 걱정은 첫 문장을 읽는 순간 사라졌다. 남편은 세로 210 가로 180짜리 대형 커튼이다. 글은 종일 천장에 매달려 있던 남편을 안쓰럽게 여긴 아내가 커튼 봉에서 남편을 떼어 내 주는 장면으로 시작했다. 유미 씨, 일기가 아니라 소설을 쓰고 있었구나. 나는 자세를 고쳐 앉았다.

유미 씨는 초반 긴 분량을 공들여서 커튼을 묘사했다. 어두운 회색, 그러나 한밤중에는 검정으로 보이는 대형 커튼은 묵직했으며 손으로 만져 보면 고양이 털처럼 매끄러웠다고 쓰여 있었다. 순수한 면직물로 이루어진 거대한 남편. 아내는 남편을 너무나 사랑한 나머지 밤마다 남편을 이불처럼 덮고 잤다. 얼마 지나지 않아 여자는 낮에도 남편과 함께이고 싶었다. 고민 끝에 여자는 남편의 일부를 잘라 냈고, 그것으로 외투를 만들어 입고 다녔다. 며칠 뒤에는 또다시 일부를 잘라 내어 모자를 만들기도 했다. 고민거리가 있거나 어떠한 결정을 내려야 할 때, 모자로 된 남편을 쓰고 있으면 함께 머리를 맞댄 듯한 기분이 들었기 때문이다.

이로써 아내는 남편을 덮고, 입고, 머리에 쓰면서 모든 순간을 함께할 수 있었다. 그러나 어느 늦은 밤, 아내는 침대에 누워 있다가 불현듯 자신의 가슴 정중앙에 뚫린 거대한 구멍의 존재를 알게 되었다. 아내는 비명을 내지르며 자리에서 일어나 외투와 모자를 만들 때 사용했던 재단 가위를 가져왔다. 그러고는 머리에 쓰고 있던 모자 남편을 벗어 조각조각 잘라 낸 다음, 잘게 조각낸 면직물을 한 움큼씩 입안에 넣고 삼키기 시작했다. 아내가 모자를 남김없이 먹어 치우는 데는 삼십 분도 채 걸리지 않았다. 아내는 곧이어 옷장 문을 열었다. 외투 남편 역시 모자 남편과 똑같은 과정을 거쳤다. 외투를 다 먹어 갈 때쯤에는 창밖이 서서히 밝아 왔는데, 위장이 찢어지는 듯한 고통을 느끼면서도 아내는 먹는 것을 멈추지 않았다. 마침내 외투를 다 먹고 이불 남편마저 잘라 내던 중

아내는 면직물 조각에 기도가 막혀 그만 죽어 버렸다.

　이야기는 거기서 끝이었다. 나는 이어서 두 번째 글을 읽기 시작했다.

　두 번째 글의 주인공은 어느 날부터 슬픔을 느낄 때마다 푸른 돌을 뱉었다. 돌을 뱉고 나면 잠시나마 슬픔이 가라앉았고, 여자는 그 점이 마음에 들었다. 시간이 지날수록 여자의 집 안에는 감당 못 할 정도로 많은 돌이 쌓여 갔다. 여자는 돌을 뒷산에 옮겨 놓았고, 얼마 지나지 않아 뒷산에는 작은 돌무더기가 생겨났다. 뜻밖의 일이 일어난 것은 그로부터 며칠 뒤였다. 여자의 돌무더기가 소원을 이뤄 주는 푸른 돌탑이라고 소문이 난 것이다. 동네 사람들은 여자의 돌 앞에 서서 중얼거리며 소원을 빌었다. 그뿐만 아니라 그들은 돌 앞에서 이를 드러내고 웃으며 사진을 찍었고, 기를 전해 받는답시고 돌 위에 손을 얹기도 했다. 여자는 그들 모두에게 깊은 혐오감을 느꼈으나 할 수 있는 일이라고는 그저 방 안에 앉아 이제껏 뱉은 돌 중 가장 커다랗고 차가운, 바위만 한 돌덩이를 뱉어 놓고 그것을 우두커니 바라보는 것뿐이었다. 여자의 집에는 다시 돌이 쌓여 가기 시작했다. 그러던 어느 날 여자는 결심이라도 한 듯 모두가 잠든 새벽에 뒷산을 찾아갔다. 막상 돌무더기 앞에 선 여자는 크게 당황했는데, 그사이 사람들 손을 타서인지 돌무더기가 정말로 어엿하고 근사한 탑이 되어 푸르게 빛나고 있었기 때문이다. 홀린 듯이 돌탑을 바라보던 여자는 두 눈을 감았다. 여자는 마음속으로 소원을 빌기 시작했다. 여자는 사람들이 돌탑에 대고 빈 소원들이 이루어지지 않게 해 달라고 빌었다.

　마지막 문장을 읽는 순간 헛웃음이 나다가 돌연 쓸쓸해졌다. 유미 씨는 자신의 글을 일기라고 했다. 그 때문인지 글을 읽는 동안 자꾸만 돌탑 앞에서 눈 감고 기도하는 유미 씨 얼굴이, 낙타가 아니라 기억 속에서 가물가물한 유미 씨의 진짜 얼굴이 떠올랐다. 게다가 첫 번째 소설에서 묘사된 커튼은 유미 씨 집 거실 커튼의 모습과 정확하게 일치했다.

　유미 씨, 어떤 기분이었을까? 이런 상상을 하고 그것을 녹음해 가면서 혹이 가라앉았다니. 유미 씨의 글은 많은 것이 생략되어 있으면서도 진솔하다는 느낌을 주었고, 느닷없이 시작되어 갑작스럽게 끝나 버리는 만큼 자유로웠다. 읽을 사람을 염두에 두고 쓰지 않아서 그런 걸까. 딱히 내색하지 않는 성격이 글에서도 드러나는 걸까.

　유미 씨 글을 읽고 있으면 어쩐지 시나리오를 쓰던 때가 떠올랐다. 〈초록 고래〉 이후로 완전히 절필했던 것은 아니었다. 꼼짝없이 못 쓰던 시간이 지나간 뒤, 송주와 같이 살게 되면서 새로운 작품을 시도했었다. 〈초록 고래〉와는 다른 장르의, 전혀 다른 이야기였다. 나는 이전과 같은 실수를 반복하지 않으려 했고, 〈초록 고래〉가 나의 전부가 아니라는 사실을 사람들에게 알리고 싶었다. 시나리오가 완성되었을 때는 함께 작업했던 영화감독에게 찾아가 원고를 보여 주었다. 다음번에 만나자 그녀는 내 어깨를 부드럽게 주물러 주며 말했다. 힘 풀어, 도연 씨. 힘 풀어.

힘을 푼 글이 눈앞에 있었다. 비문투성이에, 때로는 문장이 완성조차 되어 있지 않았지만, 유미 씨 글은 생생하게 살아 있었다. 그때의 내가 이 글을 읽었다면 어땠을까. 무언가 깨달았으려나. 나는 무릎을 끌어안은 채 가만히 앉아 있었다. 이상한 생각이, 그러니까 이 년 만에 처음으로 다시 글을 써 보고 싶다는 생각이 들었다. 나는 눈앞의 머그잔을 움켜쥐고는, 고개 드는 마음 위로 연신 술을 따라 부었다. 그것이 다시 잠기고 가라앉을 수 있도록, 계속해서.

◆

다음 날은 간밤에 폭음한 탓에 알람을 듣지 못했다. 눈을 떴을 때는 약속 시간 십 분 전이었다. 황급히 위층으로 뛰어 올라가 초인종을 누르자 곧바로 문이 열렸다. 죄송해요, 늦잠을 잤어요. 유미 씨에게 사과한 다음 집으로 돌아와 현관문을 여는 순간 도로 닫고 싶었다. 현관에서부터 술 냄새가 코를 찔렀다. 애써 태연한 척 안으로 들어가 보니 이번에는 부엌 식탁이 잔뜩 어질러져 있었다. 나는 유미 씨를 거실로 안내한 다음, 급한 대로 창문을 열고 식탁에 놓인 술병을 치웠다. 공사가 끝나는 대로 돌아올게요. 내가 말했다.

관을 교체하는 데 두세 시간 정도 걸립니다. 수리 기사가 말했다. 그러면 끝인가요? 그럼요. 그 말은 며칠 내로 벽지만 마르고 나면 송주가 오기 전까지 집의 원상 복구가 가능하다는 뜻이었다. 공사하시는 동안 집 근처에 있어도 될까요? 끝나기 오 분 전에 전화 주시면 바로 올게요. 기사는 그렇게 하라고 대답했다.

집 앞 슈퍼에서 알배추 한 상자를 사 들고 집으로 돌아가자 유미 씨가 놀랐다. 어떻게 벌써 왔어요? 공사가 끝나면 연락 주신대요. 내가 상자에서 알배추를 꺼내며 대답했다. 알배추네요, 하고 유미 씨가 중얼거렸다. 지난번에 간에 기별도 안 갔다고 말씀하셨던 게 생각나서요. 나는 잠시 기다려 달라고 말한 뒤 부엌부터 청소했다. 실은 지저분한 부엌이 신경 쓰인 나머지 일찍 돌아온 것이었다. 식탁 정리에 설거지까지 마치고 나서야 나는 차분해진 마음으로 배추를 씻을 수 있었다. 열두 포기 중 하나는 전으로 부칠 생각이었다. 단단한 배춧잎을 한 장씩 떼어 내던 중, 긴장이 풀려서인지 숙취가 몰려왔다.

나는 거실에 앉아 있는 유미 씨를 바라보았다. 유미 씨는 창밖을 보느라 이쪽에 관심이 없는 듯했고, 나는 시선을 돌려 부엌 찬장을 바라보았다. 작고 불투명한 저 문 너머에는 개봉하지 않은 조니워커 블랙이 있었다. 몇 모금이면 지금의 두통과 메스꺼움을 가라앉힐 수 있을 것이다. 한 모금만 할까, 딱 한 모금만? 끈질긴 통증과 그보다 더 끈질기게 이어지는 갈등. 유미 씨의 고요하고 커다란 뒷모습을 바라보며 한참 고민하다가, 팬에 배춧잎을 올렸다. 수리 기사가 말한 두 시간은 금세 지나갈 것이었다. 나는 계속해서 마음을 다잡았다. 그 순간 유미 씨가 처음으로 고개 돌려 나

초록 고래가 있는 방

를 바라보며 말했다. 맛있는 냄새가 나요.

우리는 거실 바닥에 나란히 앉아 배추전을 나누어 먹었다. 유미 씨 몫의 생배추 열한 포기 또한 쟁반 가득 담겨 있었다. 따뜻한 음식은 오랜만이네요. 유미 씨의 말에 나는 전을 조금 더 부칠까요? 하고 물었다. 유미 씨는 이것으로 충분하다고 했다. 젓가락 없이 잘 먹을 수 있을까 내심 걱정했지만, 유미 씨는 먹는 데 아무런 지장이 없었다. 살면서 먹어 본 전 중에 가장 맛있어요. 유미 씨가 전을 한 입 먹어 보더니 말했다. 갓 부친 배추전은 뜨거웠고, 한 김 식힌 다음 입안에 넣자 고소하고 달큼한 맛이 났다. 그러나 음식이 들어가는 순간 속이 더 안 좋아져서, 나는 유미 씨가 눈치채지 않게 조용히 젓가락을 내려놓았다.

유미 씨가 생배추 씹어 먹는 소리는 듣기 좋았다. 그 소리를 가만 듣다가, 나는 유미 씨에게 소설을 잘 읽었다고 했다. 유미 씨는 씹던 것을 멈추고 나를 바라보았다. 벌써 다 읽었어요? 네, 재미있어서 단숨에 읽었어요. 유미 씨는 무척 쑥스러워하며 고맙다고 대답했다. 빈말 아니에요. 내가 말했다. 유미 씨 글은 생략된 내용이 많잖아요. 여자가 커튼을 남편이라고 생각하게 된 계기라든가, 돌을 뱉는 여자가 무엇 때문에 슬픈지에 대한 설명도 전혀 없고요. 반면에 커튼과 푸른 돌은 생김새와 특징, 심지어 감촉까지 세세하게 묘사하셨잖아요. 그러니까 주인공의 슬픔이 더 와닿았어요. 결이 다른 슬픔들이 전부 느껴졌어요.

나는 유미 씨에게 좋았던 장면들도 말해 주었다. 아내가 남편을 모자로 만들고 나서 처음 한 일이 고작 슈퍼에 가서 수박을 고르는 것이었다는 게 좋았다고. 돌을 뱉는 여자가 만들어 놓은 돌무더기에 사람들이 찾아와서 소원을 빌기 시작한 것이 슬프고 재밌었다고. 그러고 보니 참 이상하네요. 유미 씨의 글은 아무것도 말해 주지 않는 것 같으면서도, 읽고 나면 무언가 전달받았다는 느낌이 들어요. 유미 씨는 무슨 일이 일어났었는지 구체적으로 쓰고 싶지 않았다고 대답했다. 그럼에도 무언가 전달되었다니 다행이네요.

대화 도중 수리 기사에게서 전화가 걸려 왔다. 공사가 일찍 끝난 줄 알았는데, 뜻밖에도 추가 누수가 발견되었다고 했다. 공사가 길어진대요. 전화를 끊고 나서 유미 씨에게 전했다. 뒤에 일정이 있으신가요? 유미 씨가 물었다. 아니요, 일정은 무슨. 지난 이 년간 나는 사람들을 만나지 않았다. 술을 마시고 기억조차 나지 않는 실수를 몇 번 저지른 이후로 내 쪽에서 먼저 도망친 것이었다.

입맛이 없으신가 봐요. 거의 안 드셨네요. 말수가 줄어든 나를 살피며 유미 씨가 말했다. 원래 아침을 잘 안 먹어서요. 그렇게 대답했지만 실은 숙취가 점점 심해지고 있었다. 가만히 앉아 있는데도 뱃멀미하듯 어지러웠고 머리가 깨질 듯이 아팠다. 젓가락질할 때 떨리던 손을 유미 씨가 봤을까 봐 신경이 쓰이기도 했다. 초조한 나머지 손에 쥔 휴지를 아주 작은 네모가 될 때까지 접었다가 펼치길 반복했다. 공사가 지연된 것은 반가운 소식이 아니었다. 나는 양팔로 무릎을 감싸안은 다음 그 위로 고개를 묻었다. 도연 씨, 괜찮아요?

유미 씨의 걱정 어린 시선이 느껴져서 나는 고개 숙인 채로 입을 열었다. 유미 씨는 좋은 작가가 될 수 있을 거예요. 되는대로 내뱉은 말이었지만 진심이었다. 나는 유미 씨의 글이 진심으로 좋았다. 그러나 유미 씨는 작가가 되고 싶은 생각은 없다고 했다. 그럴 만한 재능도 없고요. 돌 뱉는 여자가 나오는 글은 완성하는 데만 꼬박 일 년이 걸렸어요. 결말을 계속 고쳤거든요. 처음에는 여자가 사람들의 소원이 전부 반대로 이루어지길 빌었다고 썼어요. 그러고 나니까 영 찜찜하더라고요. 마음이 약해진 나머지 여자가 사람들의 소원이 이루어지길 빌었다고 고쳐 쓰니까, 그건 제 글이 아닌 것 같았고요. 지금의 결말로 정해지기까지 꼬박 일 년이 걸렸어요.

다르게 생각해 보면, 하고 내가 고개를 들며 말했다. 유미 씨 마음을 최대한으로 담아낼 수 있을 때까지 다시 쓸 수 있다는 점이 다행이지 않나요. 유미 씨는 나를 물끄러미 바라보다가 도연 씨는 왜 글을 쓰지 않아요? 하고 물었다. 대답을 망설이는 사이 커다란 드릴 소리가 위층에서 들려왔다. 한참 만에 소음이 잦아들었을 때 나는 유미 씨에게 말했다. 자유롭게 쓰는 방법을 잊었어요.

앞으로도 글을 쓸 생각이 전혀 없어요? 유미 씨가 되물었고, 나는 고개를 끄덕였다. 혹시 술 때문인가요? 순간 나는 몸이 아픈 것도 잊은 채 유미 씨를 바라보았다. 그게 무슨 소리예요? 매일 술을 드시잖아요. 아니에요, 최근 들어 자주 마신 것뿐이에요. 그러자 유미 씨는 차분하게 말했다. 베란다 화분들 사이, 거실 책장 뒤, 도연 씨 방 안 어딘가.

유미 씨가 읊은 곳은 내가 송주의 눈을 피해 술을 숨겨 놓는 장소들이었다. 내가 없는 사이 집 안을 뒤지기라도 한 건가? 낙타가 되면 후각이 예민해져요. 내 생각을 읽었는지 유미 씨가 다시 입을 열었다. 낙타는 사막에서 몇 킬로미터 떨어진 곳의 물 냄새도 맡을 수 있으니까요. 그리고 실은 전부터 알고 있었어요. 빌라에서 도연 씨를 마주칠 때면, 인사를 나누지 않더라도 취해 있다는 것은 느껴졌으니까.

나는 할 말을 잃은 채 유미 씨를 바라보았다. 피한다고 해서 모든 것을 숨길 수는 없는 거구나. 하기야 정상인이라면 옷장 속에 술병을 숨긴다거나, 다른 사람과 대화하는 중에 몰래 숨어서 술 마실 생각 따위는 하지 않을 것이다. 수치심이 몰려오는 동시에 맥이 풀렸다. 어쩌면 송주도 다 알고 있는 것이 아닐까? 빤한 거짓말들을 그저 눈감아 준 것일지도. 생각이 거기까지 미치자 나는 자리에서 일어났다. 어디 가세요? 유미 씨 또한 엎드려 있던 몸을 일으키며 물었다. 술 마시려고요. 내가 대답했다.

아직 공사도 안 끝났잖아요. 유미 씨는 무척 당황한 듯했다. 한두 잔이면 돼요. 마시면 지금보다 멀쩡해져요. 그러나 유미 씨가 내 앞을 가로막고 선 탓에 부엌으로 갈 수가 없었다. 정작 유미 씨는 자신이 나를 막아서고 있다는 사실을 아는지 모르는지, 한동안 말없이 서 있었다. 그런 유미 씨 얼굴을 마주하자 온갖 감정이 뒤

섞였다. 수치심과 분노, 좌절감과 그에 동반되는 이상하게 기대고 싶어지는 마음까지. 이해가 안 되죠? 단 몇 시간도 참지 못하는 게. 내가 물었다. 그러자 유미 씨는 특유의 커다랗고 맑은 눈으로 나를 내려다보며 대답했다. 그럴 리가요. 저는 지금 낙타인데요.

하루하루 잘 살아가다가도 완전한 어둠에 사로잡힐 때가 있다고, 어두운 생각에 몰두해서 자신을 전혀 돌보지 않고, 그런 날들이 길어지다 보면 낙타가 되어 버린다고 유미 씨는 말했다. 그럼에도 저는 지금 도연 씨가 참았으면 좋겠어요. 유미 씨는 내 눈을 들여다보며 그렇게 말했다. 길어지는 침묵 속에서 나는 유미 씨를 바라보다가 일단은 자리에 앉았다.

유미 씨도 나를 따라 천천히 무릎을 굽힌 다음 다리를 접어 앉았다. 뒤통수를 바위로 누르는 듯한 묵직한 통증이 느껴졌고, 그래서 당장이라도 일어나 부엌 찬장을 열어젖히고 싶었지만, 나는 간신히 참아 가며 입을 열었다. 죽고 싶다는 마음까지는 아니더라도 매일 아침 눈뜰 때마다 사라져 버리고 싶다고. 술을 마시고 싶은 마음보다 도망치고 싶은 마음이 더 강하다고.

어째서 송주에게도, 동료들에게도 털어놓을 수 없었던 얘기를 유미 씨 앞에서 하고 있는 걸까? 낙타의 커다란 눈동자에는 진실을 말하게 하는 힘이라도 있는 건가. 거실 유리창을 통과한 빛이 마룻바닥 위로 쏟아지는 것을 바라보다가…… 마음이 걷잡을 수 없이 새어 나갔다. 나는 어느 시점 이후로는 글 쓰는 일이 무서워졌다고 고백했다. 시간이 약이라는 말은 거짓말이라고도 말했다.

어떤 상처는 시간이 지나도 전혀 회복되지 않은 채로 남아 있다고.

정말 그래요. 유미 씨가 대답했다. 저도 처음 낙타가 되었을 때 어느 정도 시간이 지나면 사람으로 돌아올 줄 알았는데, 그게 아니더라고요. 석 달 만에 겨우 사람으로 돌아오고 나서는 심한 불면증에 시달렸어요. 또다시 낙타로 변신하게 될까 봐 불안했거든요. 그러던 중 우연히 낙타에 관한 얘기를 하나 들었어요. 낙타는 몇 킬로미터 떨어진 곳의 물 냄새도 맡을 수 있는 동물이잖아요. 먼 곳에 있는 물의 존재를 알고 있으니, 막막해 보이는 사막을 계속해서 걸어 나갈 수 있는 거고요. 그런데 몇 킬로미터 내에도 물이 없을 때, 물의 그림자조차 보이거나 느껴지지 않을 때 낙타가 무엇을 하는지 아세요? 유미 씨는 나를 바라보면서 말을 이어 갔다. 똑같이 걷는 겁니다. 한 걸음씩. 그 이야기를 들은 뒤로 유미 씨는 잠이 오지 않을 때마다 사막을 한 걸음씩 걸어 나가는 상상을 했다고 했다. 그러면 양을 셀 때와는 달리 잠이 왔어요.

계속 걸어도 물이 나오지 않는다면요? 조용히 얘기를 듣던 내가 물었다. 그러면 죽게 되겠죠. 예의 그 덤덤한 투로 유미 씨가 대답했다. 그렇지만 우리가 살아 있는 한, 최대한 물에 가까워지게 걷는 거죠. 도연 씨도 저에게 비슷한 얘기를 들려주셨잖아요. 언제 그런 얘기를 했더라? 속으로 생각하다가 떠올랐다. 퇴고 얘기였구나.

한 걸음씩 걷다 보면 상처로부터 훌쩍 멀어져 있을 때가 있어요. 이것은 유미 씨의 말. 그 말이 정말일까. 정말이라면 유미 씨와 나는 지금 어디쯤 와 있는 걸까, 가늠해 보던 중 유미 씨가 덧붙였다. 적어도 도연 씨 손은 좀 더 부드러워질걸요. 마음이 편안해지면 청소도 덜 하게 될 테니까. 그 말에 나는 한 손으로 다른 손을 움켜쥐었다. 손은 또 언제 본 거지? 각종 청소 약품들로 인해 습진이 생긴 손은 붉게 트고 갈라진 지 오래였다. 글에서도 느꼈지만 유미 씨는 관찰력이 좋구나.

몸은 좀 어때요. 유미 씨가 나에게 다시 물었다. 여전히 아프지, 머리는 무겁고 속은 울렁거리고. 그러나 나는 괜찮다고 대답했다. 바닥 말고 소파에 편히 앉아요. 아니면 저한테 기댈래요? 커다란 동물한테 기대면 좋은 호르몬이 나온다던데. 유미 씨가 나에게 가까이 붙어 앉으며 물었다. 방금 지어낸 말 아니에요? 내가 되물었다. 속고만 살았어요?

됐다고 말해 놓고는 곧 유미 씨에게 기대어 앉았다. 속이 울렁거린 나머지 참을 수가 없었다. 등허리에 난 상처를 피해 기대어 앉자 단단한 혹이 머리에 닿았고, 동시에 낙타의 따뜻한 체온이 느껴졌다. 유미 씨가 숨을 들이쉬고 내쉴 때마다 부푸는 몸, 가라앉는 몸. 좋은 호르몬이 나오는지는 잘 모르겠으나, 당장이라도 일어나 부엌 찬장을 열어젖히고 싶은 마음만은 가라앉았다. 나는 느리고 일정한 낙타의 심장 박동을 듣는 데만 집중했다.

〈초록 고래〉에도 타인의 심장 박동을 듣는 장면이 있었지. 지금과는 전혀 다른 맥락이었지만. 사기꾼에 의해 삶이 무너진 피해자들이 가해자의 아이를 납치하는 장면이었다. 주인공은 마취약을

묻힌 손수건으로 아이를 기절시키려 했는데, 입을 막고 아무리 기다려도 아이는 기절하지 않았다. 하는 수 없이 손수건을 떼어 냈을 때 아이는 뒤돌아서서 주인공을 보며 말했다. 심장이 빨리 뛰시네요.

〈초록 고래〉의 장면을 떠올리자 또다시 부끄러움이 밀려들었으나 이번만은 피하지 않았다. 삼 년이 넘도록 잊으려 애썼던 영화 속 장면들이 어제 본 듯 생생하게 떠올랐다. 〈초록 고래〉는 복수극이었다. 주인공은 복수를 위해 사기꾼의 뒤를 캐다가 자신과 같은 피해자를 한 명 더 만난다. 그와의 관계가 깊어지면서 복수심은 희미해져 버리고, 계속해서 지연되던 복수는 끝내 실패하고 만다. 사람들은 복수가 지연되는 과정이 지루하다고 했고 특히나 결말을 마음에 들어 하지 않았다. 그렇지만, 하고 나는 잠시 생각했다. 어떤 복수는 복수하지 않음으로써 완성되지 않나.

무슨 생각해요? 〈초록 고래〉 생각이요. 어디서 들어본 이름인데. 인터넷에서 욕 많이 먹었던 영화요. 아, 맞다. 그거 제가 만든 영화거든요. 유미 씨가 내 눈치를 살피는 것을 느끼며, 나는 말을 이어 갔다. 거기에 이런 대사가 나와요. 마음이 천 갈래 만 갈래 찢어진다는 말의 의미는 하나의 마음이 그토록 무수히 찢어졌다는 뜻이 아니라, 낱낱이 다른 천 개의 슬픔과 만 개의 슬픔이 생겨났다는 뜻이라고. 어젯밤에 유미 씨 글을 읽으면서 그 대사가 생각났어요. 유미 씨 글에서도 여러 결의 슬픔이 느껴져서요.

영화 찾아봐도 돼요? 안 돼요. 그러고 보니 누군가에게 영화 애기를 먼저 꺼낸 것은 처음이었다. 〈초록 고래〉의 주인공은 어느 날 수족관에서 자신이 지금 보고 있는 것이 환각이라는 사실을 깨닫는다. 수족관에서 헤엄치는 고래가 초록색이었기 때문이다. 두 눈을 감자 거대한 초록 고래, 화면 가득 느리게 헤엄치는 초록 고래가 떠올랐다. 내가 그 장면을 가장 좋아했었다는 사실이 생각났다. 시간이 얼마나 지났을까. 금속관이 달각거리는 소리, 단단한 벽이 긁히는 듯한 소리가 나를 상상에서 현실로, 유미 씨 옆으로 돌아오게 했다. 늦어도 오늘 저녁에는 새로운 관이 연결될 것이다. 물이 더는 새어 나가지 않을 것이고, 따뜻한 물은 배관을 타고 돌아 필요한 순간에 흘러나올 것이다.

유미 씨 몸에 기대어 쉬다가…… 문득 우리를 둘러싼 침묵의 형태가 바뀌었음을 알았다. 무거운 장막이 걷히고 차분히 쏟아지는 부드러운 침묵. 정말 좋은 호르몬이라도 나오고 있는 건가, 따뜻한 빛에 몸을 적시자 마음이 편안해졌다. 유미 씨, 지금도 소설을 쓰나요? 내가 기댄 채로 조용히 물었다. 제가 쓴 글을 소설이라고 부를 수만 있다면, 네, 쓰고 있어요. 유미 씨가 대답했다. 다음 소설도 완성되면 보여 줄 수 있나요? 읽고 싶어서요. 잠시 뒤에 나는 다시 유미 씨, 하고 물었다. 지금 무슨 생각해요? 왜요? 혹이 말랑말랑해지는 것 같아서요. 그러자 유미 씨는 한참 만에 대답했다. 저도 느껴져요.

황정은

2005년 『경향 신문』 신춘문예로 작품 활동을 시작했다. 소설집 『일곱 시 삼십이 분 코끼리 열차』, 『파씨의 입문』, 연작 소설 『디디의 우산』, 장편 소설 『百의 그림자』, 『계속해 보겠습니다』 등을 썼다. 젊은작가상, 한국일보문학상, 신동엽문학상, 이효석문학상, 대산문학상, 김유정문학상, 오늘의 젊은 예술가상, 황순원문학상, 만해문학상, 김승옥문학상 등을 받았다.

묘씨생

이 몸은 다섯 번 죽고 다섯 번 살아났다.

최초의 출생을 포함하면 다섯 번 죽고 여섯 번 살아났다고 말하는 편이 옳을지도 모르겠다. 출생이란 살아났다고 하는 것과는 여러 가지로 의미가 다르니 역시 다섯 번 죽고 다섯 번 살아났다고 말하는 편이 옳을까. 어느 쪽이든 굳이 말하자면 의미 없는 이야기다. 모처럼 뜨거운 이 몸에서 열을 내고 있는 것은 이 몸을 먹어 치우려는 염증의 무리일 뿐, 차갑지도 뜨겁지도 못한 채로 간신히 생각을 이어 가고 있으니 이 몸은 곧 죽을 것이다. 시력도 거의 사라졌다. 바닥에 바짝 닿은 턱을 통해 흙냄새를 맡는다. 이미 밤. 이 몸은 시방 인간들이 둘러놓은 장막 안에서 이 몸을 더럽히는 세계가 완파되기를 기다리고 있다. 묘생猫生 십오 년, 인간으로부터 받은 이름은 몸, 나는 인간의 우방이 아니다.

◆

평생을 먹을 것과 거주를 두고 인간과 경쟁했다.

경쟁했다고 말하기도 부끄러울 정도로 쫓겨 다니기만을 반복했으므로 평생을 먹을 것과 거주를 두고 인간을 원한했다,라고 말하는 편이 옳을까. 내게도 삼색 털이 아름다운 비율로 섞인 어미와 형제들이 있었다. 모두 죽었다. 미심쩍은 고기를 나누어 먹고 피를 토하다가 딱딱해졌다. 내가 그들처럼 되지 않은 것은 여덟 마리 형제들 가운데 가장 쇠약해 어미가 물어다 준 고기를 입에 대 보지도 못했기 때문이었다. 겨울이었다. 홀로 살아남아 미요미요 울었다.

눈이 내렸다. 내리는 동안 자취 없이 녹아 버릴 정도로 미약한 눈이었으나 우는 것을 멈추고 귀를 기울이자 싸락싸락 바닥에 닿는 소리가 들려왔다. 더는 울 기운도 없었다. 이제 죽는다고 생각했다. 그 무렵 인간에게 발견되었다. 발소리도 듣지 못했는데 비가림 역할을 하는 널빤지 틈으로 둥지를 들여다보고 있었다. 밋밋한 얼굴을 가진 노인이었다. 나는 경계했다. 생기를 잃어 납작해진 어미의 등 뒤로 대피해 노인을 노려보았다. 그가 널빤지 틈으로 손을 넣었다. 잔뜩 엎드렸으나 그 손에 잡혀 노인의 방으로 옮겨졌다. 노인은 딱딱한 침상에 걸터앉아 나를 무릎 위에 올렸다. 노랗게 마디진 손가락으로 내 발이며 목을 주물렀다. 이따금 얼굴 높이로 들어 올려서 입김을 불어 넣고 다시 주물주물 만졌다. 이

과정 중에 체온을 받았다. 고양이의 몸으로 인간의 체온을 받아들였다. 인간의 앞발이랄지 그들 나름 손이라고 구별해 부르는 오목하고 주름진 부분에 배를 붙이고 눈꺼풀 속이 빨개지도록 짜디짠 체온을 빨아들였다. 실수였다. 실수고 뭐고 판단할 겨를도 없는 어린 몸으로 저지른 일이었으나 그 뒤로 몇 번이고 되살아나는 유별난 목숨이 되었다. 고양이로서 말하자면 더러워졌다. 뭐라 말할 수 없는 몸으로 살게 된, 뭐라 말할 수 없는 평생의 시작이었다.

　노인은 눈썹도 별로 돋지 않은 얼굴을 내게 들이대고 있다가 햐아, 하고 말했다. 나는 마침내 데워진 뱃속에서 치민 것을 캑 토했다. 노인은 다시 한번 햐아, 하고 말하더니 손을 오므렸다가 폈다가 하며 이 몸을 이리저리 굴렸다. 다갈색 벽들과 낡은 사물들이 빙글빙글 돌았다.

◆

　잡식의 냄새가 밴 방이었다. 한동안 그 방에서 설탕을 섞은 물이나 죽 같은 것을 받아먹으며 자랐다. 나중엔 이것도 저것도 챙겨 주지 않아 그 방에 서식하는 벌레를 먹었다. 벌레라면 얼마든지 있었다. 책상 하나 침상 하나 등받이 없는 의자 하나 전기 주전자 하나 난로 하나 그리고 뭐라더라 라라디 라디오 하나 냉장고 하나 옷가지며 책을 담은 궤짝 하나 벽에 고정된 선반 두 개 이불 한 점 고양이 한 마리 노인 하나만으로 더는 발 디딜 틈도 없는 좁은 방이었으나 그토록 벌레가 번성했다. 노인은 매일 밤 잠들기 전 빵 조각에 고소한 기름을 발라 바닥에 놓아두었다. 조금 뒤엔 무수한 벌레들이 그 냄새를 향해 모였다. 노인은 종이를 말아 쥐고 침상에 걸터앉아 기다렸다가 민첩하게 벌레들을 두드려 죽이고 흡족한 듯 잠자리에 들었다. 벌레란 인간과 다름없이 잡식하는 몸이고 보니 터지면 냄새가 진했다. 다른 인간들은 옷깃에라도 그 냄새가 배는 것을 꺼려 좀처럼 그 방에 들어서지 않았다. 책상 하나 침상 하나 등받이 없는 의자 하나 전기 주전자 난로 하나 라디오 냉장고 옷가지며 책을 담은 궤짝에 벽에 고정된 선반 두 개를 포함해 이불 한 점 모두가 뭔지 모를 끈기로 덮여 어두운 빛깔을 띤 가운데 노인 혼자만 말쑥한 모습으로 앉거나 누워 지냈다.

다른 인간들은 그를 두고 곡씨,라고 불렀다.

그는 하루 세 차례 방문을 잠가 두고 외출했다. 대개는 산책이었고 이따금 몇 군데 사무실에 들렀다. 그는 그곳에서 말없이 둘러보거나 아무렇게나 놓인 쓰레기를 정돈하거나 그 가운데 쓸 만한 물건을 줍거나 장 사장이라는 사람에게 전달해 달라는 단서가 달린 불평을 들었다. 한 달에 한 번은 그들로부터 지폐를 받아 은행에 들렀다. 그곳을 나선 뒤에는 길가에 설비된 전화기라는 것을 통해서 접니다 곡입니다 이번 달 세를 입금했습니다 324호와 356호는 미납이고요 356호는 두 달째 미납입니다,라는 등의 내용으로 통화를 마치고 상쾌한 얼굴로 산책했다. 매일 많은 사람들 곁을 지나다녔고 많은 사람들 역시 그의 곁을 지났으나 그와 그들간에 특별한 친분은 없어 보였다. 애당초 사람의 주거에 적합하지도 않은 낡고 쇠락해 가는 상가의 상자나 다름없는 방에서 수십 년째 먹고 자고 생활하는 걸인 같은 노인이라며 상인들은 그를 꺼렸다. 그러거나 말거나 곡씨 노인은 매일 같은 거리를 한결같이 말쑥한 모습으로 오갔다. 비가 내리거나 하는 날엔 엔카나 팝을 틀어 두고 그리운 듯한 얼굴로 청취했다. 때로 고불고불한 글씨로 가사를 적어 이웃에게 선물로 주었다. 이웃은 마지못한 듯 받아 들였다가 노인이 돌아서고 나면 구겨서 버렸다. 노인도 그런 사정을 틀림없이 알고 있어서 이따금 그들의 사무실에서 배출된 쓰레기봉투를 뒤져 자기 필적의 메모를 찾아내고는 했다. 그렇게 될 바엔 애초 건네지 않는 편이 좋을 텐데 노인은 가사 선물 주는 일을 그만두지 않았고 그렇게 되돌아온 종이들을 반듯하게 펴서 서랍 속에 모아 두었다. 두고 볼수록 보기에 기분 좋다고는 할 수 없는 인간이었으나 노인 외 다른 인간들이라고 기분 좋은 존재들이었나, 하면 퍽 그렇지도 않았다.

나쁜 냄새가 나는 바람이 분다.
이제 끝이다.
아닐 수도 있다.
다섯 번 살아났으니 여섯 번째 살아나지 않으리란 법은 없다.

이런 생각은 하고 싶지 않은걸.

하고 싶지도 않은 생각을 하며 죽어 가고 있는 고양이란 볼썽사납다. 인간적이다. 더러워졌다고 빈정거려도 할 말이 없는 것이다.

◆

나쁜 냄새가 나는 바람이 불었다.

곡씨 노인이 오전 외출을 하려고 문을 열면 이 몸도 그 방을 빠져나와 상가를 돌았다. 노인을 따라다니거나 나대로 돌아다녔다. 언제나 끈끈한 것을 밟았고 언제나 납을 태우는 냄새를 맡았다. 밟는 것만으로도 하루를 망치는 듯하고 맡는 것만으로도 뼈가 나쁜 방향으로 휘어지는 듯하다고 시비를 걸어오는 동족을 만난 적도 있었다. 어이 내 말 듣고 있는 거야,라고 그는 말했다. 그따위 태평한 얼굴로 돌아다니지 마라 여기는 말이지 번화가라는 곳이야 인간들이 중심가라고 말하는 곳이다 중심가라는 것은 말이지 사람도 많고 사물도 많고 사고도 많고 많은 것들이 많아서 너나없이 누구에게나 위험한 구역이라는 뜻이다 애송이,라면서 진심으로 발톱을 세워 내 뺨을 쳤다. 나로선 그저 지나는 길에 당했다. 꼬리가 뭉툭했고 오른쪽 눈이 있어야 할 자리가 텅 비어 있었다. 털이 드문드문 빠졌고 보기 드물게 마른 모습이었다. 고양이로서도 알아듣지 못할 말을 몇 마디 더 하다가 그는 문득 조용해졌다. 이 몸을 빤히 바라보다가 부스럼 돈은 코를 치켜들고 슷슷 공기를 빨아들였다. 이 냄새, 하고 그가 말했다. 인간의 체온을 빨았구나 너, 하며 넋을 놓은 얼굴이 되었다. 그 틈에 도망쳤다. 부근에서 본 적이 없는 놈이었다. 상가에서 만나게 되는 내 동족들은 초조하고 신경질적인 경우가 많았다. 일상적으로 위협을 겪고 있는 데다 대개는 제대로 먹지 못해 배가 빈약하거나 지독한 것을 먹어 배가 부풀어 있었다. 타고나길 몸의 형태가 좋지 못한 경우도 많아서 꼬리가 묘한 방향으로 접혔거나 등이 휘어졌거나 발끝이 제대로 형성되지 않았거나 네 개 중 한 개나 두 개의 다리가 짧거나 너무 길거나 거기다 멀쩡한 경우라도 깨끗한 물을 마시지 못해 얼굴들이 좁았다. 모두 신경이 곤두서서 등을 구부리고 다녔다. 그런 모습을 일상적으로 만나고 보니 그것이 보통이라고 생각할 정도였다. 세상 고양이란 모두 그 정도는 각박하고 허기진 얼굴을 하고 있는 거라고 생각했다. 그런 얼굴들과 견주어도 그는 유별난 얼굴을 하고 있었다.

  돌이켜 보건대 그도 같지 않았을까.

  이 몸과 같지 않았을까.

  이제 와 물을 수는 없는 것이다.

  그 뒤로 멀찍한 거리에서 한두 번 보았다가 더는 보지 못했다.

남을 두고 유별난 얼굴이었다느니 말할 처지는 아니다.

이것저것 유독한 것을 듬뿍 먹고 자랐다. 벌레를 먹거나 쥐를 먹거나 새를 먹거나 인간이 먹다 남기거나 먹고 뱉은 것을 먹었다. 그 부근의 벌레나 쥐나 새나 어차피 유독한 것을 먹고 자란 유독한 몸들이라서 그런 것을 먹고 자란 이 몸도 덩달아 유독했다. 다른 몸에게 먹혀도 그 몸에 보탬이랄 것이 되지 않을 몸이었다. 몸이고 보니 외롭거나 배고파 서러우면 와옹와옹 울었다. 때로 탁 트인 곳에서 여럿이 모여 울었다. 인간 중엔 나와 내 동족을 두고 천적 없는 몸들이라 쓸데없이 번성한다고 불평하는 자도 있었으나 모르는 말씀, 인간이야말로 우리의 훌륭한 천적이었다. 무엇보다도 이 몸 다섯 차례의 죽음 가운데 던져지거나 머리에 무언가를 맞거나 되게 걷어차이는 등 적어도 세 차례 죽음의 직접적인 원인이 인간이었던 점을 생각해 보면 고양이에게 천적이 없다는 불평이란 자신들의 기질과 적의를 과소평가하는 우스운 이야기일 뿐이다.

먹을 것을 두고 인간과 고양이가 경쟁하는 일도 있었다.

곡씨 노인의 상가 부근은 식사 때가 되면 냄비에 장을 끓이는 냄새 양파를 볶는 냄새 소금에 절인 생선을 태우는 냄새 등으로 공기가 매우 짰다. 음식을 배달시켜 먹은 인간들은 먹고 남은 음식을 바깥에 내다 놓았다. 대담한 놈들은 이걸 먹으러 다녔다. 뼈 모양이 도드라진 빈약한 등과 다리를 구부려서 언제든 어느 방향으로든 도망갈 태세를 갖추고 생선 뼈라거나 노른자라거나 고사리 같은 것을 먹었다. 이런 것을 먹으러 다니는 무리는 비단 내 동족들만은 아니라서 종이나 판자로 간신히 비를 가리며 사는 인간들 중에도 식은 음식을 먹으러 나오는 인간들이 있었다. 그들은 지나가는 인간들 틈에 앉아 음식을 먹었다. 봉지를 마련해서 국물이고 뭐고 쓸어 담아 남모르는 곳에 가져가서 먹는 사람도 있었으나 대개는 음식을 발견한 자리에 앉아 먹었다. 손가락이나 손바닥으로 음식을 쓸어 입에 넣고 괴로운 듯한 표정으로 천천히 씹었다. 전부 먹은 뒤엔 그릇을 내려 두고 다음 그릇을 찾아 이동했다. 사람이고 고양이고 식은 음식을 먹으려면 늦어서 될 일이 아니었다.

곡씨 노인은 정오가 조금 지난 무렵에 반찬 그릇과 젓가락을 챙겨서 방을 나섰다. 깨끗한 옷차림에 머리를 단정하게 빗고 산책이라도 하는 듯한 모습으로 상가를 한 바퀴 돌면서 사람들이 먹고 내놓은 음식을 모았다. 기름이나 국물이 묻어 얼룩덜룩한 종이를 들추고 식판을 살펴보고 젓가락을 사용해서 남은 음식을 그릇에 가지런히 담았다. 뚜껑이 달린 깊은 그릇도 따로 챙겨서 국물을 모았다. 그렇게 모은 반찬을 조그만 냉장고에 두고 두고두고 먹었다. 바닥이나 계단이나 어쨌거나 사람들의 발 높이에 놓인 접시에서 음식을 건져 먹고 사는 이 노인을 두고 상인들은 불가사의한, 자기에게도 그런 인생이 가능하다고 말하기가 불가능한, 성가시게 하거나 해를 끼치는 것이 없는데도 불쾌한, 이유를 모르게 불쾌해서 더 불쾌한, 불쾌 자체라고 수군거렸다. 네 발로 돌아다니는 짐승들과 경쟁하듯 맨손으로 남은 것을 먹어 치우는 인간도 있는 마당에 곡씨 노인의 수집이랄까 음식을 처리하는 모습은 차라리 격이 있어서 음식을 먹고 내놓은 사람들도 대놓고 뭐라 하지는 못했다. 그저 자신들과는 종이 다른 생물을 보는 듯 바라보았다. 저래서야 단지 먹고살아 갈 뿐이라며 곡씨 노인을 흘겨보았다.

그렇다면 그대들에게는 먹고사는 것 외에 중요하게 여기며 추구하는 다른 것이라도 있다는 말인가, 삼가 묻는다면, 고양이 따위가 알까, 도대체 다른 것을 추구할 수 없을 정도로 먹고살기만으로도 각박한 인사人事를 길에서 빌어먹는 고양이 따위가 알까,라는 면박이나 들을 수 있을까. 먹고살기를 방패 삼아 이 몸처럼 조그만 생물과의 공생조차 생각할 여지를 두지 않는 짐승의 대답이란 기대할 것도 없는 것이다.

몸이고 보니 외로우면 울었고 배고프면 먹었다.

십팔놈의 고양이 저놈의 고양이 저런 고양이 개새끼들, 하며 많은 인간들이 이 몸을 적으로 삼았다. 먹고살기도 고단한데 고양이

마저 성가시게 한다며 한창 공명하고 있는 내 조그만 두개골에 뜨거운 물을 뿌리거나 인간들이 먹고 버린 음식을 뒤지는 입을 막대로 후려쳤다. 심심풀이나 놀이가 아니고 단지 먹을 것을 구하려는 진지한 노력 중에 입을 맞고 보면 원한을 품지 않을 수 없었다. 인간도 고양이 못지않게 우는 경우가 다반사인데다 이 계에서 가장 시끄러운 생물이 인간이라는 점까지 생각해 보면 억울해 땅을 칠 노릇인 것이다. 도무지 이 몸이란 짐승 역시 먹고사는 것을 제일로 여기는 처지, 먹고사는 일로 따지자면 어느 짐승의 먹고사는 일이 가장 중요한지는 누구도 간단히 말할 수 없는데도, 자기들만 살아갈 가치가 있다는 듯 아무 데나 눈을 흘기는 인간들이 승하는 세계란 단지 시끄럽고 거칠 뿐이니 완파되는 편이 좋을 것이다.

곡씨 노인은 점심을 먹고 나면 선선한 자리에 앉아 양지를 바라보았다. 음료 깡통과 담배꽁초가 박힌 화단을 등지고 앉아서 사람들이며 자동차며 끊임없이 흐르는 거리를 바라보았다. 깨끗하게 닦인 유리 벽 너머에서 물건을 파는 남자가 노인을 유심히 지켜보는 일이 잦았다. 하루는 그가 그 문을 매끄럽게 열고 나와 노인을 향해 걸어왔다. 그는 노인에게 그 자리에 앉아 있지 말라고 말했다. 장사하는 맛이 떨어지고 오가는 손님들에게 위화감을 줄 수 있다는 내용이었다. 인간 나름, 영역 다툼이랄 수도 있는 이 광경을 나는 흥미롭게 지켜보았으나 곡씨 노인은 일어나서 바지를 털고, 그뿐이었다. 어쩔 수 없나 보다고 나는 생각했다. 불리한 개체는 밀려나는 법이라는 법은 인간에게나 묘씨에게나 다를 것 없는 사정인 모양이라고 생각했다. 곡씨 노인은 이후에도 그 자리를 단념하지 않고 앉았다. 물건을 파는 남자가 다가오면 노인은 일어나서 바지를 털고, 자리를 떴다. 곡씨 노인이 가고 나면 내가 그 자리에 앉았다. 가만히 남자를 바라보고 있으면 그가 납작한 조각을 집어 내게 던졌다. 그럴 때 그는 성가신 듯 얼굴을 찡그렸는데 웬일인지 이 몸 그게 재미있어서 이따금 그렇게 놀았다.

 그나마 느긋한 나날이었다. 쥐라거나 남은 밥이라거나 뭐든 먹고 배가 부르면 편안한 자리에서 발을 핥고 곡씨 노인의 방으로 갔다. 조그만 두개골처럼 둥근 문고리를 향해 부르면 곡씨 노인이 문을 열어 주었다. 나는 그 방의 궤짝과 선반을 순서대로 밟아서 창으로 올라갔다. 창이라고 부르기도 묘한 것이었다. 본래는 창이 없는 방이었으니 통풍구를 내려고 천장 가까운 곳에 투박하게 뚫어 둔 사각 틈에 불과했다. 곡씨 노인은 겨울이라서 바깥이 몹시 추울 때를 제외하고는 그 구멍을 열린 채로 놓아두었다. 창 바깥은 낭떠러지처럼 지상을 향해 깊이 떨어지는 외벽이었다. 나는 높고 좁은 그곳에서 도시를 내려다보았다. 인간들이 어디론가 이동하며 만들어 내는 불빛 띠들을 바라보았다. 여기저기서 번쩍번쩍 움직이는 불빛들은 언제나 흥미로워서 눈을 빛내며 유심히 보았다. 저 불빛 근처에 위험하고 사나운 것들이 도사리고 있다는 것을 모르지는 않았지만 그토록 멀고 좁은 곳에서 보고 듣는 도시란 안전하게 여겨졌다. 바깥에도 그런 경치쯤 볼 수 있는 탁 트인 곳이 얼마든지 있었으나 그 자리가 좋았다. 해 진 뒤엔 그 방으로 돌아가 잠을 청하는 날이 많았다. 창틀에서 꼬리로 벽을 쓸어 보고는 하다가 잠들었다. 이따금 몸을 뒤집는 노인의 기척에 눈을 떠 보면 그 조그만 방이 마치 천년은 묵은 물처럼 어둡고 진하게 가라앉아 있었다.

십팔놈의 인간 이런 개 같은 인간, 하며 노인에게 방문객이 들이닥친 것은 어느 끈적끈적한 오후의 일이었다. 닫힌 문을 발로 차고 등장한 그는 아래층에서 장사를 하는 사람이었다. 자물쇠며 각종 도구들을 진열한 작은 가게에서 물건을 팔거나 열쇠를 깎는 남자였다. 언젠가 나는 그로부터 조기 껍질과 머리를 얻어먹은 적이 있었다. 접시에 남은 것을 멀찍이 던져 주고 내가 먹는 것을 울적하게 지켜보던 모습을 기억해 두었기 때문에 바로 알아볼 수 있었다. 곡씨 노인 정도는 아니더라도 거칠게 백발이 섞인 머리에 어깨가 넓었다.

그는 입구에 서서 돈을 어떻게 했느냐고 곡씨 노인에게 물었다. 돈 돈 그 돈을 어떻게 했느냐고 외쳤다. 그러니까 그 돈이 전부 어디로 갔느냐고 어떻게 했느냐며 주먹으로 문을 쳤다. 공들여 열쇠를 깎는 데 사용하던 손을 폈다 말았다 하며 금방이라도 곡씨 노인을 덮칠 듯 바라보았다. 노인은 꼼짝도 하지 않고 서 있었다. 내가 내 가게 세를 당신한테 줬어 안 줬어, 당신이 그걸 받았어 안 받았어,라고 남자가 물어도 줬다거나 안 줬다거나 대답 않고 자기 발가락 쪽을 보고 있었다. 남자는 분을 삭이지 못해 얼굴을 붉히고 서 있다가 노인의 라디오를 집어 바닥에 던졌다. 라디오가 깨지고 부품이 튀었다. 그 속에 서식하던 벌레들이 바깥으로 나왔다가 불빛을 보고 허겁지겁 기계 속으로 돌아갔다. 대답해 보라고 남자가 말했다. 말해 보라고 그 돈을 어떻게 했는지 말해 보라고 다섯 달치나 되는 돈 그 돈을 왜 가게 주인이 받은 적이 없다고 발뺌을 하는지 당신이 말해 보라고 그 돈이 어느 구멍으로 들어갔는지 대답을 해 보라고 하며 그는 근처에 있던 의자를 집어 벽을 향해 던졌다. 부러질 듯 벽을 맞고 튕겨 나간 의자가 침상에 박혔다. 노인이 그래도 대답을 않고 있자 남자는 두 손을 허리에 얹었다. 숨을 고르는 것처럼 천장을 향해 얼굴을 들더니 자기 발을 내려다보고 도저히,라는 듯 고개를 저었다. 물건을 던지거나 발로 차 내며 그가 한 발 한 발 노인에게 다가갔다. 노인의 어깨를 잡고 강하게 밀쳤다가 끌어당겼다가 도로 밀치기를 반복하며 그는 인간아,라고 부르고 있었다.

    때릴 수도 없고 인간.

    이걸.

    때릴 수도 없고.

마침내 노인이 비틀거리며 주저앉자 책상에 놓여 있던 돋보기 단추 필기구를 넣어 둔 나무접시 같은 것들이 노인의 팔에 쓸려 바닥으로 노인의 빈약한 배 위로 떨어졌다. 남자는 뒤로 물러나서 노인을 내려다보며 해결해,라고 말했다. 어떻게든 뭐를 팔아서든 해결해,라고 말하면서도 가망 없다는 듯 울적한 얼굴로 방을 한 바퀴 돌아보고는 가 버렸다.

◆

나는 숨어 있던 곳에서 털을 세우고 나왔다. 어지러운 방 안을 돌아다니며 남자가 만진 사물들의 냄새를 일일이 확인하고 노인을 향해 앉았다. 노인은 천천히 움직였다. 배에 얹힌 돋보기와 바닥에 흩어진 단추 필기구 나무 접시를 주워서 책상 위에 올리고 깨진 것들을 점검했다. 부서진 라디오를 추스를 때는 좀 더 조심스럽게 다루어서 작은 조각 하나까지 빠짐없이 봉지에 모았다. 의자를 바로 세워 두고 그 밖의 깨진 것들을 한쪽으로 치우고 말려 올라간 이불을 정돈한 뒤 서랍을 뒤져 어느 시절의 제품인지 모를 더러운 반창고를 꺼내 넘어질 때 생긴 팔꿈치 상처에 붙였다. 마지막으로 벽에 걸려 있던 점퍼를 떼어 내 툭툭 먼지를 털어 도로 벽에 걸어 두고 침상에 걸터앉아 쉬었다. 날이 저물고 있었다. 노인은 손가락으로 무릎을 더듬으며 앉아 있다가 침상에서 일어나 냉장고 쪽으로 걸어갔다. 냉장고를 열고 안을 살핀 뒤 구겨진 쟁반에 먹을 것이 담긴 그릇을 담아서 침상으로 돌아왔다. 노인은 무릎에 쟁반을 올려 두고 음식을 먹기 시작했다. 나는 그의 발 근처로 가서 묘, 하고 말했다. 호오, 하고 노인이 말했다.

  너는 이름이 뭐냐 뭐라는 짐승이냐 이름도 없이 살아가니 좋으냐 이 몸이 이름을 붙여 줄까 몸 몸 몸은 어떠냐 몸 돌이킬 수 없도록 몸이라 이 봐라 몸 그러고 보니 너 참 볼품없구나 보잘것없는 몸이로구나 보잘것없기로는 나도 뒤처지지 않는다 말하자면 보잘것없는 인생이다 보잘것없는 것을 먹고 보잘것없이 살아왔다 돈도 없고 배경도 없고 박차고 나갈 패기도 없이 말이다 내일 죽어도 안타까울 것이 없으나 아들이 하나 있다 어딘가에 살아 있을 것이다 살아 있다면 아비와는 다르게 패기 넘치게 살아 있을 것이다 그놈은 더 좋은 것을 먹을 것이다 내가 먹어 보지도 못한 것들을 듬뿍 먹을 것이다.

  노인은 젓가락을 사용해서 식은 밥을 먹느라고 말을 쉬었다. 맛도 냄새도 묘한 무 반찬을 집어 우적우적 씹더니 턱에 국물을 묻힌 채로 말했다.

  아비 곁에서는 도저히 수가 없다며 떠나가는 자식에게 매달려 보지도 못하는 인생이란 야 참으로 보잘것없는 것이었다 그런데 너 그걸 아냐 그놈이 아비하고는 다르게 살아 보겠다고 그토록 박차고 나갔건만 실은 보잘것없이 살아가고 있을 것이다 아들의 인생이라도 별수 없을 것이다 그놈도 나와 똑같이 보잘것없을 것이다,라고 말하고 웃었다. 음식을 담은 볼이 불룩하게 도드라졌다.

털을 곤두세우고 인간으로서의 노인의 얼굴을 지켜보았다. 웃는다 운다 애석하다 통쾌하다 어느 것도 아니게 다만 기묘하게 일그러진 얼굴을 보고 있자니 이 몸과 같은 묘씨생보다도 못한 일생으로서의 인생, 바로 그의 것인지도 모르겠다는 생각이 들었다. 인생이라서 더욱 그랬는지도 몰랐다. 노인은 여하간 목이 메었는지 반찬 그릇을 쥐고 국물을 마셨다. 시큼한 냄새를 풍기는 국물을 쭈욱 마시고 속이 시원하다는 듯 한 차례 더 웃더니 아무 일 없었다는 듯, 주워 온 반찬을 먹었다.

◆

곡씨 노인의 불에 관한 이야기를 하지 않을 수 없다.

그 파란 불꽃들은 납작하고 반들거리는 은빛 물건에서 솟구쳤다. 끈적끈적한 한 점 폐품이었던 것을 노인이 부지런히 손봐 살려 낸 물건이었다. 그는 그것을 금속 수세미로 문지르고 심지를 살피고 뭉툭한 붓을 사용해 틈틈의 오물을 털어 낸 뒤 종일 바닥에 두고 부스럭거리며 내부의 부속을 뜯어냈다. 뜯어낸 부속을 두고 고심해 가며 재연결해 전과는 다른 물건을 만들어 내고 벽에 늘어진 튜브에 그것을 연결한 뒤 측면에 달린 꼭지를 비틀었다. 짧고 강한 불꽃이 솟았다. 이 불꽃에 관한 노인의 자부가 얼마나 대단했는지는 묘씨생인 나로선 뭐라 말할 수 있는 방법이 없다. 그는 그 물건을 바나,라고 부르며 요긴하고 소중하게 사용했다. 한여름에도 그 불에 주전자를 올리고 물을 펄펄 끓여 차를 만들었고 때로 한밤, 별다른 볼일 없이 딸깍 불꽃을 올려 보는 일도 있었다.

　노인의 기괴한 얼굴, 말하자면 인간의 얼굴을 목격한 뒤로 수일 뒤, 사람들이 찾아와서 노인의 짐을 실어 냈다. 책상 침상 의자 주전자 난로 라디오 냉장고 궤짝 선반 이불 한 점 말고도 다양한 사물들이 그 방에서 밀려 나와 복도에 쌓였다. 곡씨 노인은 별다르게 하는 일 없이 방 안팎을 드나들거나 조금 떨어진 곳에 서서 사람들이 자기 물건을 꺼내며 다루는 것을 지켜보고 있었다. 대부분의 짐이 바깥에 부려진 뒤로는 하루 종일 계단을 오르내리며 어딘가로 짐을 날랐다. 전부 나른 뒤에 그는 살던 방으로 돌아왔다. 새로 그 방에 들기로 한 사람들이 벽이며 바닥에 밴 냄새 때문에 인상을 찌푸리며 비질을 하고 있었다. 노인은 입구에서 방을 둘러본 뒤 자신의 바나, 버너를 가리켜 보였다. 손수 개조한 버너인데 자신에게는 이제 소용이 없으니 두고 간다고 그는 말했다. 화력이 세서 아주 유용하다고 직접 불을 켜 보이고 대견한 듯 아쉬운 듯 불꽃 다발을 들여다보았다. 새로 그 방에 들기로 한 사람들은 노인에게 네 네 알겠습니다 대답을 해 두고 가스 튜브를 잘라 버너를 바깥에 내다 놓았다. 저녁에 노인이 지나가다가 사람들이 지나다니는 길에 놓인 자기 버너를 보았다. 어쩔까 망설이는 기색도 없이 그는 그 물건을 챙겨서 새로운 거주지로 가져갔다.

　나는 노인의 발뒤꿈치를 따라 꼭대기 층으로 올라갔다. 매캐한 냄새가 나는 막다른 방에 노인의 짐들이 놓여 있었다. 곡씨 노인과 같은 인간이 살아가는 데 필요한 전기라거나 가스라거나 연결된 것 없고 창도 없는 방이었다. 네 개의 벽 간격은 좁은데 천장은 터무니없이 높아 방의 어느 구석에서든 머리를 젖혀 위를 바라보면 끝없이 상승하는 듯하고 몸은 깊은 상자 속으로 가라앉는 듯해 아찔했다. 습기를 먹고 변색된 벽의 물감 부스러기들이 사방에서 부스러져 내렸다. 나는 이 방이 불만스러워 노인의 물건들 위로 걸어 다니며 오오 울었다. 내 소감이야 좋거나 말거나 노인은 어디론가 연결된 둥근 전구 하나를 켜 두고 비질을 했다. 창 대신 문을 조금 열어 두고 이 문이 몇 번인가 저절로 닫힌 뒤로는 나뭇조각을 구해서 경첩에 받쳐 두었다. 책상 하나 침상 하나 등받이 없는 의자 하나 주전자 하나 난로 하나 부서진 라디오 냉장고 하나 옷가지며 책을 담은 궤짝 하나 선반으로 사용했던 판자 두 점 이불 한 점 어느 것 하나 버리지 않고 챙겨온 물건들의 자리를 잡고 마지막으로 점퍼를 툭툭 털어 벽에 걸어 두려다가 못을 찾지 못해 궤짝에 걸쳐 두었다.

노인은 이 방에서 연결할 데도 없는 버너를 구석에 놓아두고 침상에 앉아 지냈다. 날이 쌀쌀해지고 더욱 쌀쌀해져도 경첩에 받쳐 둔 나뭇조각을 빼지 않고 놓아두어서 이따금 내가 그 틈으로 드나들었다.

어느 날 배가 젖어 돌아가니 문이 닫혀 있었다.

그 뒤로 노인을 만나지 못했다.

◆

떠도는 생물로서 인간을 경계하며 살았다.

좋은 인간도 있었으나 좋은 인간도 해로운 인간도 우연에 불과했으므로 어떤 우연을 맞닥뜨릴지 알 수 없는 한갓 묘씨생으로서, 매번의 우연을 낙관할 수는 없었다. 인간을 경계하는 일을 우선으로 두고 살았다.

몸이고 보니 괴로우면 울었다. 영물이라 이상한 소리를 내며 운다고 사람들이 이 몸을 쫓았으나 이상하기로 말하자면 인간도 마찬가지였다. 무엇보다도 압도적으로 이상하게 우는 존재란 인간이라고 이 몸 생각하고 있었으므로 그렇게 쫓겨 다니는 것이 이상하고 분했다. 밤이고 낮이고 인간이 우는 소리를 들을 수 있었다. 하나같이 다르고 하나같이 섬뜩하고 하나같이 짧고 뭉툭하게 사라져 가는 소리. 특별히 밤이 되면 그런 소리들로 거리가 문득 고요해지거나 소란스러워졌다.

어느 날 개나리 덤불 속에서 짜고 앙상한 생선 뼈를 씹고 있을 때 한 인간이 고래고래 울며 다가왔다. 한 손에 봉투를 쥐고 아무것도 쥐지 않은 손으로는 주먹을 쥐고 다른 인간들을 노려보며 뭐어어어 내가아아 다아아아 하며 걷고 있었다.

나는 이 인간에게 배를 걷어차여 일생을 마쳤다.

배를 걷어차인 아픔도 느낄 틈 없이 달아났으나 멀리 가지 못했다. 몸을 움직일 수 없었다. 며칠간 아무것도 먹지 못하고 물도 마시지 못하고 피를 뱉어 내다가 주목나무 덤불 밑에서 죽었다. 아침에 납작해졌다가 오후에 부패한 배 덕분에 다리를 들었다가 밤에 되살아났다. 약간은 어리둥절했어도 고양이란 본래 그런 생물이라고 생각했다. 그로부터 머지않은 밤, 얼룩무늬를 가진 묘씨생 하나가 차에 눌리는 것을 목격했다. 그즈음 묘하게 따라다녀 어쩔 수 없이 함께 다니던 어린놈이었다. 이 몸이 길을 건넌 뒤 간발의 차이로 길을 가로지르다가 사방으로 흩어졌다. 보라색 근육들이 바닥에 들러붙은 채로 팔딱거리다가 잠잠해졌다.

 이제 살아나겠지, 하며 지켜보았으나 되살아나지 않았다.

 일생을 마친 뒤에도 일생이란 가능성이 남으니 좋을까.
 목숨에 관한 가능성뿐이라면 어떨까.
 이 몸에게는 나쁜 일뿐이었다.
 나쁜 일뿐이었을까,라고 묻는다면 대답하겠다.
 나쁜 일뿐이었다.
 나쁘고 나쁘고 나쁠 뿐이라서 나쁨에 대한 기준이랄 것도 애매하고 무감각해졌다. 목숨에 관한 가능성이라는 것도 도무지 비좁기가 이를 데 없었다. 되게 걷어차여 죽게 된 일생 이후로도 던져지거나 머리에 무언가를 맞거나 병에 걸리거나 먹지 못할 것을 먹고 병을 앓다 죽었다. 한 차례 일생을 마치고 되살아난다고 몸까지 멀쩡해지는 건 아니었다. 죽기 직전에 얻은 상처나 통증이 사라지지 않고 남아 엎드려 지냈다. 언제나 목이 마르고 배고팠다. 등이나 가슴 부근의 느낌이 짜증스러워 혀로 핥으면 죽은 털이 목을 메울 듯 가득 묻어 나왔다. 뼈가 뒤틀리고 머리의 형태도 울퉁불퉁해졌다. 죽고 살기를 거듭할수록 깡마르고 험악한 몰골이 되어 갔다. 최근 재수 없고 불길하게 생긴 것들이 늘어나 부근의 이미지 가치가 떨어진다며 적극적으로 이 몸을 해코지하려는 인간들을 피해 다니는 일도 고단했다. 깨끗한 물이나 배불리 마시고 앞뒤 경계 없이 하루라도 푹 잤으면 싶었으나 그런 날은 좀처럼 오지 않았다.

어느 밤 먹으려고 평소보다 멀리 나갔다. 달걀 껍데기와 말라비틀어진 사과심을 발견해 먹고 달을 바라보며 그늘 속으로 걸었다. 목이 말랐다. 길 가장자리에 고인 물 냄새를 맡고 있을 때 뒤쪽에서 무슨 일인가 벌어졌다. 순식간에 몸이 들려 자루에 담겼다. 빗물에 젖은 털 냄새가 나는 차에 실려 어딘가로 옮겨졌다. 나처럼 방심한 틈에 잡혀 온 짐승들이 울어 대고 있었다. 귀 모양도 제대로 잡히지 않은 어린 녀석부터 늙은 녀석까지 이 몸 십여 개체가 넘는 짐승들과 같이 각종의 분비물로 덮인 철창에 갇혔다. 미지근하게 끓는 듯 좋지 않은 냄새가 났다. 안색 나쁜 인간 두 명이 침침한 불빛 아래서 우리를 들여다보았다.

이것뿐이냐 오늘은 이게 전부 다 한 마리당 십만 원이니까 에또 한놈 두시기 석삼 전부 얼마냐 야 야 이래도 괜찮을까 걸리면 어떻게 되냐 야 아무도 모른다 정말로 배를 째고 난소며 정소 같은 거 떼어 내고 하면 비용과 노력이 몇 배는 든다 이렇게 자국만 내고 방사하면 아무도 모르는 거야 막말로 지들이 일일이 따 볼 거냐 이것들 뱃속에 그게 있는지 없는지 구청 직원들이 따서 확인할 거냐고 그렇다고 이것들이 나 있소 나 없소 고발을 할 거냐 쓸데없는 말 그만하고 사진 찍어라 증거를 남겨라 우리 아니더라도 어차피 누군가는 이렇게 해서 그 돈 타 내는 거다 이게 다 먹고살자고 하는 일인데, 하며 한 마리씩 집어내 짧고 가느다란 칼과 피 묻은 금속 접시가 놓인 널빤지에 올렸다. 꼼짝하지 못하도록 그들이 이 몸을 약품으로 처리했다. 배가 위쪽을 향하도록 몸을 뒤집어 두고 거친 솜씨로 배를 갈랐다. 가르자마자 가른 곳을 검고 빳빳한 실로 봉한 뒤 공식적으로 네놈은 이제 불임인 거다, 하며 귀 끝을 가위로 잘라 냈다.

마비되어서 눈도 감지 못했다.

바싹 눈이 마른 채로 당했다.

그 뒤로 자루에 담겼다가 다시 차에 실려 엉뚱한 곳에 버려졌다.

◆

새벽 무렵이었다. 비가 내리고 있었다. 바닥으로 던져지자마자 방향도 보지 않고 물을 튀기며 달렸다. 가장 먼저 눈에 들어온 구멍으로 뛰어들었다. 깊숙이 앉아서 한쪽으로 기울어진 뿔 모양의 입구를 노려보았다. 어딘가의 틈으로 흘러내린 빗물이 바닥에 고였다. 발이 젖고 엉덩이가 젖고 배가 젖고 가슴이 젖어도 움직이지 않았다. 단단하게 물린 듯 감각이 사라져 버린 하반신이 성가시고 공포스러워 이따금 발가락과 꼬리를 씹으면서도 입구에서 눈을 뗄 수 없었다. 언제 그 가느다란 틈으로 나타날지 모를 인간의 얼굴과 손을 경계했다. 그들이 모두 가 버렸다는 확신이 들 때까지 기다렸다.

정오가 넘어서야 입구 근처에 앉을 수 있었고 그로부터도 한참이 지나서야 바깥으로 머리를 내밀어 볼 수 있었다.

인적도 그 밖의 기척도 없는 곳이었다.

거대한 입에 베어 먹힌 것처럼 부서지고 허물어진 것들을 바라보았다. 사방이 인간의 냄새로 가득했으나 인간은 보이지 않았고 그들이 살고 머물렀던 집들의 흔적, 집들이었다가 이제는 다만 흔적이 되어 버린 돌 더미들이 무더기무더기 펼쳐져 있었다. 나는 간신히 그 가운데 하나에 올랐다. 광범위한 폐허의 가장자리에 높다란 장막이 올라와 있었다. 어디까지나 이어져서 바깥에서 안으로도 안에서 바깥으로도 오가기가 쉽지 않아 보였다. 혼자 된 것을 확인하고서야 젖은 배를 핥았다. 감각이 돌아와 불꽃이 튀는 것처럼 배가 쓰라렸다. 잘린 귀에 피가 맺혀 그 달고 짠 냄새를 맡고 벌레들이 달라붙었다. 장막 저편에서 인간들이 움직이며 만들어 내는 소리가 들려왔다. 이따금 머리를 들고 귀를 말리며 그 소리를 들었다.

갈라진 배는 속수무책으로 악화되었다. 제대로 꿰매지 않아 조금만 움직여도 벌어지고 피가 샜다. 핥아도 핥아도 아물지 않고 고름이 고였고 염증이 번져 시력을 서서히 잃었다.

이 몸은 이렇게 이곳에 당도했다.

◆

장막 위로 달이 떴다.

아직 그 정도는 분간할 수 있다.

허물어진 모서리에서 아슬아슬하게 버티던 돌이 구르는 소리가 들린다.

밤이 되면 장막 저편은 불을 밝히고 장막 위로 온갖 그림자들을 펼쳐 낸다. 이곳이 어둡고 그곳이 밝을수록 그림자는 또렷하다. 이 몸 그 왁자한 그림들을 바라보며 그간을 지냈다. 오늘 밤에도 그들이 나타날 것이다. 불빛을 등지고 선 인간들이 장막 안쪽을 향해 물건들을 던져두고 달아날 것이다. 온갖 것들이 있다. 부서진 의자며 탁자 도자기 바구니 깡통 음식을 포장했던 종이 상자 담배 녹슨 금속 샹들리에 쪼개진 판자 바늘과 비닐 샹들리에 하나 더. 형태가 있어 버릴 수 있는 것이라면 뭐든 먹던 것 입던 것 사용하던 것 때로는 산 것 죽은 것 이곳엔 그런 식으로 사방에서 쌓여 가는 쓰레기뿐이다.

죽어 가는 고양이와 쓰레기뿐이다.

다시 산다면 어쩔 것인가.

나는 또 한 번의 일생을 두려워하고 있다. 너무 많은 것들이 그들의 손에 달렸으니 목숨조차도 내 것 같지 않은 이런 세상은 두 번도 성가시다. 일생일사로 기품 있게 살아가는 다른 짐승들과는 다르게 눈물 흘린다. 다시 일생이 어떨 것인가 내일이라도 이 장막 안에 나타날 인간은 또 어떨 것인가 생각하며 어디까지나 비천하게 걱정하고 있다.

묘생猫生 십오 년, 이름은 몸.

일생이 곧 끝날 것이다.

천선란

2019년 장편 소설 『무너진 다리』를 발표하며 작품 활동을 시작했다. 소설집 『어떤 물질의 사랑』, 『노랜드』, 연작 소설 『이끼 숲』, 장편 소설 『천 개의 파랑』, 『나인』 등을 썼다. 한국과학문학상, 오늘의 젊은 예술가상 등을 받았다.

바키타

세 개의 배아 통을 우주선에 싣는 데 성공했습니다. 두 개는 배터리가 망가져 전원이 꺼졌습니다. 안타까운 일이지만 지금 지구의 상태로는 세 개가 멀쩡하다는 것만으로도 기적입니다. 보초병은 없었습니다. 보관실도 마찬가지입니다. 무사했던 건, 단순히 도시와 떨어져 외진 곳에 지어졌기 때문으로 보입니다. 지구를 찾아온 낯선 생명체로부터 신이 마지막으로 지킨 창조물이 아닐까 생각합니다. 신의 손바닥으로 감쌀 수 있었던 크기가 고작 배양통 세 개였던 겁니다. 착륙 과정에서 암벽에 부딪칠 뻔해 급하게 에너지를 끌어 쓰다 보니 배터리가 방전되었습니다. 배터리가 태양 에너지로 채워지기까지 며칠 걸릴 예정입니다. 그동안 꼼짝없이 지구에 있게 되었네요. 복귀가 예정보다 늦어지겠습니다.

그동안 지구의 변화를 기록해 보려고 합니다. 지구로부터 신호가 없다는 걸 진작 알았으니, 어떤 이유로든 우리가 우주로 떠난 사이에 인류가 전멸했을 수도 있다고 예측하지 않았습니까? 그 예측이 반은 맞고 반은 틀린 것 같습니다. 절망적이거나 슬프지는 않습니다. 잠시 마음이 숙연해지기는 했지만 우리의 예측을 따라, 우리는 인류가 멸망한 지구에서 배양통을 우리의 새로운 행성으로 옮기기 위해 온 것 아닙니까. 그런데 어쩐지 지구는, 아니 인류는 우리의 예측과 다르게 세월을 보낸 모양입니다. 대장님도 분명 흥미로워하실 겁니다. 지구는 익숙하지만 낯선, 무섭고 아름다운 행성이 되었습니다.

◆

문명이 멸망했다고 하기에는 다소 애매한 부분이 많습니다. 비슷하게 파멸이나 궤멸, 몰락, 함몰, 종말 같은 단어도 어울리지 않습니다. 그렇지만 현 상황을 표현하기 위해 반드시 어떤 단어를 붙여야 한다면 애석하게도 저는 번영이라 말하겠습니다. 이전 기록에도 남겨 두었듯이 바키타가 가져온 물질은 전기를 끌어오지 않아도 밤이 되면 도시 전체를 밝힙니다. 송전탑은 식물이 뒤덮어 얼핏 봤을 땐 풀이 무성히 자란 천 년 된 나무인 줄로만 알았고, 발전소가 있던 곳은 빈터가 되어 붉은여우의 집이 되어 있었습니다. 그곳에서 만난 붉은여우는 호기심 어린 눈으로 저를 지켜보다가 곧 살며시 다가와 다리에 얼굴을 비볐습니다. 그러다 토끼처럼 뛰며 저에게 장난을 걸기도 했습니다. 야생에서 자란 짐승이 두려움

없는 호의를 베푼다는 것이 신기했습니다. 야생 동물을 길에서 만난 게 처음이었습니다. 그곳은 너무도 당연하게 우리의 영역이었으니까요. 길에 인간만 다니는 걸 이상하게 여기지 않은 것이 더 이상하게 다가왔습니다. 조금만 생각해 봤다면 정말 이상한 게 뭔지 바로 알아차렸을 텐데. 한 행성을 한 종이 절반 가까이 정복하고 있었다는 게 소름 끼칩니다. 지금도 인간의 흔적이 곳곳에 선명하게 남아 있는데도 동물들은 인간이 없다는 이유 하나로 금단의 구역을 원래 자신들의 영역인 양 자유롭게 누비고 있습니다. 애초에 인간의 것이 아니었다는 듯이. 대장님이 발전소에 사는 붉은여우를 만났다면 대장님 역시 저와 같은 생각을 하셨을 겁니다.

 붉은여우 외에도 이름을 알지 못하는 다양한 생명체를 목격했습니다. 대장님, 검은 몸통에 푸른 에메랄드빛 턱시도를 한 새를 보신 적 있으십니까? 반대로 푸른 몸통에 멋진 검은 보타이를 한 새는요. 앵무새처럼 구부러진 부리가 반은 붉고 반은 파란 새를, 얼핏 보면 나비처럼 보이지만 자세히 보면 꼬리가 더듬이처럼 말린 새를, 파마를 한 것처럼 머리털이 멋스럽게 말린 새와 분홍색 날개가 펄럭일 때마다 물결처럼 파도치는 새를 본 적은 있으십니까. 그것들은 우리가 자리를 비운 사이 창조됐을 수도, 바키타의 행성에서 옮겨 왔을 수도, 혹은 진화했을 수도 있지만 어쩐지 저는 그 새들이 이전부터 줄곧 우리와 함께 있었을 거라는 확신이 듭니다. 낯선 울음소리가 아니었거든요. 언젠가는 분명 들어 본 적 있는 소리입니다. 붉은여우와 같겠죠. 그 새들은 담쟁이넝쿨의 일부분이 된 송전탑과 전선줄에 앉아 있었습니다. 대장님이 부리 달린 동물을 무서워한다고 하셨던 게 기억납니다. 하지만 전선줄에 안아 그네 타듯 몸을 흔드는 새들을 보았다면 분명 대장님도 그 새들을 귀여워하셨을 겁니다.

제가 머물고 있는 곳은 발전소와 멀지 않은 산입니다. 지난번에 거처가 너무 열악해서, 질병과 재난, 그리고 야생 동물 습격에 취약해서 이곳 인간들은 오래 살지 못할 거라고 말씀드렸습니다. 그 말을 정정해야 할 것 같습니다. 그들이 그런 열악한 환경을 유지하는 건 눈에 띄지 않기 위한 전략이고, 그들은 지붕과 울타리가 없는 공간에서도 살 수 있도록 진화했습니다. 여전히 불을 사용하지만 불은 위치가 쉽게 발각될 수 있습니다. 겨울이 되면 불을 더더욱 피울 수 없습니다. 자칫 산에 불이라도 붙는다면 정말 큰일이 날 테니까요. 하지만 불이 없어 힘든 것은 저뿐이었습니다. 질긴 풀과 열매, 익히지 않은 포유류의 살점을 저는 씹을 수 없었지만 강한 아래턱을 가진 그들은 익힌 고기나 채소를 먹듯이 아무렇지 않게 씹었습니다. 그들의 턱은 우리와 다릅니다. 우리가 자리를 비운 시간 동안 바키타로부터 살아남기 위해, 아니 이 표현은 맞지 않습니다. 바키타가 인간을 죽이는 건 아니니까요. 뭐라고 표현하면 좋을까요…… 길들여지지 않기 위해. 네, 이 표현이 잘 어울립니다. 길들여지지 않기 위해, 인간으로 남기 위해, 사육되지 않기 위해 그 짧은 기간 동안 외계인 침략이라는 역사상 존재하지 않았던 사건으로부터 튀어 오르듯 급격한 진화를 이뤘습니다.

언젠가 대장님이 제게 해 주셨던 이야기지요. 진화 과정에서 어느 한순간 종간의 뚜렷한 단절이 생기고 안정기에 들어가면 한동안 점진적인 진화가 일어나지 않는다고요.

 숲속에 사는 인간들의 이야기를 더 해야겠습니다. 이들은 자신들이 인간이라 고집했습니다. 그러니까 이들은 저곳⋯⋯ 저 문명 속 존재들은 이제 인간이 아니라 생각합니다. 그 말은 확고한 듯하면서도 어딘가 필사적이었습니다. 지난번에는 정신이 없어서 대장님께 이 말을 안 드린 것 같군요. 바키타와 함께 지내는 것들은 이미 우리와 너무 달라져 버린, 자신을 가축화시킨 하등한 종족이라 칭했습니다. 물론 이들이 정확하게 그들이 가축화되었다고 표현한 것은 아닙니다. 언제나 바키타와 동행하는 문명의 인간들을 보고 제가 추측한 거죠. 말씀드렸다시피 숲속의 인간과 의사소통이 거의 되지 않습니다. 침팬지나 보노보. 그런 짐승들과 대화한다면 딱 이런 기분일 것 같습니다.

 이들에게는 미안하지만 숲속의 인간들 역시 저한테는 인간이라 받아들여지지 않았습니다. 첫 번째 이유는 이들의 어휘력이 현저하게 낮다는 것에 있습니다. 6세 수준의 문장 정도만 구사합니다. 그들의 언어가 생존으로 귀결되어 그런 것으로 여겨집니다. 처음에 저는 그들이 제가 모르는 또 다른 언어를 쓴다고 생각했습니다. 하지만 아니었습니다. 제가 알고 있는 언어였습니다. 그걸 깨닫기까지 시간이 꽤 오래 걸렸지만 양성 모음이 들린 이후 음성 모음과 중성 모음까지 발음하고 있다는 걸 알았습니다. 그래도 소통은 합니다.

 어쨌거나 그 사실이 저를 한동안 암울하게 만들었습니다. 고도의 작전을 짤 이유조차 없다고 느껴졌습니다. 그들이 숲으로 들어오기까지 겪은 숱한 좌절과 절망, 함락, 패배 따위가 생각하고 싶지 않아도 떠올랐습니다. 마음이 착잡했습니다. 왜 그들에게 감정을 몰입하는지 스스로도 이해되지 않았습니다. 인간이 패배했다고 느껴서일까요? 어떤 면으로는 맞겠지만, 어떤 면으로는 아니지 않습니까. 다른 면으로 인간은 또다시 환경에 적응하고 살아남았습니다. 살아남았다는 건 멸종의 위기에서 벗어났다는 것입니다. 그것만으로도 우리는 이긴 것과 다름없습니다.

 두 번째 이유는 외형입니다. 대장님께 사진을 보내 드릴 수 있다면 참 좋을 텐데, 아쉽습니다. 저는 처음에 공포심과 적대감을 느꼈지만 어쩐지 대장님이라면 이들을 마주한 순간부터 흥미로워하셨을 것 같습니다. 물론 그런 호의로 인해 더 위험한 상황에 처했을지도 모르지만요.

 조금 전 말씀드렸다시피 이들의 아래턱은 우리보다 훨씬 발달된 형태입니다. 소의 턱처럼요. 그래서 발음이 정교하지 않습니다. 전혀 다른 언어, 그러니까 외국어 정도가 아니라 우리의 구강 구조로 할 수 없는 소리와 음역대로 말을 했습니다. 아래턱이 발달한 건 불 없이 음식을 섭취하며 비이성적으로 빠르게 진화한 탓으로 보입니다. 물론 단절에 가까운 진화가 아래턱에만 나타난 것은 아니지만……. 턱이 발달해서인지 숲속 인간들의 머리 크기는 예전의 인간들보다 2배에서 2.5배 정도 컸습니다. 머리둘레는 저와 크게 다르지 않았는데 좋은 징조였습니다. 뇌의 활동량이 우리와 크게 다르지 않다는 걸로 받아들여졌으니까요. 실제로 저와 그들 사이의 장벽은 언어로 인해 소통이 힘들다는 것 빼고는 없었습니다. 이들은 제가 야생초를 씹지 못하자, 불을 피웠고 보관해 두었던 아주 오래된 냄비를 꺼냈습니다. 무척 서툴렀지만 끓는 물에 야생초를 데쳐서 주었고, 제가 편히 잘 수 있도록 움막 한편에 따로 잠자리를 마련해 주었습니다. 이뿐만 아니라 이들에게도 남아 있는 문명의 흔적들이 있었습니다. 이들은 식사 후 물로 입을 헹궜습니다. 누군가는 손으로 이를 정리했고, 누군가는 칫솔과 비슷한 도구를 이용해 이 사이에 낀 음식물을 제거했습니다. 화장실 역시 식생활 구역과 철저하게 구분해 놓았고요. 최소한 병균으로부터 살아남으려면 어떻게 생활해야 하는지 알고 있었습니다. 이들이 날것으로 먹는 야생초와 버섯, 꽃, 열매는 전부 예전부터 인간들이 먹었던 식품들이었고요.

 이들은 그저 야생에서 살아남도록 더 강하게 진화한 것뿐이었습니다. 인간이 가지고 있던 나약한 부분을 전부 지우면서요. 신체 변화 역시 턱에서만 일어난 것이 아닙니다. 이들의 손톱과 발톱은 육식 동물의 것처럼 두껍고 날카로우며, 허리가 훨씬 길었습니다. 상체와 하체의 비율이 거의 같아 보입니다. 이 역시도 음식물을 오래 저장하거나 혹은 소화가 되지 않는 음식을 소화시키느라 장기가 비대하게 커진 것으로 보입니다.

저는 한동안 숲속의 인간들과 지냈습니다. 다행히도 그들이 보존하고 있는 자료 중에 우리 탐사선 정보가 남아 있었습니다. 기다리고 있었던 모양입니다. 자신들을 구원해 줄지 모르는 이전 세대의 인간을요. 어찌 보면 신과 같은 존재라 느낄 수도 있을 법한데 과학 기술 문명을 지나쳐 온 그들에게는 신이 존재하지 않았습니다. 실망했다는 뜻은 아닙니다. 오히려 다행이었습니다. 만일 그들이 신을 믿었다면 꼼짝없이 선두에 서서 바키타를 공격했어야 했을 겁니다. 다행히 그런 일은 일어나지 않았고, 또 남아 있는 자료 덕분에 두 번째 침공 외계인이라는 오해도 빗길 수 있었습니다. 그 이전의 인간. 스스로를 냉동시켜 짧은 인간의 삶을 기이하게 늘렸다가 진화 이전의 모습으로 나타난 인간. 어젯밤에는 문득 저 역시 바키타와 다를 게 없다는 생각이 들더군요. 대장님도 서명하셨다고 하셨지요. 지구에 남아 있는 가족들에게, 그리고 후손들에게 우리가 돌아올 때까지 지원을 아끼지 않겠다는 그 서류에요. 대장님은 얼마나 걸리셨습니까? 생각해 보니 그걸 묻지 못했네요. 저는 2년이 걸렸습니다. 몇백 년 동안 죽지 않고 살아갈 것에 대해, 그 공간이 우주인 것에 대해, 살아가는 동안 앞으로 사랑하는 가족과 지인들을 만날 수 없다는 것에 대해서요. 쉽지 않은 결정이었습니다. 탐사선에 탑승한 누구라도 그랬겠죠. 저는 운명이라 생각했습니다. 운명. 이런 단어를 대장님이 가장 싫어하신다는 건 알고 있습니다. 모든 일은 선택이 만들어 낸 결과물이라고 생각하시니까요. 하지만 어쩔 땐 운명이라는 말 외에 대치할 수 있는 단어가 없는 상황이 생기기도 합니다. 제가 수학과 과학을 잘한 건 어머니의 피를 물려받은 것이니 저의 선택이라기보다 타고난 성질이고, 아버지가 완치 가능성이 없는 병에 걸려 평생 병원 신세를 져야 했던 것도 저의 선택은 아니지 않습니까. 물론 이런 것들 역시도 하나하나 따지고 들면 대장님 말처럼 선택의 결과물이겠지만, 어찌 됐건 저는 운명이라 생각하는 게 편했습니다. 갑자기 너무 제 이야기로 빠졌었네요. 아무튼 대장님에게도 영원한 작별을 했던 사람들이 있었겠죠. 만일 그들이 여태껏 살아 있었다면, 그래서 숲속의 인간들처럼 혹은 바키타와 공생하는 인간들처럼 변했다면 우리는 어땠을까 궁금해졌습니다.

대장님, 바키타가 처음 지구에 등장했던 순간을 기억하시는지요. 냉동 수면의 상태가 길어지면 길어질수록 기억 상실이라는 부작용을 초래한다지만 바키타에 대한 기억만큼은 생생합니다. 단 한 톨도 지워지지 않았습니다. 너무도 충격적이었으니까요. 밤하늘이 대낮처럼 밝아지더니 창공이 갈라지듯 문이 열리던 그 모습을, 어떤 인간이 잊을 수 있을까요.

저는 그때 열두 살이었습니다. 방학이었고, 그날 오전에 가족끼리 2박 3일 울산으로 여행을 갔다가 돌아온 길이어서 일찍 침대에 누웠죠. 자다 눈이 부셔서 깼습니다. 처음에는 부모님이 제 방 불을 켠 줄 알았습니다. 그래서 잠결에 불을 꺼 달라고 부탁했습니다. 하지만 어디서도 기척이 들리지 않았습니다. 한참 후에야 안방 문이 열리며 무슨 빛이냐고 중얼거리는 부모님의 목소리가 들렸습니다. 그때서야 무언가 이상하다는 걸 깨닫고 자리에서 일어났습니다. 부모님과 함께 베란다 창문을 열어 보니 아파트 주민 대부분이 환한 하늘을 올려다보고 있었습니다. 다른 사람들은 밝게 빛나던 하늘이 갈라지며 등장한 바키타를 보고 어떤 생각을 했을지 궁금합니다. 솔직히 말하면 저는 신났습니다. 한동안 지속됐던 정적과 긴장의 시대 때도 저는 그것이 거대한 게임 속 세상인 것 같아 들떴습니다. 조금 더 컸다면 그러지 못했을 겁니다. 바키타의 정체를 모른 채 공존해야 했던 그 시대는 통행권이 없으면 바깥 외출을 할 수 없었고 무장한 군인만이 텅 빈 거리를 활보할 만큼 극도로 예민한 시대였다는 걸 기억합니다. 오래가지는 않았죠. 바키타가 인간을 공격할 생각이 없다는 걸, 그리고 바키타가 우리가 만들어 낸 인공 화합물을 먹기 위해 왔다는 걸 알아냈으니까요. 우리가 몇천 년 동안 쌓아 둔 쓰레기를, 그 골칫거리를, 인류의 죄를 주식으로 먹어 화합물의 흔적이 남지 않는 분비물로 배출한다는 걸 알아냈고 그 사실 하나만으로 바키타가 어떤 무기에도 타격을 받지 않는다는 건 중요하지 않은 문제가 되었습니다.

인간은 아낌없이 우리의 쓰레기를 바키타에게 넘겼습니다. 멈췄던 공장들이 가동되고, 인간들의 삶은 순식간에 일회용품을 가장 많이 배출했던 시대로 회귀했습니다. 법으로 금지되었던 제품들이 다시 생산되면서 저는 열세 살에야 처음으로 식당에서 플라스틱 포크를 보았고, 슈퍼에서 페트병을 보았습니다. 그것이 바키타를 살찌우는 일이라는 걸 알았더라면 그러지 않았을 텐데 말입니다. 바키타는 아주 오래도록, 천천히 인간과 공존하며 세력을 불렸습니다. 자그마치 11년 동안 말입니다.

우리가 떠날 때까지만 해도 바키타에게서는 이상한 낌새가 없었던 것으로 기억합니다. 그렇지만 다시 지구에 돌아와 추측건대, 바키타의 식성이 인공 화합물에 국한되지 않은 듯합니다. 숨기고 살았던 건지 아니면 때를 기다리다 본색을 드러낸 것인지 모르겠으나 건물을 비롯하여 송전탑, 다리, 전광판, 유리, 조형물…… 인간이 만들어 낸 거라면 무엇 하나 빼놓지 않고 먹어 치운 흔적이 만연합니다. 대장님이 직접 봐야 제 말을 이해하실 겁니다. 문명의 흔적은 이제 거의 남지 않았습니다. 치열하게 쌓아 올린, 인간이 인간을 죽이며 쟁취하려고 했던 그 번영은 결국 우리가 내뱉은 잔해로 무너진 격입니다.

대장님, 제 메시지를 듣고도 지구로 오지 못할 대장님께 이런 메시지를 남기는 저를 이해해 주셨으면 좋겠습니다. 변화를 기록으로 남겨야 한다는 사명감과 기록을 남겨 봤자 이 기록을 흥미롭게 들어 줄 인간이 지구에 남아 있지 않다는 사실이, 그 인간은 이미 진화 이전의 개체로 사라졌다는 생각이 저를 우울하게 합니다.

◆

바키타를 가까이에서 관찰하고 왔습니다. 그것들은 제가 기억하는 모습 그대로였습니다. 인간과 비슷한 두골과 사지, 직립 보행, 3미터 정도의 신장, 검은 피부, 정강이까지 내려오는 긴 팔과 인간과 똑같이 생긴 눈 말입니다. 저는 그 눈이 이따금씩 떠오르곤 했습니다. 그토록 희한한 겉모습을 보고도 흰자와 홍채, 동공으로 이루어져 있던 우리와 똑같은 그 눈이 다른 것보다 유달리 더 선명하고 징그러웠습니다. 그것들이 함께 무언가를 바라보거나 시선을 주고받으면 소름이 돋았고, 그건 백 마디의 협박이나 말보다 훨씬 무서웠습니다. 우리와 다를 거 없는 그 눈이 왜 그렇게 무서웠을까요. 물론 그건 지금도 마찬가지입니다. 바키타의 눈을 다시 보자마자 그 시절에 느꼈던 감정이 되살아났습니다. 무언가를 도모할 것만 같은 눈이었습니다. 인간과 똑같은 바키타의 흰자는 시선으로 사물을 가리킬 수도, 분위기를 바꿀 수도, 암호를 주고받을 수도 있습니다. 눈에 감정이 있다는 것을, 눈빛으로 말한다는 말을 이해하지 못했는데 바키타를 보며 깨달았습니다.

대장님, 바키타의 인지 방식은 인간과 다르지 않습니다. 그것들은 우리가 우주에 있는 동안 지구에 도시를 지었습니다. 우리가 만든 문명과 전혀 다른 방식으로 말입니다. 제가 지난번에 문명이 번영했다는 표현을 썼던 것 기억하십니까? 네, 지구의 문명은 인류가 살았던 시대보다 훨씬 더 아름답습니다. 그것은 아름답다는 말로밖에 표현할 길이 없습니다. 바키타가 가지고 온 빛은 에너지원을 필요로 하지 않으며 그들이 만든 건축물은 강철보다 강하고 플라스틱보다 질긴 섬유질로 만들어졌습니다. 기둥을 필요로 하지 않는 이 건축물들은 인류가 만들지 못했던 기이한 곡선 형태로 지어졌고 그 모습은 낯설고 아름다웠습니다. 건물마다 다른 역할을 맡고 있는 듯했습니다. 마치 회사처럼 말입니다. 숲속 인간들의 말에 따르면, 도시 중심부에 있는 광대버섯 형태의 건물이 핵심 역할을 하는 것으로 보입니다. 이따금씩 푸른 불빛이 그 건물 옥상에서 뿜어져 나와 하늘까지, 저 우주까지 뻗어 올라간답니다. 꼭 아직 지구에 오지 않은 동료들을 부르는 것 같지요. 진실은 알 수 없지만요.

더 오래 관찰할 수 있다면 좋겠지만 복귀해야 하는 시간이 얼마 남지 않았습니다. 많은 이들이 탑승할 수 있도록 준비해서 왔는데 다시 혼자 돌아간다는 사실이 씁쓸합니다. 배양 통이라도 있어 다행입니다.

아직까지 문명의 인간들은 제대로 보지 못했습니다. 문명의 인간들은 우리와 체구가 비슷해서 아주 가까이 가지 않는 이상 잘 보이지 않습니다. 떠나기 전에 한 번만 가까이서 볼 기회가 있으면 좋겠습니다. 하지만 불가능할 거라 생각합니다. 문명의 인간은 늘 바키타와 함께 다니니까요.

저는 슬슬 떠날 준비를 해야겠습니다. 대장님도 부디 무사히 복귀하셨으면 좋겠습니다.

◆

대장님, 조금 전 숲속 인간들이 문명의 인간 한 명을 붙잡아 왔습니다. 지금은 나무에 묶어 두었습니다. 가까이 가 보려고 했지만 숲속 인간들이 제지해서 성공하지 못했습니다. 멀리서나마 보고 있지만 어두워서 보이지 않습니다. 내일 날이 밝는 대로 다시 확인해 보려고 합니다.

조금 놀라운 것은 문명의 인간이 저나 대장님과 외향적으로 크게 다르지 않다는 것입니다. 숲속의 인간들처럼 아래턱이 발달하지도 않았고 신체 비율도 저와 비슷했고 피부 역시 짐승의 가죽처럼 두꺼웠던 숲속 인간과 다르게 매끄럽고 연약했습니다. 그중에서도 가장 두드러지는 특징은 눈이 크다는 점입니다. 이왕 말이 나온 거 얼굴에 대해 먼저 설명하는 게 좋겠습니다. 이 특징이 제가 본 문명 인간만의 것인지, 아니면 문명 인간들의 공통된 특징인지는 잘 모르겠으나 우선 이 문명 인간은 얼굴의 세로 길이가 짧고 눈과 귀가 상당히 크며 코와 입이 작았습니다. 특히나 눈은 얼굴의 절반을 차지할 정도의 크기이고, 검은 눈동자가 상당히 커 흰자가 거의 보이지 않았습니다. 한마디로 문명 인간을 마주했을 때, 저는 그가 어떤 상태인지 파악할 수 없었습니다. 두려워하는 기색조차 찾기 어려웠습니다. 무엇을 바라보고 있는지도 알 수 없었습니다. 제가 숲속 인간들의 허락을 받고 가까이 다가가자, 저를 향해 고개를 돌렸고 저는 그제야 문명의 인간이 저를 바라보고 있다는 걸 느낄 수 있었습니다. 문명의 인간은 저를 뚫어지게 바라보다가 눈썹 앞머리를 위로 올렸습니다. 가여운 표정. 흥미로운 지점이었고 제게는 꽤 충격적인 장면이었습니다. 왜냐하면 숲속 인간들의 표정에는 감정이 담겨 있지 않다는 걸 문명 인간의 표정을 보고 깨달았으니까요.

숲속 인간들이 저와 같은 인간이라 느껴지지 않았던 가장 큰 이유가 표정에 있었습니다. 웃거나 운다는 극단적인 감정의 표출뿐만 아니라 대화를 나눌 때 자연스럽게 새어 나오는 표정의 움직임 역시 일체 없었습니다. 말할 때 입술과 그 주변 부위 근육을 제외하고 얼굴의 다른 근육들은 가죽으로 만들어진 가면을 쓴 것처럼 움직이지 않았습니다. 어쩌면 주변의 신경들이 전부 퇴화된 것 같기도 합니다. 의도적으로 표정을 없애려고 노력했을 수도 있지만 몇 시간도 아니고 제가 이곳에 있는 며칠 동안 내내 무표정이었다는 걸 생각하면 근육이 퇴화했다는 쪽이 더 맞겠지요. 아니, 살아남기 위해서 변한 거라면 발달했다고 표현해야 할지도 모르겠습니다.

반대로 문명의 인간은 마치 어린아이처럼 얼굴 근육을 움직입니다. 나이가 가늠되지 않을 정도로요. 얼굴만 보면 5세 정도로 보입니다만, 포박되어 있는 상태에서도 침착함을 잃지 않는 것으로 보아 그보다 훨씬 많을 거라 추정됩니다. 어쨌거나 중요한 건 커진 눈과 눈동자입니다. 큰 눈은 최소한의 동작으로도 표정을 극대화시킵니다. 효과적으로 전달하기 위해서라 봅니다. 자신의 감정을. 그러니까 어쩌면 바키타에게…….

　문명 인간을 보며 저는 몇 가지 공존에 대해 생각해 보았습니다. 하나는 바키타와 친선 관계를 약속한 인류가 저 도시 안에서 함께 살고 있다는 겁니다. 분명 어떤 이들은 바키타를 전부 죽여야 한다고 했을 것이고, 어떤 인간은 바키타를 쫓아내야 한다고 했겠지만 그중에서는 어떤 이유에서든 바키타와 공존해서 살아야 한다는 인간도 있었겠지요. 바키타를 이길 수 없을 거라고 주장하는 무리와 자신들의 쓰레기를 먹어 치우는 바키타를 없앨 수 있다고 주장하는 무리, 혹은 진정으로 낯선 외계 생명체를 친구로 받아들인 인간들도 있었겠지만 어쨌거나 있었을 거라는 겁니다. 평화와 사랑을 외친 자들이. 저희가 지구를 떠날 때까지만 해도 두려움의 대상이었던 바키타는 어느새 삶에 섞여 든 자연스러운 존재가 되었으니까요. 어쨌거나 어떤 이유로 바키타를 적으로 두지 않은 인류와 그렇지 않은 인류가 나뉘어 긴 시간 동안 극단적으로 진화한 것으로 보입니다. 바키타 역시 초반처럼 얌전히 있지는 않았겠지요. 80억 명에 육박했던 인류가 절반, 아니 어쩌면 5분의 1 정도로 줄어든 것을 보면 학살의 가능성이 큽니다. 전쟁으로 인한 전사자가 많을 것이라는 가능성도 염두에 두어야 하지만 결과를 놓고 봐도 힘의 크기가 비등하지는 않았던 것으로 해석됩니다. 확실한 건 바키타가 공격을 했다는 겁니다. 일방적인 학살이든, 공격에 대한 대응이든. 우리가 바키타를 너무 얕잡아 봤다는 거죠. 그것들은 우리의 쓰레기를 먹어 치우기 위해 탄생한 존재가 아닌데 말입니다.

제가 방금 너무 흥분했군요. 저도 모르게 목소리가 커졌습니다. 그러니까 제가 하고 싶었던 말은, 문명의 인간들은 절대적인 힘의 차이를 느끼고 바키타와 함께 사는 전략으로 바꿨다는 겁니다. 공존이라는 말이 맞을지 모르겠습니다. 하지만 틀린 표현은 아니지요. 인간도 가축과 공존하며 살고 있다고 표현하지 않았습니까. 지금도 다르지 않습니다. 인간의 위치가 가축으로 바뀌었다는 사실만 다르죠. 문명 인간에게서 보이는 진화가 숲속 인간들과 다른 이유도 여기에 있어 보입니다. 바키타에게 위협적인 존재로 비춰지지 않도록, 자신의 의사를 더 잘 전달하기 위해서 말입니다. 문명 인간과 숲속 인간은 비슷하지만 같아 보이지 않습니다. 네발이 달렸다고 해서 말과 소가 같게 느껴지지 않듯이 말입니다.

문명 인간은 딱 한 번 숲속 인간들이 잠시 자리를 비운 틈에 저를 불렀습니다. 얇고 고운 소리였습니다. 두려워하는 기색은 어느새 물러가고 얼굴은 호기심으로 뒤덮였습니다. 제가 자신을 해치지 않을 거라는 확신이 깃든 얼굴이었습니다. 제가 한 발자국 다가가자 문명 인간은 저를 향해 고개를 더 내밀었습니다. 가까이서 보고 싶다는 뜻이라 해석되어, 저는 망설이지 않고 거리를 좁혔습니다. 문명 인간은 킁킁거리며 제 살냄새를 맡았습니다. 그리고 결박된 손을 움직일 수 없어서였는지 코끝을 제 뺨에 대었습니다. 그렇게 제 뺨을 문지르며 느끼고 있었습니다. 자신과 비슷한 가죽을요……. 신기해했고, 반가워했고, 기뻐했고, 그리고 그 감정들이 다 지나간 후에는 슬퍼했습니다.

이유를 알 수 없었습니다.

저는 숲속 인간과 대화했던 것처럼 어떻게든 문명 인간과 소통하려 노력했지만 문명 인간은 이내 눈을 감고 잠이 든 것처럼 움직이지 않았습니다.

◆

대장님, 지금 저는 떠나기 위해 우주선에 탑승했습니다. 마지막 기록으로부터 이틀이 흐른 시각입니다. 그동안 기록을 남길 수 없을 정도로 지쳐 있어서 우주선 안에서만 지냈습니다. 떠나기 전에 마지막으로 남기는 기록입니다. 지난 새벽에 큰 소란이 있었습니다. 소란이라는 말보다 전투가 맞겠습니다만, 전투라기에는 추측대로 힘의 크기가 비등하지 못했으니 학살이 맞겠습니다. 숲속 인간들은 갑자기 찾아온 바키타들에게 꼼짝없이 당했습니다. 시끄러운 소리를 듣자마자 본능적으로 이곳이 안전하지 못하다는 걸 깨달은 저만이 어두운 숲속으로 피신해 살아남을 수 있었습니다. 그리고 그 숲에서 보았습니다. 몇 안 되는 바키타에게 속수무책으로 당하는 숲속의 인간들을요. 그 모습은 무기를 가진 인간들이 동물을 학살하고, 숲의 나무를 밀었던 것과 다르지 않았습니다. 그것을 지켜보고 있던 제 마음은 어때야 했을까요. 숲속의 인간들이 저와 달라서였던 건지, 아니면 저는 이미 인류와 완벽한 안녕을 고하고 우주로 떠났기 때문이었던 건지 모르겠으나 그저 잔혹하고, 안타깝다는 감정 외에 다른 감정이 들지 않았습니다. 분했어야 했고, 억울했어야 했고, 비통했어야 했는데…… 대장님, 저는 학살당하는 숲속 인간들을 보면서도 어떤 슬픔도 느끼지 못했습니다.

바키타가 이곳에 온 이유는 문명의 인간을 찾기 위해서였습니다. 바키타는 나무에 묶여 있던 문명의 인간을 끌어안았습니다. 문명의 인간은…… 바키타의 품에 안겨 저를 응시하고 있었습니다. 초점을 알 수 없는 눈이었지만 저와 눈이 마주치고 있다는 건 느낌으로 바로 알 수 있었습니다. 저는 문명의 인간이 바키타에게 저의 존재를 발설할 거라 생각했지만 그는 그러지 않았습니다. 저를 가만히, 그렇게 가만히, 오래도록 가만히 지켜보기만 했습니다. 눈 한번 깜빡이지 않고 바키타의 품에 안겨 사라질 때까지 저를 바라보는 그 얼굴을 보고 있자니, 그 얼굴에 쓰인 속마음이 들리는 듯했습니다. 물론 제 추측이겠지만 말입니다. 대장님의 얼굴을 보고 말하면 어떤지 창피할 것 같아 여기에 말해 두겠습니다. 이 기록을 본다고 하더라도 저에게 티 내지는 말아 주십시오. 그러니까 문명의 인간은 저에게 '가'라고 하고 있었습니다.

'들키지 말고 가.'

'그냥 가.'

'어서 가.'

'빨리 가.'

우습죠. 제가 언제 태어났고, 어디에서 왔는지도 모를 텐데 저에게 그런 이야기를 왜 하겠습니까? 그런데 더 우스운 것은 문명의 인간이 그렇게 말했다는 걸 제가 믿어 의심치 않는다는 것입니다. 바키타의 곁에서 살아남기 위해 진화한 얼굴은 분명 그렇게 말했습니다.

대장님, 우리는 앞으로 제2의 지구에서 새 문명을 꾸려야 합니다. 우리는 밝게 빛나는 별에 태양이라는 이름을 붙일 것이고, 우리가 살아갈 수 있도록 도시를 건설할 테지만 우리가 누렸던 과학과 기술을 재현하려면 배양 통에 있는 인간이 자라고, 배우고, 아이를 낳고, 세대를 몇천 년간 넘겨야 가능하겠지요. 저는 벌써 고민입니다. 우리가 살았던 첫 번째 지구에 대한 기록을 남길 것인지에 관해. 그래도 대장님, 저는 인간이 바키타가 되지 않기를 바랍니다. 우리가 두 번 다시 어떤 것도 빼앗지 않았으면 좋겠습니다.

이에 대한 자세한 이야기는 대장님과 만나서 나누도록 하겠습니다.

마지막 기록 마치겠습니다. 조금 있다 뵙겠습니다.

해설

눈을 맞추면 달라질 수 있는 세상을 위하여
– 목소리를 갖지 못한 존재들의 이야기 듣기

1. 왜 지금 동물 소설인가?

인간의 삶 속에서 동물은 다양한 방식으로 함께해 왔습니다. 언어적으로는 욕설이나 비하 표현에 쓰이면서 열등하거나 혐오의 대상으로 여겨지기도 했고, 반대로 다양한 옛이야기 속에서 친근하고 본받을 만한 존재로 등장하기도 했습니다. 최근에는 동물권이나 동물 복지, 반려동물에 대한 관심이 커지면서 동물을 바라보는 시선도 많이 달라졌습니다. 이제는 비인간 동물을 우리 사회의 한 구성원으로 받아들이고 진지하게 생각해 보지 않는다면, 진정한 공동체라고 말하기 어려운 시대가 된 것입니다. 그렇다면 동물에 대한 담론은 문학에서 어떻게 형성되고 있을까요? 그리고 우리는 문학을 통해 동물과 인간의 관계에 대해 어떤 이야기를 할 수 있을까요?

2. '자본'과 '효용'이라는 잣대로 바라보는 동물들

서이제의 「두개골의 안과 밖」은 까치를 사냥하는 장면으로 시작합니다. 한때 반가운 소식의 전령이었던 까치는 과수원의 과실을 쪼아 상품성을 떨어뜨리고, 전신주에 둥지를 지어 정전을 유발한다는 이유로 이제는 골칫덩어리 소탕 대상으로 전락했습니다. 인간은 자신들의 삶에 불편을 초래하고 자본주의 시스템에 위해를 가하는 까치를 용납할 마음이 없나 봅니다. 더욱이 오래전부터 인간 곁에 살았던 까치와 공존하기 위해 시간을 들여 문제를 해결할 마음은 더더욱 없습니다. 결국 인간들이 선택한 방법은 '살殺', 바로 죽이는 것이죠. 간단히, 돈을 들여 죽임으로써 이 모든 문제를 해결하고자 합니다. 까치가 왜 전신주에 집을 지어야만 하고, 과수원의 과일을 쪼아야만 하는지는 전혀 생각하지 않습니다. 개발로 인한 서식지 파괴와 농약 사용, 비닐하우스로 먹이가 줄어든 까치의 생태 환경은 고려 대상이 아닙니다. 이미 1994년에 유해 야생 동물로 지정되어 흉조凶兆가 된 까치는 한 마리에 '팔천 원'이라는 목숨값이 붙어 수확 시기가 되면 이루 헤아릴 수 없이 많은 개체가 죽어 나가고 있습니다. 인간은 여러 이유를 붙여 '의도적으로' 동물들을 죽이고 있는데, 가장 많이 죽임을 당하는 동물 중 하나가 바로 까치입니다.*

이렇게 인간과 동물 사이에 문제가 발생했을 때 이를 해결하려

---

* 최태규, 『도시의 동물들』(사계절, 2025)

는 가장 손쉬운 방법으로 인간이 택한 것이 '살처분殺處分'입니다. 그리고 살처분 대상 중에서 가장 많이 알려진 동물은 '닭'이죠. 생활 주변에서 비교적 쉽게 마주칠 수 있는 까치와 달리 '닭'은 우리에게 '새'라기보다는 '치킨' 즉 음식이라는 이미지로 각인되어 있습니다.

우리나라에는 거의 매해 '조류 인플루엔자(AI)'가 발생하고 있으며 방역 지침에 따라 몇천 마리의 닭과 오리를 살처분했다는 뉴스를 심심찮게 접할 수 있습니다. 소설에는 변이 바이러스 확산 방지 명목으로 자행되는 생지옥 같은 살처분 현장이 묘사되어 있습니다. 가축 전염병이 발생하면 법적으로 24시간 이내 가축을 안락사한 후 매몰해야 하지만 "닭이 너무 많아서" 안락사를 시킬 시간조차 없어 무조건 "빨리! 무조건 빨리!" 죽여야 합니다. 이 폭력적인 시스템 안에서 닭들은 "알을 낳지 못해 죽고, 알을 많이 낳아서 죽고, 병들어서 죽고, 병들 수 있기 때문에 죽고, 스트레스받아서 죽고, 끼여 죽고, 눌려 죽고, 깔려 죽고, 먹히기 위해 죽고, 죽고 또 죽"습니다.

살처분 작업에 동원된 사람들 역시 생지옥에 놓이는 건 마찬가지입니다. 영문도 모른 채 지시에 따라 닭들을 생매장해야 하는 "공무원과 일용직 노동자"들은 그로 인해 "평생 씻지 못할 아픔"을 겪게 됩니다. 서술자(이 작품에는 여러 명의 서술자가 등장합니다.)는 살아 있는 닭을 "마댓자루에 처넣으며" 닭의 체온과 심장 박동을 느낄 때마다, 자신이 "따뜻"한 생명을 죽이고 있다는 사실에 괴로

위합니다. 결국 그들 역시 인간이 사는 세상 밖으로 밀려나는 동물들처럼 내몰릴 수밖에 없기에 '새[鳥] 인간'이 되었는지도 모르겠습니다.

소설은 매우 특별한 방식으로 메시지를 전달합니다. 타이포그래피를 연상시키는 텍스트는 살처분의 대상인 동물과 그 일을 수행해야만 하는 사람들의 고통을 "음소거"된 문자로는 제대로 형상화할 수 없다는 의미가 들어 있습니다. 소설의 내용과 형식은 서로 밀접한 관련이 있기에, 이런 형식이 아니라면 그 충격과 참상을 제대로 전달할 수 없다는 작가의 의도가 느껴지지요. '새 인간'이 되지 않고서는 이 죽음의 현장을 결코 공감도, 이해도 할 수 없다는 듯 말입니다.

닭과 오리가 '조류 인플루엔자'라는 무서운 감염병에 위협받듯, 소와 돼지는 '구제역'이라는 감염병의 위협을 받습니다. 그리고 구제역에 걸린 돼지와 소 역시 모두 살처분됩니다. 우리는 가축이 고기가 된다는 사실을 이상하게 생각하지 않을뿐더러 고기를 동물로 보지도 않습니다. 개와 고양이에게 '반려동물'이라는 이름을 붙여 인간 가까이에 두는 것과 달리 소와 돼지, 닭과 오리는 '가축'이라는 이름으로 불리면서 살아 있는 존재로서 우리 눈에 잘 보이지도 않죠. 그렇기에 이들은 '동물'보다는 '고기'라는 대상에 더 가까운 완벽한 타자로 대상화됩니다. 그것이 개와 고양이를 학대하는 것보다 가축 감염병으로 닭과 돼지를 살상하는 것에 덜 민감한 이유인지도 모르겠습니다.

그렇지만 '조류 인플루엔자'든 '구제역'이든 모두 '공장식 축산'이라는 방식이 더 빨리, 더 강력하게 동물들을 죽음으로 몰아가고 있다는 점이 중요합니다. 그리고 이 밀집 사육은 자본주의 체제에서 인간이 동물을 상품으로 취급하기에 실행될 수 있는 방식입니다. 바로 효율과 이윤을 극대화하기 위한 시스템인 것이죠.

김종광의 「산후조리」에도 소를 천 마리나 기르는 주인공 할머니의 조카 이야기가 나옵니다. 그에 비해 할머니는 여남은 마리의 소를 기르고 있죠. 소설에는 막 출산을 앞둔 소 한 마리가 나오는데, 엎친 데 덮친 격으로 소는 탈장까지 된 상황입니다. 살 수 있을지 죽게 될지 수의사도 장담할 수 없는 상황에서 소는 할머니의 도움으로 간신히 출산에 성공합니다. 그렇지만 어미 소와 송아지의 상태는 희망이 없어 보입니다. "아직 두 눈 뜨고 시퍼렇게 살아 있는데, 죽으라고 내버려둘 수는 없"었던 할머니는 우유병으로 우유를 직접 먹이고 여물죽을 끓여 주며 지극 정성으로 두 마리 소를 돌보기 시작합니다. 그렇게 병색이 완연했던 어미 소와 송아지는 할머니의 '산후조리' 덕분에 살아나게 됩니다.

소설의 마지막은 감동적이지만, 할머니에게 소는 역시나 '재산'이자 '상품'이고 '일거리'일 뿐입니다. 얼른 소를 키워서 시장에 내놓아야 하는데 구제역 파동으로 솟값이 헐값이 되어 이만저만 속이 상한 게 아니고, 하루에도 몇 번씩 이 일을 때려치우고 싶은 마음은 굴뚝 같습니다.

죽음의 문턱까지 갔던 어미 소와 송아지의 처절한 생존기는 구제역으로 수많은 가축이 살처분당하는 참담한 시기와 맞물려 생명의 존엄성을 더욱 부각합니다. 물론 할머니에게 소는 여전히 '재산'이자 '일거리'에 불과한 존재일 수 있습니다. 하지만 소의 목숨이 "내 거 아뉴. 지들 스스로 거지."라는 할머니의 말에는, 곁에서 살아 숨 쉬는 그 순간만큼은 소를 인간과 다를 바 없는 동등한 생명으로 존중하는 마음이 담겨 있습니다.

소설은 결국 묻습니다. '고기'라는 이름 뒤에 가려진 존재들을 우리는 어떤 시선으로 바라보고 있느냐고. 동물을 먹는 일을 근본적으로 멈출 수는 없을지라도, 우리가 그 생명들과 맺고 있는 관계를 지금보다 더 깊이, 더 애틋하게 돌아볼 수 있지 않겠느냐고 말입니다.

3. 서로를 지키는 '상호 의존적 돌봄'의 관계로

김금희의 「당신 개 좀 안아 봐도 될까요」는 반려견을 잃은 '세미'가 지인들의 개를 안아 보면서 슬픔을 극복해 나가는 이야기입니다. 인간은 사회적으로 또 경제적으로 필요에 따라 동물들에게 다른 지위를 부여해 왔습니다. '가축'에서 '애완동물'로 그리고 '반려동물'의 지위를 얻은 대표적인 동물인 개는, 이미 한국 사회에서 떼어 놓고 이야기할 수 없는 존재가 되었습니다. 전체 인구의 약 4분의 1이 개를 기른다는 2025년의 한국에는 반려견에 관한 인식 변화, 발전과 함께 여전히 번식장, 펫 숍, 식용, 유기견, 안락사 등 많은 문제도 함께 존재하는 상황이지만, 주변에는 이미 개를 가족으로 생각하는 사람들이 많습니다.

최근 한국 문학에는 반려동물과 이별하여 겪은 상실감을 형상화한 작품을 여럿 찾을 수 있습니다. 친밀하고 가까운 사람을 잃었을 때 우리는 상실감을 느끼는데, 동물과 이별했을 때에도 사랑하는 사람을 잃었을 때와 거의 같은 감정을 느낀다는 사실에 작가와 독자 모두 공감하기 때문일 것입니다.

김금희의 「당신 개 좀 안아 봐도 될까요」에서 주인공 '세미'가 느끼는 감정은 분명한 '상실감'입니다. 그리고 모든 소중했던 관계가 '죽음'이라는 사건으로 끝났을 때, 남은 사람이 갖게 되는 감정은 상실감과 더불어 바로 '자책감'이지요. '세미' 역시 반려견 '설기'를 떠나보낸 뒤 뒤늦은 후회와 자책에 빠져 있습니다. 이를 통해 우리는 '세미'가 아주 소중한 존재와 작별한 상황임을 분명하게 알 수 있죠. 그 존재가 사람이 아니어도 말입니다. '개'를 잃은 슬픔에서 좀처럼 헤어 나오지 못하는 '세미'를 오랜 친구인 '양요'조차 잘 이해하지 못합니다. 그리고 '세미'는 '양요'의 제안에 따라 다른 개들을 '안아' 보기로 결심합니다.

오랜 시간 끊어졌던 타인과의 관계는 놀랍게도 개를 보여 달라는 '세미'의 부탁에 모두가 '흔쾌히' 응하면서 다시 이어집니다. 그들은 "자기 개를 보여 주는 일에는 모두들 거리낌이 없었"습니다. 반려견을 잃고 자신과 같이 상실감과 자책감을 지닌 채 살아가는 사람을 만난 '세미'는 그들로부터 진정한 위로를 받습니다. 그리고 과거 환멸과 적대의 대상이었던 직장 상사 '구미베어'와의 관계 또한 반려견을 매개로 다시 돌아보게 되지요. 특히 '구미베어'가 어머니를 잃었던 때 문상을 가지 않고 조의금조차 내지 않았던 '세미'가, 6년의 시간이 흐른 뒤 그때 그의 슬픔에 위로를 표하고 조의금을 전달한 일은, 아마도 '설기'를 잃은 경험 때문이라고 짐작할 수 있습니다. '설기'의 죽음이 바로 '세미'가 타인의 슬픔에 공감할 수 있는 계기가 되었던 셈입니다. 중학생 시절, 부모의 이혼으로 마음의 문을 꽁꽁 닫았던 '세미'가 '설기'만은 꼭 끌어안고 있었다는 공부방 선생님의 말처럼 '세미'의 삶 모든 순간에 함께 한 '설기'는 단순한 강아지가 아닌 '세미' 인생의 진정한 '반려자'였던 것이죠.

지인들의 개를 안아 보고, 슬픔을 공유하는 과정을 통해 '세미'는 분명 다시 사람들과 이어질 수 있었을 것입니다. 그들이 '세미'의 슬픔을 유난하고 유별난 것으로 치부하지 않고, 있는 그대로 존중하고 인정해 주었기에 '세미'는 더 이상 상실에 머무는 것을 택하지 않고 '양요'의 말처럼 "사랑의 환생"을 위한 자신의 자리로 돌아가게 되었을 것입니다. 이 마음들이 "한번 준 마음을 포기하지 않는 개들"처럼 '세미'가 새로운 믿음을 지니고 다시 세상으로 나아갈 수 있는 용기를 주었을 것입니다.

타자와 관계 맺는 경험은 타자에 대한 공감을 불러일으키고 타자와 세계를 이해하는 시야를 넓혀 줍니다. 마찬가지로 반려동물과 맺는 관계 또한 타자에 관한 윤리를 배우고, 種 차별에 대해 다시 생각하게 합니다. '세미'와 '설기'의 관계가 일방적 돌봄 관계가 아니라 상호 의존적 관계였으며, 상하上下와 구분의 관계가 아니라 상호 호혜의 관계였듯이, 장은진의 「파수꾼」 속 인물들 또한 곁에 있는 그 자체만으로 서로의 삶을 지키는 존재가 되어 갑니다.

「파수꾼」의 중심인물은 '강 씨'입니다. 그는 아내를 잃은, 늙고 외로운 사람으로 철도 건널목 관리원입니다. 차단기를 관리하는 '강 씨'에게는 무엇보다 열차가 다가온다는 경고음을 듣고 적절한 조치를 취하는 것이 중요하지만, '강 씨'는 점점 청력을 잃어 가고 있습니다. 더군다나 이 건널목은 곧 폐쇄될 예정이기에 건강과 젊음을 잃은 '강 씨'로서는 더 이상 의탁할 곳을 찾기 어려운 상황입니다. '강 씨'의 곁에는 젊은 철도 관리원 '송 군'과 유기된 것으로 추정되는 길고양이 한 마리가 있습니다. 가난하고 외로운 이들은 적당히 가깝고 적당히 무심한 척 거리를 유지하고 있지만, 그럼에도 함께 있음으로 겨울처럼 매서운 세상에서 말없이 서로의 고단한 삶을 지탱하는 버팀목이 되어 줍니다.

건널목을 떠나야 하는 '강 씨'는 결국 파양되어 돌아온 고양이와 함께 스스로 생을 끝내려 합니다. '강 씨'가 소리를 듣지 못했던 어느 날, 열차의 진입을 알렸던 고양이는 온 힘을 다해 '강 씨'의 품을 빠져나가며 '강 씨'를 선로 밖으로 넘어뜨립니다. 이렇게 '강 씨' 또한 죽음의 선로에서 벗어나 다시 한번 생을 마주하게 되지요. 그동안은 '강 씨'가 길고양이의 파수꾼으로서 일방적으로 길고양이를 지켜 준 것처럼 보였지만 길고양이 역시 '강 씨'의 파수꾼이었다는 사실이 드러나는 순간입니다.

소설 속 '강 씨'가 "그곳에 움직이는 존재가 있"어서 외롭지 않았듯, 살아 있음으로써 서로를 지키는 것. 인간 곁의 동물은 그런 존재가 아닐까요? '강 씨'와 '송 군', 길고양이가 서로에게 그런 존재였듯 말입니다.

4. '나쁜 일뿐'인 삶을 살아가는 존재들

요즘 SNS에서는 고양이나 강아지를 주인공으로 한 계정들이 많은 사람들의 '좋아요'를 받고 있습니다. 예쁘게 미용한 강아지, 캣 타워에서 여유롭게 휴식하는 고양이 같은 반려동물의 모습은 보기만 해도 미소를 짓게 만듭니다. 이들은 반려인의 애정과 돌봄 속에서 안락한 삶을 살아가는 존재들입니다. 그러나 모든 동물이 이런 삶을 누리는 것은 아닙니다. 거리를 떠도는 들개들, 유기된 강아지와 고양이들처럼 길 위에서 살아가는 존재들의 삶에는 말 그대로 '나쁜 일뿐'입니다.

황정은의 소설 「묘씨생」은 이러한 길 위의 삶, 그중에서도 다섯 번의 죽음과 여섯 번의 생을 산 고양이 '몸'의 시선을 통해 인간의 폭력성과 잔혹함을 고발하고 있습니다. 길고양이를 분풀이의 대상으로 삼는 사람들, 시끄럽고 불쾌한 존재로 여기는 사람들, 돈벌이 수단으로 이용하는 사람들의 모습은 인간 중심적 세계에서 다른 생명이 얼마나 하찮게 여겨지는지를 보여 줍니다.

그러나 이 작품에서 고양이의 시선은 인간과 동물을 구분하지 않습니다. '몸'은 "평생을 먹을 것과 거주를 두고 인간과 경쟁했다."라고 말합니다. 고양이에게 인간은 자신과 마찬가지로 생존을 위해 길 위에서 버티는 존재일 뿐입니다. '곡씨'가 바로 그러한 삶의 예입니다. '몸'의 주인인 '곡씨'는 남들이 버린 음식을 모아 끼니를 때우며 하루하루를 살아가는 노인입니다. '몸'은 곡씨를 "잡식하는 몸이고 보니 터지면 냄새가 진"한 벌레처럼 인식하며, 그 또한 자신처럼 생존 본능에 내몰린 존재라고 여깁니다. 영역 다툼을 벌이고, 밤이고 낮이고 우는 소리를 내는 모습은 결국 인간과 동물 모두가 생존을 위해 살아가는 존재, 삶의 고단함을 느끼는 존재라는 것을 보여 주지요.

이렇게 소설은 소외된 존재 '몸'과 '곡씨'의 삶을 병치함으로써, 약하고 착취당하는 존재들로 시선을 확장합니다. '곡씨'의 삶에 대해 '몸'은 "이 몸과 같은 묘씨생보다도 못한 일생으로서의 인생, 바로 그의 것인지도 모르겠다"라고 말합니다. 결국, '나쁜 일뿐'인 삶은 동물만의 문제가 아닌 것이죠. 인간 중에서도 사회적으로 가장 약한 존재들 역시 길고양이와 다르지 않게 착취되고 버려지며 살아갑니다.

「묘씨생」은 단순히 길고양이의 삶을 그리는 데서 그치지 않습니다. 소설은 생존에 내몰린 존재들이 공통으로 겪는 고통을 조명하고, 우리가 외면하고 있는 생명들에 대한 책임을 묻고 있습니다. 타인의 삶에 무심해진 사회, 생명을 하찮게 여기는 사람들에게 묵직한 질문을 던지고 있는 것입니다.

5. 인간과 동물의 경계를 허무는 전복된 상상력

SF는 과학적 상상력으로 빚어낸 가상 세계를 그린 소설입니다. 분명 실재하지 않는 세계에 관한 이야기지만, 이는 단순히 허구의 재현에 그치는 것이 아니라, 현실의 원칙에서 벗어나 있기에 오히려 현실을 냉정하고 객관적으로 통찰할 수 있게 합니다.

천선란의「바키타」는 우주로 떠나 살아남은 지구인의 시선으로, 외계 생명체 '바키타'의 침공으로 괴멸해 버린 지구를 관찰하여 기록한 보고서입니다. 그런데 이 관찰자는 이런 지구의 모습을 '몰락', 혹은 '종말'이 아닌 또 다른 '번영'이라고 표현합니다. 바로 인간이 사라진 지구에 식물과 야생 동물이 놀랍도록 다양하고 아름답게 번성했기 때문이죠. '바키타'의 공격에서 살아남은 소수의 인간은 '바키타'와 공생하기로 결정하고 '가축화'된 '문명의 인간'과, '바키타'와 공생하기를 거절하고 야생화된 '숲속의 인간' 두 유형으로 진화합니다. 그리고 그들은 모두 '바키타'의 지배 아래 살아갑니다.

인간이 거의 사라진 지구에서 '숲속의 인간'이 '바키타'에게 공격받고 학살되는 장면은 지금까지 인간들이 자행한 동물 학살을 떠올리게 합니다. 반면 '문명의 인간'이 '바키타'에게 위협적인 존재로 보이지 않기 위해 눈이 커지고 흰자가 거의 사라진 외모로 변화된 것은 인간에 의해 애완용으로 길들여진 동물의 모습을 떠올리게 하지요. 한때, 인간이 만든 인공 화합물 '쓰레기'를 먹고 살던 '바키타'가 인간에게 보인 잔혹함과 폭력성은, 지금까지 인간들이 동물을 멸종시키고 이용해 왔던 모습을 연상시키며 우리가 동물을 어떤 방식으로 대해 왔는지 돌아보게 합니다. 이렇게 우리는 이 작품을 통해 우리의 인식 속에 고정된 '인간/동물', '지배/종속', '주체/객체', '우월/열등'의 이분법이 전복된 세상과 만날 수 있습니다.

지구 관찰자는 앞으로 제2의 지구에서 다시 문명을 건설할 인간은 '바키타'와 같은 존재가 되지 않기를 바라며 기록을 마치고 있습니다. 아마 '배양 통'에서 자라날 새로운 인간은 '바키타'의 지배를 받기 전의 인간들과 달리 "두 번 다시 어떤 것도 빼앗지 않"는 존재가 되어야 한다는 의미일 것입니다. 지금 당장 지구를 파괴하고 동물과 식물을 아프게 하는 폭력을 멈추지 않는다면 어떤 세상이 도래할지 경고하는 이야기로 들리기도 하지요.

인간과 동물의 위치가 전도되는 것처럼 인간이 동물이 되는 환상적인 설정은 임선우의 「초록 고래가 있는 방」에서 만날 수 있습니다. 소설에서 사랑하는 대상을 사고로 잃은 '유미'는 이따금 슬픔이 감당할 수 없을 만큼 짙어질 때마다 낙타로 변하고, 우연히 누수漏水 문제를 해결하기 위해 올라온 아래층 '도연'에게 낙타로 변한 모습을 들키게 됩니다. 그런데 어쩐지 '도연'은 낙타를 보고도 그리 이상하게 생각하지 않습니다. 오히려 낙타를 따라 집 안으로 들어와 자연스럽게 대화를 시작하지요. 그렇게 '도연'은 '유미'의 사연을 차분하게 들어 주게 되고 어느 사이에 집 밖에 나가는 것조차 두려웠던 정도로 처절한 실패를 경험한 자신의 상처를

'유미'에게 내보일 수 있을 만큼 가까워집니다. 사막을 걷고 있는 '낙타' 같던 '유미'와 타인에게 이해받지 못하던 '초록 고래' '도연'은 이렇게 서로의 슬픔에 공감하며 다시 삶을 헤쳐 나갈 힘을 얻게 됩니다.

소설 속 낙타는 무엇을 상징할까요? '유미'의 상황과 슬픔에 관한 은유로 볼 수도 있을 것이며, '유미'의 슬픔이 더 잘 드러나도록 만드는 장치로도 볼 수 있을 것입니다. 한편으로는 '도연'과 '유미'가 서로를 이해하고 마음을 열 수 있었던 이유는 바로 '유미'가 '낙타'이기 때문이 아니었을지 생각해 봅니다.

우리 인간은 오랜 시간 동물의 형상을 이질적이면서도 익숙하게 받아들여 왔습니다. 동물은 완벽한 타자인 동시에 인간 내부의 동물성을 공유하는 상대로 인식되어 왔으며, 그렇기에 인간이 동물의 모습으로 출현하는 것은 문학이 오랫동안 사용한 형상화 방식이었습니다.

소설을 읽다 보면 우리는 동물의 형상을 통해 인간의 분열된 자아나 심리를 표상하는 경우를 종종 발견할 수 있습니다. 인간의 다양한 상황과 정서가 동물의 형상으로 출현하고, 이를 통해 억눌러 둔 자신의 감정과 마주하게 하는 방식인 것이죠. 동물로 분열된 주체는 오히려 인간의 모습일 때보다 더 진실하게 자신의 내면을 돌아보거나 드러내기 쉬우며 독자들의 공감을 유도하기도 쉽습니다. 동물 같은 비인간 형상으로 재현되는 것이 더 이상 환상의 영역이 아니라, 오히려 리얼리티를 확장하는 방식으로 다가갈 수 있는 것이죠. 인간과 동물의 이분법적 경계를 흐릿하게 만들면서 말입니다.

이처럼 소설에서 동물의 형상으로 나타나는 인간의 모습은 인간과 동물 사이의 연결을 상기시키며, 인간의 관점에서 벗어나 자신과 타인을 바라볼 수 있는 새로운 시선을 제공합니다.

6. 다른 존재와 '눈'을 맞추는 일

김연수의 소설 「리기다소나무 숲에 갔다가」(『내가 아직 아이였을 때』, 문학동네, 2002)에는 포수 '도라꾸 아저씨'가 갑자기 총 쏘는 일을 그만두게 된 사연이 나옵니다. 새끼를 죽여서 어미 멧돼지를 유인한 후 그 멧돼지를 냉혹하게 죽였던 '도라꾸 아저씨'는 어느 날 숲속에서 새끼를 잃은 어미 멧돼지와 우연히 눈을 맞추게 됩니다. 그리고 그 멧돼지에게 차마 방아쇠를 당기지 못한 채 영원히 사냥이라는 업을 그만두게 되지요. 어미 멧돼지와 눈을 맞춘 그 짧은 순간, 인물에게는 어떤 일이 일어난 걸까요?

문학은 "세상이 더 나아지길 바라는 마음으로 (글을) 쓰"는 「두개골의 안과 밖」 서술자처럼 목소리를 갖지 못한 동물들의 눈과 마음을 들여다보며 동물이 인간과 공존하며 살아갈 수 있는 좀 더 나은 세상을 만들기 위해 목소리를 내 왔습니다. 인간의 언어란 우열을 가르고 종種을 차별하는 도구가 될 수도 있지만, 반대로 목소리가 없는 존재의 처지와 고통을 대변하는 윤리와 성찰의 도구가 될 수도 있습니다.

눈을 맞추며 타자의 감춰진 목소리를 들음으로써 새로운 관계와 존재 방식을 모색하는 것. 그리하여 모든 생명이 그 자체로 살아갈 수 있는 세상을 만드는 것. 그것이 우리가 동물을 이야기하는 소설을 읽고 쓰는 이유입니다.

작품 출처

- 김금희, 「당신 개 좀 안아 봐도 될까요」 『크리스마스 타일』, 창비 2022
- 장은진, 「파수꾼」 『가벼운 점심』, 한겨레출판 2024
- 김종광, 「산후조리」 『놀러 가자고요』, 작가정신 2018
- 서이제, 「두개골의 안과 밖」 『낮은 해상도로부터』, 문학동네 2023
- 임선우, 「초록 고래가 있는 방」 『초록은 어디에나』, 자음과모음 2023
- 황정은, 「묘씨생」 『파씨의 입문』, 창비 2012
- 천선란, 「바키타」 『노랜드』, 한겨레출판 2022

눈 맞추는 소설
개와 고양이와 새와 그리고

초판 1쇄 발행 2025년 8월 1일
초판 2쇄 발행 2025년 10월 13일

지은이 • 김금희 장은진 김종광 서이제 임선우 황정은 천선란
엮은이 • 김선산 김형태 성보혜 이혜연
펴낸이 • 황혜숙
편집 • 김현정
조판 • 이주니
펴낸곳 • (주)창비교육
등록 • 2014년 6월 20일 제2014-000183호
주소 • 04004 서울특별시 마포구 월드컵로12길 7
전화 • 1833-7247
팩스 • 영업 070-4838-4938 | 편집 02-6949-0953
홈페이지 • www.changbiedu.com
전자우편 • contents@changbi.com

ⓒ 김금희 장은진 김종광 서이제 임선우 황정은 천선란 2025
ISBN 979-11-6570-354-7 43810

* 이 책 내용의 전부 또는 일부를 재사용하려면
  반드시 저작권자와 (주)창비교육 양측의 동의를 받아야 합니다.
* 책값은 뒤표지에 표시되어 있습니다.